图书 影视

佩奇酱 著

人间情诗

天津出版传媒集团
天津人民出版社

她想，如果重来，她不会再去等，不会去在意这段感情有没有结果。就算她只能活一天，也要告诉那个人，她喜欢他。

「你说，她是不是暗恋我？」
「其实你有这样的怀疑还有另一种可能，就是你喜欢上了她。」

她的内心像是瓶蜜桃汽水，
此刻被猛地一摇，
咕噜咕噜地向外冒着粉色气泡。

人间情诗

REN JIAN QING SHI

佩奇酱

PEI QI JIANG

目录

第一章

奶糖
……001

第二章

草莓
……011

第三章
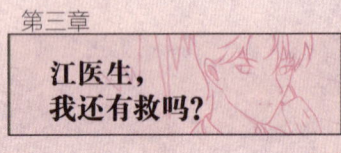
江医生，我还有救吗？
……029

第四章

哥哥今天好怪
……041

第五章

酒后吐真言
……051

第六章

如愿以偿
……063

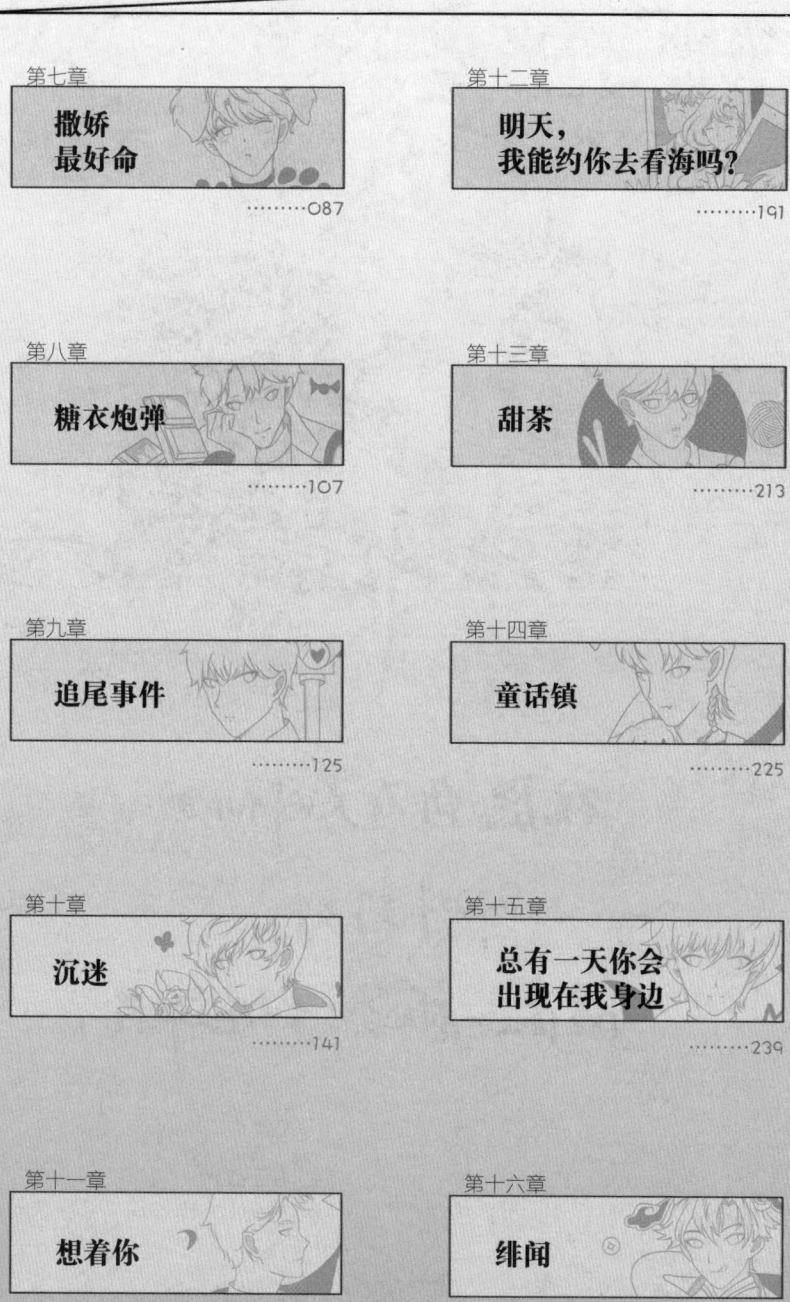

第七章
撒娇
最好命
········087

第十二章
明天，
我能约你去看海吗？
········191

第八章
糖衣炮弹
········107

第十三章
甜茶
········213

第九章
追尾事件
········125

第十四章
童话镇
········225

第十章
沉迷
········141

第十五章
总有一天你会
出现在我身边
········239

第十一章
想着你
········169

第十六章
绯闻
········269

祝愿所有人间仙女
时时刻刻
健康，被爱，好运常在。

REN JIAN QING SHI

< 加载中… >

第一章

奶糖

RENJIAN QING SHI

纯情少女
VS
篮球少年

▶▶▶▶▶▶

< 进度 05%… >

"清浅,等会儿我男朋友篮球赛,你陪我一起去看吧。"

"又不是我男朋友,我去看什么?"

"我一个人坐着无聊嘛。"

"下午有课,我想回去补觉。"

"好吧,我可听说这次篮球赛有好多男生,像我们会计专业大概一年都见不到那么多男生了吧。"

"哪个篮球场?几点开始?"

"……"

观众席上坐满了人,可关清浅看不懂篮球。她只知道那个穿着标着3号的红色篮球服的选手只要一进球,耳边就伴随着众多女生尖锐的喝彩声。

关清浅好奇,想看清他的脸,但他在篮球场上跑来跑去,远远地只能勉强看清他肌肉线条流畅的小腿。他个子很高、身材比例刚好,让人的目光忍不住地想在他身上多停留一会儿。

看着看着,关清浅的眼皮就开始打架了,都怪她昨晚追剧熬得太晚,她有点后悔陪闺密来看球赛了。

"看,那个13号是我男朋友,帅吧。"

关清浅抬眸眯了眯眼,场上那么多人,看得她眼花缭乱。关清浅象征性地点点头,随口接道:"没有3号帅。"

刚说完,场上又一阵欢呼,比赛结束,红队以压倒性的比分获得

了胜利。

关清浅活动了一下酸麻的脖子,站起身,看了眼手机,刚好快要到上课的时间了。

"我是浩扬的朋友,他去厕所了,让你等他一会儿。"男生的嗓音干净又阳光。

关清浅不由得抬眸朝声音来源处看去,男生好像感受到目光,侧过头回应似的朝她笑了一下。

他手里抱着篮球,因为刚打完球,汗水顺着脖颈流到球衣内。他笑的时候嘴角旁有两个浅浅的酒窝,皮肤白皙,看上去有些乖。

"好的。"室友张馨怡点了点头又重新坐下,而一旁的关清浅则目光随着那道身影不断远去,这才注意到他的球衣上标着3号。

课堂上,关清浅坐立难安,有些听不进去课,心里痒痒的,转头忍不住问:"刚刚球场上的那个男生是谁啊?"

张馨怡看了眼她的表情,瞬间秒懂,随后又露出苦恼之色:"那个男生叫商泽,体育系的,和我男朋友同班,听说追他的人挺多的。"

关清浅眉头皱起,这就难办了。

"那他有女朋友吗?"

"管他有没有,姐妹先帮你要个联系方式。"张馨怡小声说着,摆出一副拔刀相助的态度。

关清浅听完不禁笑了,想了想觉得还是不要那么唐突比较好,以后如果有缘,她亲自和他要联系方式。可没等她开口,一旁的张馨怡就用手肘推了推她:"微信推给你了。"

另一边,陆浩扬坐在宿舍阳台上回复信息,室内的商泽刚洗完澡。

"兄弟,我把你的联系方式给别人了。"

"谁?"商泽坐下拿起毛巾擦着头发随意问道。

"不知道,我女朋友说就是今天篮球赛和她坐在一起的女生。"

003

商泽眸光微动,回忆起中午的场景,动作顿了顿,然后重新擦拭着头发,目光看向发着亮光的手机屏幕。

关清浅盯着商泽的微信名片,他的头像是一只猫的照片。

关清浅第一次这样主动,有些不好意思,终于在晚上回宿舍后,咬了咬牙,选择大胆地把他加为好友。

对方好像正好在用手机,很快就同意了。

"嗨。"关清浅快速打字。

"你好。"

"我叫关清浅。"

"商泽。"

"我是中午坐在张馨怡旁边的女生。"

"我知道。"

关清浅看着手机皱了皱眉,手托着腮。

这个体育生看上去很高冷嘛。

就在她愣神之际,聊天界面又弹出一条信息:"和陆浩扬打球去了。"

关清浅读完消息,小脑瓜想了想,蓦然抬头看向对面的张馨怡,将手中还没拆开的鸡腿放到桌上:"今晚陪你一起看你男朋友打球。"

张馨怡在抹口红,听完憋着笑。

以前哭着求她都不去的人,现在为了个男人竟抢着去。

关清浅到达篮球场时,场上已经打得火热了,她找了个好位置趴在栏杆上,又兴奋又激动地寻找那道身影。

不远处的商泽冒了些汗,因为中午刚打完比赛,现在没了什么兴致,抬手朝队友挥了挥手,准备去场外喝水。

"浩扬,你女朋友来了。"

不知道谁说了句,商泽的脚步顿住,偏头顺着声音的方向看去。

"你不是不打了吗?怎么又回来了?"

商泽没有说话，笑了一下，随后抬手，脚步一跃，篮球在空中画出弧线，投出一个完美的三分球。

而那一笑却被在观众席的关清浅看到了，心中某只小鹿在到处乱撞，她忍不住激动地小声尖叫起来。一旁的张馨怡无奈地翻了个白眼。

"泽哥，我女朋友在看呢，让我秀一秀技术。"陆浩扬站在他的对面死死防守。

"哦。"商泽说完，一个假动作攻破他的防守，接着三步上篮，投中。

陆浩扬在原地疑惑地看着不远处某人的背影，刚刚还一副疲劳的模样，现在却生龙活虎的，根据男人敏锐的洞察力，陆浩扬断定他在秀技术。

"商泽让我给你的。"

关清浅接过张馨怡手里的养乐多，心里甜滋滋的，对着手机屏幕理了理头发，厚着脸皮跟着她去一旁篮球队休息的地方。

喝了人家的饮料总得道个谢，不然多没礼貌。

张馨怡和男友你侬我侬，她看着有些尴尬，干脆找个地方坐下。

商泽坐在一旁，在看到关清浅坐下时，他随意地将手机收进口袋。

"谢谢你的养乐多。"关清浅理了理裙摆，很"淑女"地说道。

"嗯，不客气。"

"那个……你打篮球时好厉害。"

商泽抬手摸了摸后颈，侧头看向她笑了，两个酒窝显现出来："还好。"

关清浅的脸颊开始发烫了，嘴角已经快要咧到后耳根了。

他干吗要对她这样笑，真的很让人把持不住。他干吗有两个酒窝，看上去好乖啊。

关清浅忍不住想伸手捏一捏他的脸蛋，但是理智制止了她这样不矜持的行为。

时间不早了，陆浩扬和商泽一起送两个女生回去，回到宿舍后的关清浅释放本性，鬼哭狼嚎了一阵又开始傻笑，一副陷入爱河的模样。

另一边回去的路上，陆浩扬疑惑地问道："我送我女朋友回宿舍，你来干吗？"

商泽侧头看了他一眼，语气随和地说："谁不是呢？"

陆浩扬瞬间明白了什么。

这阵子不知怎么回事，陆浩扬给张馨怡点外卖、买零食的时候，都会给关清浅带一份，他解释说是商泽顺便买给她的。

关清浅边疑惑边拆零食包装。

"我看啊，这个商泽肯定也喜欢你。"张馨怡喝了口奶茶，嚼着珍珠，含糊不清地说道。

关清浅苦恼地叹了声气。她也不敢问啊，万一自作多情多丢人。

"没事，下周浩扬生日，姐妹再给你创造你俩独处的机会。"

关清浅两眼汪汪，不停地点头，忽然想到了什么，随后点开微信。

"你生日是什么时候？"

对方很快就回了信息："怎么突然问这个？"

"下周不是陆浩扬生日嘛，所以顺便问问你。"

"12月26日。"

关清浅一愣，眼底染着笑意："竟然比我小3个月，弟弟，快说姐姐好。"

"你应该是阿姨吧。"

"你才是阿姨！"

"阿姨好。"

关清浅扁了扁嘴，表面上生气，心里却溢出甜蜜。

"弟弟好。"

"不准喊我弟弟。"

商泽的腿跷在凳子上，皱着眉想着关清浅会不会不接受姐弟恋，但目光又回到刚刚自己打出的字上，担心自己的语气是不是重了些。就在他纠结之际，手机弹出一条信息："你就凶我吧，凶完我就是别人

的小宝贝了。"

商泽盯着这条消息来回看了好几遍,脑海中想象女孩发信息时的表情,终于忍不住嘴角上扬笑出了声。

不远处的陆浩扬瞥了他一眼,摇了摇头。

这恋爱的酸臭味。

关清浅盯着手机等待回信,想刚刚开玩笑说的话是不是吓到他了,抬手准备打字解释一下时,收到了回复。

"我舍不得凶你。"

下周很快就到了。

关清浅精心打扮后来到KTV,大家都比较熟悉,商泽被拉着去组队打游戏,几个女生和两个不爱玩游戏的男生玩真心话大冒险。

第一次关清浅不幸中奖,于是自罚一杯。

第二次关清浅又中奖了。

"唉,大冒险吧。"

张馨怡眼珠一转,随即大喊道:"和左边的男生喝酒!"说完目光扫向不远处正低头玩游戏的商泽。

其他人看热闹也跟着起哄。

关清浅红着脸,不好意思地想愿赌服输,反正只是做做样子。

可酒杯还没端起,就被身侧突然伸出的一只白净的手夺走了,只听那人嗓音微沉:"我帮她喝。"

看热闹的朋友起哄得更起劲儿了。

商泽喝完放下酒杯,众目睽睽之下,拉着愣在那儿的关清浅走出了包间。

走廊上四下无人。

"你都不知道拒绝的吗?"商泽心里又酸又气,俊朗的眉毛此刻紧皱着。

关清浅忍不住笑了。他怎么连生气的样子都带着可爱。

007

可能是喝了酒的缘故，她大胆地抬起指尖戳了戳他的脸，眯着眼问道："你……是不是喜欢我？"

商泽琢磨了半响现在的状况，有种被看穿的感觉，脸颊竟开始微微发烫。

他习惯性地摸了摸后颈，含糊道："不行吗？"

关清浅一愣，伴随着心中悸动，嘴角控制不住地上扬，看着他有些害羞的样子，她竟生出逗他的想法。

"为什么？"

商泽顿了很久，目光看向她，瞳孔中是遮掩不住的专注，他一鼓作气地说："我很喜欢你。"

"然后呢？"关清浅又戳了戳他的脸，眼睛笑弯得仿佛月牙。

"就是，做我女朋友。"

"那……"

"好"字还没说完，关清浅的唇就被商泽吻上。

"不答应我，我就告诉他们说你强吻我。"商泽放开她的唇，在她耳边"警告"。

关清浅咬了咬下唇，心脏扑通扑通地跳，抬手回抱住他的腰。

近日一则视频风靡网络。

视频上一个少年在篮球场上撩起衣服下摆去擦脸上的汗，露出精壮的腹肌，随后不知看到什么就笑了起来。

这段视频被火速转发，吸引了大批网友。

"我错了。"

"你错哪里了？"关清浅站在宿舍楼下，手抱在胸前，极其不开心。

"不该擦汗。"

"还有呢？"

"不该笑，但我那是看见你才……"

"跟我没关系。"关清浅打断他的话，貌似感觉到自己语气有些重，

略微心虚地看了他一眼。

商泽低头，嗓音委屈却带着笑意："你就凶我吧，凶完我就是别人的小宝贝了。"

良久，春风带着甜蜜拂过，关清浅终于还是笑出了声。这话有些似曾相识，怎么从他嘴里说出来竟这样可爱。

怎么办，面对这样的男朋友好像生不起气来了。

世界杯结束，商泽喜欢的球队夺得了冠军。当晚大家聚餐时，关清浅多喝了两杯，脸上染着醉意，缠着他喊自己姐姐。

商泽垂眸，无奈又温柔地拨了拨她额前的碎发，嗓音低沉："姐姐。"

"嗯……再叫一声……"关清浅眯着眼，视线有些模糊。

"姐姐。"

"乖……"她笑着抱住他，头埋在他宽阔温暖的胸膛里。

"姐姐。"商泽嘴角勾起，一遍一遍地在她耳边轻声呢喃。

"嗯……"

"老婆。"

"……"

1

"同学,下节课是体育课吗?"

"昨天下课,和你走在一起的女生是谁?"

"草莓给你吃,我对你好吧。"

"你怎么总是不说话,不过还好我话多。"

"秦时,你为什么不看看我,书比我还好看吗?"

"秦时……"

伊蓝从梦中惊醒,额头出了些薄汗,神情恍惚地从床上坐起来,光着脚向卫生间走去,当凉水泼上脸时,神志才稍微清醒一点。

她有多久没有梦见那个人了,难道是最近又遇到他的原因?

伊蓝脑海中出现前一天两人对视的刹那,男人眼底一片平静。

他应该不记得她了吧,毕竟大学那会儿她留着刘海还戴眼镜,和现在的形象差别挺大。

关掉水龙头,安静的房间内只有她浅浅的呼吸声,内心侥幸的同时,又浮现无尽失落。

好歹这么些年她一段恋爱都没谈过,还会时常想起他,到头来,他早已把她给忘了。

也对,他现在可是艺人,哪里会在意一个学生时代的过客。

伊蓝是化妆师,因为最近一档选秀节目参加的人很多,闺密又是化妆团队的一把手,所以她也来帮帮忙。

可她从未想过在这里会遇见秦时。

"大家都在忙吗?"李棋推门而入,声音很大,吸引了众人的目光。

伊蓝疑惑地转过头,才发现进门的原来是秦时的经纪人,目光下意识地往他身后看。

果不其然,一个身材高大、清瘦的男人走了进来,坐到了不远处空着的位置上,全程没有过多言语。

李棋倒是没什么别的反应:"都坐下吧,还有半个小时,化妆师不忙的话先给秦时化一下。"

闺密文君欣自然不会懈怠:"伊蓝,你上。"

她愣了几秒,点头,整个化妆间因为秦时的出现气温都降了几度。

男人早已摘下口罩,眼眸黑亮,内双搭配着高鼻梁,清隽而不露锋芒。他好像一点都没变,还是记忆里少年的模样,只是整个人更沉默了。

时隔五年,伊蓝第一次这样近距离地看他,拿着粉底刷竟有种无从下手的感觉。

这人本身的底子太好了,所有点缀都显得多余。

她向后退了退,呼吸也跟着顺畅了些:"经纪人有没有说今天是什么类型的穿搭,这样我好搭配妆容。"

秦时正在划手机的指尖顿了一瞬,缓缓抬眸看向镜子,准确来说是看向镜子里的女孩,声音微沉:"不知道。"

伊蓝刻意忽略了那道让人莫名心跳的视线。

深呼一口气后,她抬手将粉底打在了只需要提亮的地方。随后她又加深了些眉毛,小拇指轻轻地摩挲着男人的眼皮,因为心里有些紧张,手上自然也没了轻重。

"抱歉,有点深了,我擦一下。"伊蓝低着头,声音不大。

化妆间里大家都在忙碌,自然没人注意到这一角。

秦时关掉手机并且在手心转了一圈,灯光下白皙的手背骨节分明,还泛着淡淡的青筋,黑眸扫了眼一旁在慌乱地找东西的女孩,嘴角勾起:"你紧张什么?"

伊蓝眸光一闪,将男人的笑尽收眼底,两侧脸颊迅速烫了起来:"第一次给'顶流'化妆有点紧张。"说完将眉毛擦淡,起身准备打理头发。

自从遇见他之后,她心里就乱糟糟的。

秦时看了她一会儿,随后移开目光,嘴角的笑意渐渐淡去,指尖似有似无地点着裤子,不知在想些什么。

她随意打理的头发竟出奇地慵懒好看。

李棋进来后眼前一亮,他性子大大咧咧的,此刻夸起人来也绝不含糊:"这风格也太适合秦时了吧,你叫什么名字?要不要来做我们的专属化妆师?工资翻倍。"

伊蓝下意识地摆手摇头,可听到"工资翻倍"这几个字犹豫了,对于一个打工人,"工资翻倍"是什么概念,不等她反应过来,一旁的文君欣直接帮她开口。

"当然可以啊,伊蓝本来就是化妆专业的。"

"伊小姐是哪里人?"

伊蓝将手中的发胶放到一旁架子上:"江城的。"

"这也太巧了,你和秦时是老乡啊,你大学在哪上的?"

伊蓝动作一怔,下意识地看了眼对面的男人:"就江大的。"

李棋来了兴致,手肘推了推旁边的人:"秦时,你们竟然还是校友,那你们是不是原来就认识?"

秦时抬眸,身子漫不经心地向后靠了靠,嗓音随意:"嗯,我同班同学。"

一个欺负了他整整一年的同学。

2

男人的声音不大,嘈杂的化妆间只有身边几个人听见了。

文君欣呆了,她和伊蓝认识好几年都从未听她提过。

"这么巧?那你们应该挺熟的。"李棋摸着下巴,连连点头。刚好找不到合适的化妆师,两人先前认识,后面沟通造型也方便一点。

秦时倒没有反对意见,他穿着墨绿色短袖衬衫,没有系扣子,里面是一件自己代言的品牌新款T恤,声音依旧慵懒:"不太熟。"

伊蓝抬眸恰好撞进他的眼睛里,忽然想起曾经的她总是在他耳边说话打扰他看书,这个人也是用这种没有情绪的眸子和她对视。

"不太熟。"

伊蓝耳边回荡着他说的话,心中突然一阵委屈。敢情她白欺负了他这么久,现在这个男人竟然说和她不太熟?

伊蓝指尖收紧了些,不管过去还是现在,他对她好像总是冷冷的。

原来不喜欢就是不喜欢。

如果换成几年前的伊蓝,她可能会一笑而过,继续每天跟在他身后。

可现在不一样了,当年父亲犯了事,她的身上也被贴上标签,怎么还有脸见一个曾经被自己"欺负"过的人,于是毕业后她一声不吭地随母亲搬离了那座城市。

后来她就在电视上看到了耀眼的他,可能是心底里的不甘心和执念,伊蓝选择了学化妆。

她想成为跟组化妆师,她想给艺人化妆。

她想这样是不是有那么点机会再遇见他。

可如今她真的遇见了,却有种抬不起头的尴尬和胆怯。

"是不熟,我们没说过几句话。"伊蓝垂下眸,淡淡开口。

李棋还没开口,秦时倒是笑出声,眼里有一闪而过的自嘲:"等会儿记得来补妆。"说完转身先出了化妆间。

李棋没注意到两人的异常,拿着手机不停地看消息:"快到时间了,关于秦时专属化妆师这件事我录制结束后再找你。"

两人走后,化妆间的嘈杂声比刚刚大了些。

文君欣结束手头的工作就跑过来拉着伊蓝走到一边:"这么重要的消息怎么没和我说过?"

伊蓝抬手拍了拍滚烫的脸颊,侧过头别扭道:"以前的事我都忘了。"

"真的?"文君欣凑近了些,显然不相信。

"真的啦,我要去忙了。"

"这个机会你把握住了,以后在圈子里出了名,有的是资源找你,到时候别忘了带带我。"文君欣语气老练,说完还不忘拍拍女孩的肩膀。

伊蓝被她的话给逗笑了,哪有她说得那么容易?她也学着拍了拍文君欣的肩膀:"就算出名了,我也会来帮你的,到时候文老板别忘了给我涨点工资。"说完拿起补妆工具走出了化妆间。

录制开始前的现场比化妆间还嘈杂。

形形色色的人分工明确地做着各自的工作,观众席传来阵阵呐喊声,不过这疯狂的呐喊声为的不是选手而是导师。

选秀节目的导师并不是资历越深越好,更重要的是自身能力和流量。

秦时出道至今零绯闻零黑料,团队又会经营,只接好的资源,因此粉丝呼声只增不减。

流量一旦有了这样的格局,必定不会是昙花一现。

伊蓝沉浸在自己的思绪里,完全没有注意到不远处的男人已经向她走来。

"这么听话?"秦时顿住脚步,站在女孩面前,足足比对方高了一个头。他说话时嘴角淡淡勾起,身上脱去外套,只穿了里面的白色短袖,看起来人畜无害。

伊蓝艰难地移开目光,摆了摆手中的补妆工具,心里还在为化妆间里他说的那句话而委屈:"我一直听话。"

秦时眉毛微扬,深邃的眼眸沉静、内敛,像是想起了什么,微微俯下身,凑近女孩的脸颊:"我可记得你逼着我吃你剩下的草莓。"

伊蓝怔住:好啊,原形毕露了吧,那么多好事不记,偏偏就记着她欺负他的事。

小心眼！斤斤计较！

她慌乱地后退了一小步，内心一边骂着，话也没经过大脑脱口而出："你不懂，那是给喜欢……"

伊蓝闭了嘴，差一点自己也原形毕露了。

"喜欢什么？"秦时站直身体，眼眸依然波澜不惊。

"没什么，你放心，我工作时绝不掺杂任何个人恩怨。"伊蓝收拾好东西，信誓旦旦地保证。

秦时沉默几秒，冷哼一声，随后别开眼："但愿如此。"

这是什么眼神！伊蓝感觉自己掉进了一个坑里。

这个男人不会是想报复她吧。

节目录制到一半，这个休息空当也是后台化妆间最忙的时候。

伊蓝甩了甩酸麻的手臂，继续给面前的人补妆，一个接着一个。

不经意间，她抬眸看到了悠哉地坐在旁边位置上的秦时。

男人眼眸垂下，侧颜立体，单单坐在那儿就让人感到平静。

伊蓝将视线重新转回到自己的手上，内心隐隐发酸。

喜欢过的人再遇见果然还是很喜欢。

随着时间的流逝，化妆间的人也所剩无几。

伊蓝抬着酸酸的手臂在给最后一个选手补妆，一旁男人强大的存在感让她完全专注不了，突然门口有人说了句："节目组请喝奶茶啦。"

伊蓝像是逮到了机会，转头对着刚闲下来的文君欣撒娇："欣欣，我想去卫生间，帮我一下。"

女孩说完只留下一个背影，好像真的很急的样子。

文君欣忍不住皱眉，拿起被她扔下的化妆刷："这丫头，做事不负责任。"

秦时靠着椅背，在女孩走后终于抬起眸。

通过镜子看了眼她的背影，他扯了下嘴角，嗓音很低，像是喃喃自语："确实不负责任。"

对人也是如此。

3

　　伊蓝刚出卫生间恰好碰见了李棋。
　　李棋因为有同公司签的艺人来参加这个选秀提升知名度，所以今天格外忙碌："伊小姐要去化妆间吗？帮我喊一下秦时过来准备录制。"
　　伊蓝："……"

　　伊蓝轻轻打开化妆间的门，文君欣几个人不知什么时候离开了。
　　房间里只剩秦时坐在原位，她走近后才发现男人闭着眼睛好像睡着了。
　　伊蓝放慢脚步，大胆地盯着他清隽的面颊，忍不住咽了下唾沫。
　　祸害，当初就是被这张脸给迷惑了。
　　"喂……秦时。"伊蓝声音很轻。
　　没有回应。
　　她眉头微拧，身子也凑近了些："秦时，醒醒，马上要录制了。"
　　靠在椅子上的男人睫毛动了一下，似乎没有醒。
　　他怎么睡得这么沉，是因为最近太累了吗？伊蓝看了看没人的四周，目光又重新回到秦时的脸颊上。
　　"你再不醒，小心我亲你。"她的声音很小，语气像是开玩笑又像是认真的。
　　依然没有回应。
　　伊蓝缓缓站直身体，看了眼时间，不忍再打扰他，刚欲转身，手腕就被握住。
　　冷热交替、电流四起，伊蓝的心跳不断加速，她已经忘记今天是她第几次脸红了："你……什么时候醒的？"
　　秦时握了一瞬就放开了她的手腕，指尖还残留着女孩的温度，黑眸深邃，嗓音也跟着哑了几分："你说亲我的时候。"
　　空气安静了两秒。
　　伊蓝尴尬地揉了揉被他握过的手腕，强大的自尊心迫使她硬着头

皮解释:"我开玩笑的,你别当真。"

秦时的目光顿了几秒,缓缓站起身,双手随意地放进裤子口袋,轻笑道:"以前上过的当,自然不会再上第二次。"

伊蓝因为他的话怔在原地,蓦然抬眸看向他的脸。

他的意思是自己以前骗他了吗?

虽说自己当初一声不吭地离开不太好,但他脑子里只有学习的人,自己的消失对于他来说也没什么影响吧。

伊蓝一想到以前追他的那段时间,心酸就从四面八方涌来,她想努力呼吸,却只能任由沉重的心不断坠落。

门口响起了工作人员的催促声。

秦时垂眸看着女孩微微发红的眼眶,担心自己是不是吓着她了,意识到自己的想法,秦时忍不住眉头一皱,索性别开目光,闷声开口,倒有几分赌气的意味:"你不会还喜欢我吧?"

伊蓝听完忍不住后退了一小步,这下连耳朵都红了,像是多年的秘密被发现,没出息又坚定地反驳:"怎么可能?当年只是年轻不懂事。"

"年轻不懂事?"秦时顺着她的话直接开口,像是听到了什么笑话,眼底冷了几分。

伊蓝点了点头,随后话锋一转,手指握紧衣角:"干吗这么问?还是说你喜欢上了我?"

秦时没有立刻说话,沉默几秒过后,嗓音透着玩味:"你觉得呢?"

伊蓝垂下眸,将失落和委屈压下,无所谓地笑了,坚持要为自己挽回几分面子:"当然不会啦,要不然我都没办法和你工作。"

屋内安静,走廊传来阵阵脚步声。

不知过了多久,秦时转身离开了房间。

伊蓝抬眼看向男人离开的背影,他好像又生气了。

怎么老生气,跟大学时一样!

毁她青春,抢她初吻。

说到初吻，伊蓝思绪一下子回到了从前——

盛夏的课堂，不睡午觉的人下午第一节课必定瞌睡。

伊蓝撑着脑袋，头一点一点地晃动。

身旁的少年用手肘碰了碰她，声线干净："认真听课。"

伊蓝微闭着眼，在老师不注意的时候，小声怂恿："你亲我一下，我就不困了。"

说着把脑袋凑了过去，她以为秦时依然会直接无视她。

没想到下一秒唇部一热，只短短一瞬，少年就坐直身体，嘴角勾笑，像是刚刚的行为与他无关："还困吗？"

女孩大脑一片空白。

……

"发什么呆呢？李棋让你找他一下。"文君欣好像刚睡醒，哈欠连连。

伊蓝红着脸"哦"了一声，快速离开，脚步慌乱，心里又痛骂了一遍秦时。

"你没什么意见的话，我们就定下来了，刚好今晚团队聚餐，大家认识一下。"李棋一边开口一边看着舞台。

伊蓝没有说话，内心纠结。如果她拒绝，这么好的机会就会白白浪费；如果她接受，秦时会不会认为她依然在纠缠他？

节目流程到了导师挑选手到自己队伍的环节。

伊蓝抬眸望去，男人的衣服已经变成了纯黑色西装，随意的动作和眼神都能引起台下观众的呼声。

"需要考虑时间吗？我……"李棋侧过眸，看着一旁的女孩，只是话还没说完就被打断。

"不需要，以后就请多多关照了。"

虽然不想承认，但她就是喜欢秦时，就算这个人可能依然不搭理她，但她还是想待在他身边，哪怕远远地看着也好。

聚餐地点不在闹市区，大家嘻嘻哈哈的饭局已经接近尾声。

李棋笑着用目光扫了眼不远处整晚话都不多的秦时:"小伊,大学那会儿追我们秦时的小姑娘是不是特别多?"

伊蓝突然被提到,神色瞬间愣了一瞬,抿了口果汁,淡淡开口:"嗯,挺多的。"

李棋意料之中地点点头:"你记得有多少个?"

"不记得了。"伊蓝摇摇头,这是实话。

秦时指尖摩挲着酒杯边缘若有所思,随后缓缓坐直身体靠向椅背,目光淡淡地落在对面的女孩脸上:"我只记得一个。"

李棋来了兴致:"哦?为什么对这一个印象这么深?"

饭桌上安静下来,似乎都很好奇这个答案。

秦时语调不变,眼神晃了晃:"她甩了我。"

李棋震惊地瞪大眼睛,随后笑出了声:"这个女孩这么厉害,竟然甩了你?"

伊蓝眉头皱起,有点听不懂。

谁甩了他?

难道是她离开后,他谈恋爱了?

这么想着,伊蓝的鼻头再次发酸,心脏也不断下沉。

秦时笑意更深,不知是因为喝了酒的缘故还是什么,眼眶微红:"她是挺厉害的。"

"说到学生时代,我记得刚遇见秦时那会儿,我问他愿不愿意成为艺人,他当时竟然反问我当艺人的话所有人都能看到他吗,我……"

李棋要开车所以没喝酒,捧着杯白开水一边回忆一边开口,只是话还没说完,不远处的男人突然站了起来。

秦时拿起外套,目光垂着没看任何人,侧颜冷峻:"时间不早了,回去吧。"

"我等会儿要去公司一趟,秦时喝了点酒,小伊你送他到房间吧,这里人比较多。"李棋坐在驾驶位上,目光一直看着手机打字。

伊蓝侧过眸看向一旁靠着椅背闭目养神的男人,心里犹豫一瞬。

让他独自回酒店被人围住乱拍也挺可怜的,想了想,伊蓝回道:"好。"

酒店走廊空旷安静。

伊蓝打算送他到房间门口自己就离开,谁知这男人拿着房卡刷了几次门都没有开,走近一看,才发现他刷的是身份证。

"房卡呢?"

秦时靠着门,好像是酒的后劲上来了,眼神迷离,声音很乖:"不知道。"

伊蓝叹了口气,抬手伸进他的口袋找着了房卡,只听"嘀"的一声,房门被打开了。

伊蓝站在门口有点尴尬:"早点睡,我先回去了。"

秦时乖乖地站在房间门口,垂眸时竟透着几分温柔:"我想喝水。"

房间内。

看着面前的水壶,听着水壶烧水的声音,伊蓝感觉自己一定是菩萨转世。

秦时靠着墙壁看着不远处女孩的背影,不受控制地抬脚走去。

"你走过来都不发出声音的吗?"伊蓝因为他突然出现在身旁,被吓了一跳。

秦时沉默了几秒才缓缓开口:"对不起。"

她没想到男人会和她道歉,心里莫名愧疚起来,心头也不断变软,突然想起了什么,小心翼翼地试探道:"大学那会儿谁甩了你?"

"忘了。"

饭桌上还说只记得一个,现在又说忘了,口是心非。

伊蓝越想越气,不就是不想告诉她嘛,不就是不喜欢她嘛。

伊蓝低下头,敛下眼睛里所有的情绪。

秦时抬脚向前又迈近了一步。

感受到男人的动作,伊蓝也下意识在他靠近时后退了一步。秦时狭长的眼眸此刻染上危险的情愫。

伊蓝差点咬到自己的舌头,身后已无路可退,她偏过头躲避男人

近在咫尺的呼吸。

脸颊两侧像是有火在烧一般,毕竟她从没见过这样的秦时。孤男寡女共处一室,她承认她害怕了:"秦时,我承认……承认对你还有点想法,但我们这样进展太快了……你得顾及我的想法……"

秦时停住动作,暗光下眼眸黑亮:"想法?"他声音顿了一下,随后手掌顺势撑在她腰旁的大理石桌面上,将她禁锢怀中,语气低沉却充满蛊惑,"你离开时有顾及我的想法吗?"

4

伊蓝蓦然转过头,鼻子不小心碰到了男人的鼻尖,她也没了底气,声音越来越小,红着脸只想逃:"我什么时候不顾及你的想法了?"

秦时嘴角勾起,眼前站着的是他年少时用余光看了千万遍的女孩,想起她消失后的那段时间,眸色冷了一瞬:"需要我提醒你吗?"

伊蓝心里打着退堂鼓。她想,他一定是喝醉了才这样。

"你喝醉了。"

房间内静得水滴声都能响彻耳畔。

秦时的头确实有点昏,但眼眸此时格外清澈:"毕业后谈了几次恋爱?"

伊蓝没想到他会问这个,下意识地坦白:"没谈过。"可说完就悔了,这样显得她很没面子。

"为什么学化妆?"秦时动作没变。

伊蓝咬着唇,眼睛看向别处,半天才憋出几个字:"要你管。"

伊蓝发现他缓缓暗下去的眼眸,突然想起了什么,忍不住再去试探:"你当艺人是要给前女友看吗?"

秦时身体向后退了些,侧过头抬手将锁骨下的衬衫纽扣解开两颗。不知是不是喝了酒的缘故,耳根隐隐泛红:"给你。"

男人的话几乎没有犹豫。

秦时弯着腰将下巴抵在她纤细的脖颈上,喃喃地开口:"我找不到你，只好想方设法让你看到我了。"

伊蓝手臂垂在两侧，内心的震惊和冲击还没有缓过来，此刻大脑一片空白。

她以为自己的离开对他不会有任何影响。

转念一想，她喜欢他那么久，他一点反应都没有；她走了，他才开始找她。

活该！

伊蓝看着此刻迷迷糊糊的秦时，内心起了些坏心思："叫声姐姐听听。"

秦时沉默几秒，轻轻放开了她，深邃的眼眸在暗光下莫名勾人，嗓音邪肆蛊惑："姐姐。"

年少时的伊蓝仗着比他大两个月，有段时间天天逼他喊她姐姐。

那时没听到的话，今天终于听到了。

伊蓝又气又笑，突然想起什么，好像有哪里不对。

她抬眸看向男人的眼睛："秦时，你明天还会记得现在发生的一切吗？"

第二天，伊蓝下午才去上班，在这之前她去机场接了个人。

化妆间内。

伊蓝咬了一口草莓："我这几天比较忙，你就安安静静地坐着打游戏，别给我添乱。"

伊明宇头都没抬，手指点着手机："知道了姐，妈让我问你交没交男朋友。"

伊蓝脑海中下意识冒出昨晚男人的画面，脸颊没出息地发热。

还没等她开口，文君欣便领着几个化妆师进来，看到伊蓝旁边的少年，忍不住问道："伊蓝，这是谁呀？"

"我弟，过来找我玩。"

伊明宇抬眸礼貌地点了点头，张口将他的"好姐姐"递过来的草莓咬进嘴里。

文君欣眸色一亮,坐到她身边,一脸宠溺:"你弟弟长得好乖啊!"

话音刚落,化妆间的门再次被打开,首先映入眼帘的是李棋。

"大家都在呢,秦时下午要赶别的通告,麻烦先给他做造型。"说完,秦时从他身后走了进来。

他今天穿的是浅蓝色衬衫,里面搭配了一件纯白色T恤,亮色的搭配干净、舒适。

伊蓝悄悄打量完,刚准备收回视线,却与男人看过来的目光对视。

一瞬间脸红心跳。

她快速别过眼,假装看伊明宇打游戏。

文君欣点头,因为伊蓝要陪弟弟,她理所当然地站起身帮秦时化妆。

化妆间里安静下来,只有文君欣找化妆工具时的碰撞声。

伊蓝的心跳从一开始的慌乱逐渐转为平静,抬眸看向此刻一言不发的秦时。

他不会真忘了吧?

这样想着,伊蓝愤愤地连吃了几颗草莓,还将草莓习惯性地递到一旁打游戏的少年嘴边,少年看都没看也习惯性地吃了下去。

文君欣刚拿起眉笔,看到坐着的男人捧着手机,屏幕上在播放一段练舞视频,而他的眼眸却一直看着镜子里。

"那个,你手机……拿反了。"

秦时眸光一顿,收回视线的同时将手机直接放进口袋里,随后站起身,眉眼冷淡:"不化了。"

李棋不知道跑哪去了,文君欣一脸疑惑,看向一旁的伊蓝,小心翼翼地开口:"他看起来好像在生气,我只是提醒他手机拿反了。"

伊蓝也纳闷,看了眼紧闭的大门,站起身:"没事,我去问问,你帮我照看一下我弟。"说完又拿起一颗草莓走出了房间。

她是在走廊尽头找到秦时的,男人倚靠着墙壁。

伊蓝拉着他走到无人的角落。

秦时低着头没有看她:"你还有心思管我?"

听着男人委屈的声音,伊蓝有些心软,隐隐察觉出不对劲,再次开口:"你怎么了?"

秦时别过头冷哼了一声,沉默了一瞬后,扫了眼她手里的草莓:"你为什么……给别的男人吃。"

伊蓝反应了好一会儿,忍不住笑了:"就因为这个?直接不化妆甩手走人?"

秦时没说话:"我以为我昨晚说得够清楚了。"

伊蓝不再逗他:"那是我弟弟,长大了你就不认识了?"

秦时动作一顿,脑海中回忆起曾经有个小孩找他,让他离他姐远点。

"现在认识了。"

伊蓝眯着眼又笑了一下,将手中的草莓递到男人嘴边:"这一整颗草莓都是你的,吃完乖乖回化妆间。"

秦时垂眸扫了眼女孩的掌心,轻轻摇头:"不要整个。"

伊蓝听完脸颊一烫,心脏再次快速跳动起来,放下抬起的手臂,小声道:"现在人多,回去给你吃。"

秦时显然不买账,嘴唇勾起,白皙的脸颊笑意盈盈,抬手牵住她的手,十指相扣:"那你亲我一下,姐姐。"

伊蓝的脸显而易见地红了:"不行。"

"那我亲你。"

"不行……"

和所有人一样,秦时在父母的安排下长大。

被灌输着学习是唯一出路,找个稳定的工作,要努力买车买房,成家立业、结婚生子的想法。

步入大学后,父母依然严厉,这也让他产生一种疑问:他的人生会不会一直这样?

这种疑问在伊蓝出现之后就莫名消失了。

他收过情书,也被女孩子表白过。所以当他看到伊蓝看自己的眼神以及一些暗示性明显的话时,他就知道了她的心思。出于保守的家庭理念,他直接与这位同学保持了距离。

只是没想到她看着挺文静,话竟那么多。

这位同学不仅话多,好像还很爱吃草莓,还要逼迫他吃,还美其名曰草莓要给喜欢的人吃。

他承认在她说喜欢的时候,心跳片刻悸动,但表面上还是果断拒绝。

周而复始之后,女孩好像难过了,她红着眼说,你不吃有的是人吃。

祸害他不够,还要去找别人。

秦时有点生气,终于在女孩又一次委屈巴巴将草莓递给自己时,张开了口。

确实挺甜的。

后来,他发现这位同学竟然趁着午休的时候偷亲自己,为了避免尴尬,他没有睁眼。

只是女孩好像真以为他没发现,每个午休趁他睡着都来偷亲。

太过分了。

但他依然没有戳穿,甚至有那么点想笑。

他意识到自己喜欢上伊蓝是在一次体育课上。

没想到平时过分活泼的女孩运动细胞竟这么弱。

他也实在没忍住让她一个人吊车尾,陪跑了全程。

不知不觉迎来了毕业阶段。

父母的期望太高,他要拿到上市公司的 offer(录取通知书),其实还有个原因是他想给伊蓝一个有保障的未来。

这么可爱的女孩子可不能跟着他吃苦。

他决定等毕业聚餐那天就向伊蓝表白。

只是那天班级同学都到齐了,她都没有出现,他开始迷茫。

饭桌上,同学们窃窃私语。

有的说伊蓝的父亲犯了事,肯定没脸来见我们。

有的说她爸爸不是好人,伊蓝自然也不是什么好人,在班级里横行霸道。

那是秦时人生中第一次生气,为了一个女孩。

而这个女孩很久很久音信全无。

几年的工作和生活都是两点一线,他又恢复了以往的沉默。

他有时候在想如果他早一点坦白,早一点抱紧她,她会不会不走。

可有时候又在想她真的喜欢自己吗,怎么可以这么狠心直接离开,一句解释都没有。

再后来,李棋的出现,他只问了一个问题:红了是不是所有人都能看到他?

得到了李棋肯定的回答。

他辞职了,签约了娱乐公司。

这条路是他从未想过的,但迈出脚就只能一条路走到头。

他已经错过她一次了,不能错过一辈子。

他必须要让那个女孩看到他。

身旁的人突然翻了个身,打断了秦时的思绪。

"怎么还不睡?"伊蓝缓缓睁开眼,嗓音迷离。

秦时心头微动,目光看向一旁,搂过女孩的腰,嗓音低了几分:"突然想到以前的事。"

伊蓝点点头又闭上了眼:"有什么好想的,不是在一起了嘛。"

秦时没有说话。

是啊,回忆再沉重再遗憾又怎样,此刻她在身旁,那一切都值了。

< 加载中… >

第三章

江医生，我还有救吗？

REN JIAN QING SHI

学妹女患者
VS
帅气男医生

▶▶▶▶▶▶

病历单

< 进度 14%… >

面前的医生抬手推了推眼镜,犹豫了一下:"祝小姐,现在的医疗十分发达。"

祝苒吓得舌头都捋不直了,不可置信却又只能接受事实:"你直接说,是绝症吗?"

贺时坐直身体,精明的眼眸透着淡淡的光圈,语气沉重:"我只是一个实习医生,您可以去对面科室请那位医生看看。"

大脑一片空白,祝苒不知道自己该怎么反应,顿了好几秒才颤颤巍巍地起身。

她在门口深呼一口气,随后推门而入,第一眼就见到一个穿着白大褂的男人坐在办公桌后面。

他戴着口罩,眉目清秀。

关上门后,她的心跳莫名加快了几分。

检查报告递过去时两人的指尖猝不及防地相碰,她下意识捏了捏手指,耳尖不自觉地染红:"江医生,这是我的检查结果。"

江瑾泽扫了眼报告单,嗓音淡淡地说:"头经常痛吗?"

祝苒摇摇头又点点头,前几个月自己还是公司的实习生,加班后头就会变得很疼。她忽然像是想到了什么,眼眶越来越湿润:"江医生,我还有救吗……"

江瑾泽这才抬眸看她:"刚刚医生对你说了什么?"

"他说,现在医疗很发达。"

空气安静两秒。

男人嘴角隐隐勾起一瞬,他慢条斯理地将口罩摘下:"你的脑部暂时没有问题,后面一个月每周过来复诊一次。"

祝苒愣愣地点了点头,她的目光随着他的动作停留在他的脸颊上。他的眼睛很好看,鼻梁高挺,阳光下肤色冷白。

不过,她怎么看他这么眼熟?

突然意识到自己的失态,祝苒不自然地移开目光:"那我到时候找哪个医生?"

"你想找谁?"

"那就……找你吧。"

"嗯。"

得知自己的身体没问题后,祝苒的心情也放松了不少,她缓缓地站起身:"江医生,那我就先走了,下周见。"说最后几个字时她一边看着男人立体的侧颜,一边小心翼翼地开口。

"注意休息,下周见。"江瑾泽薄唇轻启,嗓音温柔。

祝苒内心纠结一瞬,接着问道:"请问我们是不是在哪儿见过?"说完才发现这是多么老套的搭讪台词。

江瑾泽指尖轻点着桌面,泛着亮光的眼眸中映出红着脸的女孩,他嘴角扬起,露出浅浅淡淡的酒窝:"祝小姐想听什么?"

贺时哼着小曲,看了眼时间准备下班。这时,办公室的门突然打开,江瑾泽拿着资料走了进来。

"江医生,怎么样,拿下了吗?"

"你吓她了?"

"不是你让我找个理由把她引到你那去吗?我就吓唬了她一下。"说完像是又想起了什么,贺时拍了拍他的肩膀,"哥,这么多年你也别磨叽了,就你这条件、这长相,追到手是分分钟的事。"

男人没有说话,垂眸想了一会儿:"小姑娘胆子小,得慢慢来。"

贺时:"……"

"资料整理完再下班。"江瑾泽话锋一转，抬手将资料放到办公桌上，随后转身。

"江医生，大可不必，我真的只是吓唬吓唬她……"

耳边只传来冷漠的关门声。

"这CT（计算机X线断层扫描）没问题啊，医生怎么说？"沙发上，佳漫眯着眼看着祝苒的CT图。

祝苒走了半天路，拍了拍酸疼的小腿，随意答道："没什么大碍，医生让我之后每周去复查一次。"

"没问题还让你每周去，这医生是不是看上你了？"佳漫放下检查单狐疑地皱起眉头。

"你想多了，是以防万一。"祝苒笑着解释，脑海中回忆起今天在医院的一幕，问，"你认识江瑾泽吗？"

"怎么了？听着好耳熟。"

"我也觉得很耳熟，就像以前总是听人说过。"祝苒撑着脑袋，喃喃细语。

"查一下不就知道了。"佳漫起身拿过平板电脑，打开搜索引擎，输入名字，屏幕上出现了一个词条。

"好帅！我想起来他是谁了！"

佳漫瞬间来了精神，双目炯炯有神地看着屏幕激动地说："江瑾泽现在已经是脑神经外科医生了，比在学校时还帅……"

祝苒坐直身体，头伸到屏幕前，如小鹿般的眼眸充满疑问："他还和我们同校？"

"对啊，但是比我们大几届。你还记得我陪你参加过一个英语演讲比赛吗？他当时也参加了，我敢保证在场的所有女生都是为了看他。"

祝苒没有说话，好像陷入了回忆。

她记得那天她是第一个演讲，结束后急匆匆地要赶去上选修课。

有个男生轻轻地拍了拍她的肩膀，手中拿着她落在凳子上的外套。

他问她:"你叫什么名字?"

声线干净却带着一丝紧张。

祝苒本能地抬眸看去,不由得一愣。少年一头黑色短发,鼻梁很直,眸色略深,是一张耐得住细看的脸。

不过祝苒只是短暂地惊艳,因为赶时间,她接过衣服笑着答道:"我叫祝苒,演讲不要紧张,加油,我先走了。"

记忆模糊又混乱,最后那个青春里只见过一眼的少年与现在穿着白大褂温柔的男人的影像重合。

"想什么呢?这么出神。苒苒,你肯定不认识我们医大帅哥,你那时候只知道吃。"佳漫重复看着百度里仅有两张的江医生的照片,不禁啧啧嘴。

"不对啊,这好像是我从你口中第一次听到男人的名字,你怎么突然问起江瑾泽了?"

"哦,他是我的主治医生。"

"……"

祝苒今天耽误了好久才出现在医院里,其实她也不知道为什么,不自觉地给自己画了个淡妆。

诊室门打开着。祝苒出现在门口的时候,江瑾泽正在穿白大褂,白大褂里面是一件灰色的T恤,衣服虽简单,却压不住他天生的冷峭气质。

他的鼻尖到下巴的弧度线条流畅,眼睫微垂,修长白净的手指正一颗一颗地扣着白色纽扣,也是在这个时候,男人缓缓抬眸看到了立在门口的祝苒。

祝苒心头倏地一跳,连忙道:"江医生,我检查好了。"

江瑾泽动作顿了一下,随后将最后一颗纽扣扣好,走到她身边接过检查报告。

趁着他看文件的空当，祝苒再次抬头大胆地观察眼前的男人。

清澈深邃的内双、秀挺的鼻梁、长且微翘的睫毛，笑起来还有淡淡的酒窝，再加上这样鲜明的五官线条，江瑾泽的长相完美地戳中了她的审美。

"在看什么？"江瑾泽的视线早就不在检查报告上，他缓缓垂下手臂，颇有兴趣地看着祝苒。

祝苒永远不会忘了这一刻，她尴尬地想抠地板钻进去，全身血液因为突如其来的紧张快速冲上脸颊，连声音都变得结结巴巴："没……什么……没看什么……"

江瑾泽坐回椅子上，没有深究，目光再次放到她的检查报告上，不露痕迹地转移话题："这几天又熬夜了？"

祝苒立刻摇摇头："没有，我晚上十点半就睡了。"说完心虚地拨了拨额前的碎发。

江瑾泽没有说话，漆黑的瞳孔闪过精明的亮光："过来。"

祝苒放下手提包，十分乖巧地来到他的身侧。

只见江瑾泽随意地轻点手机，手背上的静脉在阳光下透着淡淡的青色，随着他的动作，祝苒也明白了他的意图："这是干吗？"

"监督。"男人说话面不改色，好像真的是在履行职责。

祝苒稀里糊涂地点了点头，拿出手机对向了桌面上泛着亮光的微信二维码。

刚扫完码，门就被推开。

贺时抱着医疗档案袋走了进来，喘着粗气将它们都放进柜子里，这才发现房间里拿着手机的女孩。

他瞬间眉毛一挑，嘴角上扬。"嗨，嫂……"突然，他感受到一旁警告的眼神朝自己扫来，吓得他立刻改口，"哈哈，今天医院人真少。"

"贺医生好。"

这一声问好让贺时背脊一凉，下意识看向一旁的男人，果不其然，江瑾泽阴沉着脸,看着女孩乖巧的模样,心里痒痒的:"不用打招呼。"

"什么?"祝苒转头,正好手机屏幕上弹出成功加对方为好友的消息。

"江医生,你针对我。"贺时皱着眉头走过来,内心一万个无语。这男人怎么还和他吃起醋来了?

随后贺时像是想到什么,边笑边朝着迷迷糊糊站在原地看着两人说话的祝苒说道:"祝小姐,你别看江医生现在衣冠楚楚,他大学里暗恋一个姑娘一年不敢表白,在楼梯拐角处手指不小心碰到了人家的发梢,足足和我们炫耀了一个多月。"

祝苒将贺时的话听得一清二楚,有点不明白贺时为什么要对自己说江瑾泽的私事。可当她听到江瑾泽暗恋一个女孩一年时,失落的心情大于惊讶。

现在呢?他依然喜欢那个女孩吗?

江瑾泽面无表情地转向幸灾乐祸的贺时,又看了眼不知在想些什么的祝苒,第一次有了种百口莫辩的感觉。毕竟这是事实。

"我送你回去。"

祝苒反应迟钝,这才理解他的话:"我可以自己回去。"

"江医生,你不用上班吗?"贺时看热闹不嫌事大。

"我今天休息。"

他今天竟然休息,那自己岂不是占用了他的休息时间?祝苒心想。

医生本就很累,好不容易有了休息时间还被自己打扰,祝苒突然有些愧疚:"江医生,对不起,我不知道你今天休息,我可以自己打车回去。"

"家在哪儿?"一声声的"江医生"让江瑾泽听得有些烦躁。

事已至此,祝苒也不太好拒绝,乖巧地报了地址,可她怎么也想不明白为什么江瑾泽要送她回家。

可能真的是顺路吧。

这样想着,祝苒系好安全带,嫣然一笑,感谢的话脱口而出:"谢谢学长。"

江瑾泽坐在车内还没来得及启动,一只手慵懒地搭在方向盘上,侧脸被灯光衬托得很柔和:"你刚刚说什么?"

祝苒想掐死自己的冲动都有了,感受到身旁不容忽视的压迫目光,她硬着头皮解释:"我在医大有幸见过江医生一面,不知道你记不记得?"

手指不着痕迹地收紧,江瑾泽的性格一向沉稳,他以为这一生不过如此了,可在大四那年自己竟鼓起全部的勇气去问了一个女孩的姓名。

车内依然安静,祝苒看他不说话,以为自己冒犯到了对方,刚想开口,耳边传来低沉的声音。

"不记得。"

压下内心的失落,祝苒的嘴角不自然地扬了扬:"没关系,也可能是我认错了。"

不久后,贺时知道了这事,直接吐槽某个男人——死要面子活受罪。

黑色轿车驶到小区门口,祝苒抬手抚平裙摆,侧过头:"我到了,江医生回去时注意安全。"

"私下叫名字吧。"江瑾泽声音不大,可听在祝苒耳朵里就变得有些暧昧。

"好,江瑾泽。"祝苒小心翼翼地念着他的名字,好像是要认真记在心里。

"嗯,十一点之前睡觉。"

祝苒点了点头,准备解开安全带,可弄了好一会儿,安全带纹丝不动,像是被卡住了。

祝苒尴尬地转过头求助一旁看戏的男人。

江瑾泽看着她的动作轻笑一声,缓缓俯身靠近,抬手覆上她的手背,轻轻一按,安全带被顺利解开。

祝苒看着眼前男人的脸，呼吸都变得缓慢，当手背温热的触感离开，她没忍住地问道："江医生，你有女朋友吗？"

说完她就后悔了，脸颊此刻因为害羞涨得通红。

周围安静下来，车厢内温度也上升了几分。

江瑾泽动作顿了一瞬，随后转过头，目光似笑非笑："没有。"

她的脸颊更烫了，眼神匆忙地瞥向别处："下周见。"说完不等他回答，她再次落荒而逃。

江瑾泽笑容未减，慢悠悠地打开车窗，带有明显肌肉线条的手臂随意地放在窗沿。

晚风拂过，领口微晃。

他的目光投向已经不见人影的拐角，转动方向盘掉头，往相反的方向驶去。

祝苒今晚失眠了，翻来覆去睡不着，脑海里不停回放在车里男人专注而温柔的眼神。

可能连祝苒自己都不知道，此刻她的嘴角已经快要扬到了太阳穴。

祝苒下班回到家，躺在沙发上，目光呆愣地看着天花板，不知想到了什么，又忍不住笑了一下，拿起手机，点开熟悉的聊天框，聊天页面停留在昨晚的互道晚安。

祝苒用手指敲了敲屏幕："江医生，吃饭了吗？"

时针一分一秒地走着，祝苒看了会儿电视剧，眼眸似有似无地看向安静地躺在那里的手机。

随着时间的推移，祝苒无奈地点开还没有收到回应的手机。

她想问问江瑾泽现在在做什么，可又害怕他看到她的信息不想回。

祝苒关了灯安静地躺在床上，内心五味杂陈，疑惑、失落、期待等一系列情绪全部相继而至。

她又赌气般地发了个表情包，随后将手机扔在一旁，把自己闷在被子里。

不知过了多久,在祝苒迷迷糊糊快要睡着时,手机振动了。

她翻了个身,先是看了眼时间,马上十一点了,目光向下,此刻屏幕上赫然跳动着江瑾泽的来电显示。

祝苒眯着眼又仔细看了一遍,瞬间困意全无。

"睡了吗?"他的声音沙哑又带着些疲惫,调子很轻,传到祝苒耳边便异常温柔。

"还没。"她俯身开了台灯,身体靠着床头,抬手将垂下的碎发拢到耳后。

"手术结束才看到信息,别生气。"

祝苒愣了几秒,突然感到自己刚刚的行为有多么无理取闹,明明知道他很忙,自己还因为他没有秒回信息而赌气,愧疚的同时声音也放缓了些:"没关系,你吃饭了吗?"

"一个人不想吃。"

祝苒没有说话,脸颊悄悄地染上绯红,低头想了一会儿:"江医生……是什么意思?"

"和贺时一起吃饭。"江瑾泽带着笑意开口,嘴唇忍不住勾起,像是已经想象到了女孩生气的模样。

祝苒确实有被气到,红着脸故作淡定:"江医生一定得吃饱了,这样明天才有精力给我做检查。"

江瑾泽垂着眸,指尖似有似无地轻点桌面,沉默几秒才缓缓开口:"听你的。"

阴天,天气有些闷热。

祝苒到医院的时候发现他办公室没有人,贺时说江瑾泽临时有一台手术,让她坐着等一会儿。

祝苒安分地坐在椅子上,窗外突如其来的雷阵雨让她身体一颤,她起身将窗户关严。

一晃就过了两小时。

江瑾泽摘掉口罩，快速脱掉手术服和手套，来不及听家属们围上来的感谢。

走在廊道上，他抬起手腕看了眼时间，脚步不由得加快了。

祝苒还在无聊地刷着手机，一抬头就看到江瑾泽立在门口，男人眼眸处漫着淡淡的红血丝，可依旧影响不到他五官的俊朗。

"你忙完了？"祝苒笑着起身。

江瑾泽没有说话，漆黑的眸明显地顿了一瞬。他以为她走了。

祝苒来不及开口，身体就被轻轻地抱住。

一瞬间鼻间充斥着男人强烈又陌生的味道，像是薄荷混合着皂香，干净得让人着迷。

祝苒呆愣在原地，大脑像是卡壳了，任由江瑾泽抱着自己。

反应过来时，她轻轻拍了拍他的背："你怎么了？"

"让我抱一会儿就好。"江瑾泽轻抚住女孩的头，眸光微闪。

祝苒不解地点了点头，耳边有力的心跳声让她脸颊发烫，同时想起了昨天江瑾泽的话，内心深处泛起点点酸意。

他从未解释过这么做的原因。

窗外的雨不知什么时候停了，但太阳依然被云层掩盖。

祝苒低着头，两人相立而站。

江瑾泽的手插在裤子口袋里，站着的时候足足比对面的女孩高出一个头。

"江医生，你以后不要这样了，我会……误会。"祝苒手指绞在一起，嗓音纠结又犹豫。

"误会什么？"江瑾泽将她的表情尽收眼底，抬脚上前一步，微微俯身。

祝苒下意识地后退一步，才发现身后已经抵着办公桌，被他这样直白地看着，祝苒目光羞涩地左右分散，说话声也没了底气："误会……就是误会……"

屋内静悄悄的。

江瑾泽缓缓勾起嘴角,双手顺势撑在女孩旁边的办公桌边缘,居高临下地将她禁锢在怀中,声音很轻:"误会我喜欢你?"

祝苒呆了几秒,缓缓地点了点头。

江瑾泽目光下垂,身体又凑近了些,嗓音比刚刚更加蛊惑更加温柔:"不是误会。

"祝苒,我喜欢你。"

< 加载中… >

第四章

哥哥今天好怪

REN JIAN QING SHI

活泼少女
VS
冰激凌店员

▶▶▶▶▶▶

< 进度 26%… >

顾歆婷一直是打打闹闹型的女孩,撒娇是不可能的,这辈子都不可能。

直到她刷微博时看到了这句话:"撒娇的女孩最好命,只会闹腾的女孩注定命途多舛。"

她感觉自己有被"内涵"到,随即决定验证一次。

她点开厉骁的微信——

顾歆婷:"哥哥,在吗?"

顾歆婷:"嗯?"

顾歆婷:"你今天好怪。"

厉骁:"你没毛病吧?"

顾歆婷:"怪好看的,嘻嘻。"

厉骁:"被盗号了吗?"

顾歆婷:"哥哥好帅。"

厉骁:"……"

顾歆婷:"你知道吗?这世上一切美好的事情,你的脸就占了99%!"

厉骁:"觉得我脸大就直说。"

顾歆婷:"……"

事实证明,和这样的男人撒娇是行不通的,他有一万种让你无话可说的方法。

顾歆婷气得放下手机,不就是撒娇嘛,谁还不会了?

夏天还没有来,但气温已经逐渐上升。

顾歆婷套上一件灰色卫衣,涂上昨天新买的眼影,眼睛亮晶晶的,甚是好看。她十分满意地在镜子前凹造型、练表情,想着等会儿见到厉骁该怎么"搔首弄姿"。

"在和谁聊天呢?笑得这么开心。"

"没事,一个小孩。"厉骁不着痕迹地收起手机,恢复不苟言笑的样子。

"哦,我知道了,就是经常来买冰激凌的那个,她来了。"

"一个香草冰激凌。"顾歆婷跑到点餐台,朝着厉骁似有似无地眨着亮闪闪的眼睛。

厉骁皱眉:"眼睛被人打了吗?这么红。"

"这——是——眼影。"顾歆婷觉得自己将毕生所有的耐心都用在了这个男人身上。

厉骁恍然大悟般地点了点头,转身继续做冰激凌,只听身后一道软糯的女声响起,他手指顿住,虎躯一震。

"人家的冰激凌香草味要重一点。"

一旁的店员已经笑得直不起身了,十分识趣地躲到了工作间。

厉骁背对着女孩,忍不住嘴角上扬一瞬,又恢复如初。

"谢谢。"顾歆婷付完钱顺口说了句。

男人用好听的声音叮嘱:"女孩子不要经常吃冷的。"

灯光下,男人黑发肤白,满满的少年气迷得顾歆婷呆呆地看着他。

"快化了。"

"哦……谢谢。"她回神后快速接过冰激凌。

"怎么不喊哥哥了?"

在床上翻来覆去睡不着,顾歆婷躲在被子里忍不住笑出了声。

顾歆婷和厉骁的相遇就是在冰激凌店——

那天好巧不巧下起了雨,她买完冰激凌就坐在店里躲雨,这家店的装潢特别小清新,于是她拍了很多张照片。

回家后筛选照片打算发朋友圈时,顾歆婷看到厉骁的侧颜出现在她的相册里,顾歆婷承认,她被美色诱惑了。

第二天她迫不及待地又去买冰激凌,果然看到厉骁在前台点单处,微低着头宛如漫画里走出来的少年。

看四下无人,她对着反光玻璃照了照,大胆地走近,和他说自己想学着做冰激凌。

没想到这个男人一本正经地跟她说他们店的冰激凌秘方是不外传的。

谁想要你们家秘方了!

那天顾歆婷也算是领教了厉骁的迟钝。

算了,谁让他长得深得她心呢。

在她的软磨硬泡下,最终以"买不起冰激凌想学着做"为理由打动了他,两人成功加为好友。

想到这儿,顾歆婷又点开他的聊天界面发了一句:"睡了吗?"

隔了很久在她快要睡着了的时候,手机振动了两下。

"刚洗完澡,准备睡。"

顾歆婷的手指停留在手机键盘上不知道该说什么,界面上又弹出来一条信息。

"你不能再吃冰的了。"

他这是在关心她?

夜晚是人最脆弱的时候,也是最冲动的时候。顾歆婷顿时困意全无。

"你在关心我吗?人家还不是为了多看你两眼。"

她已经暗示得这样明显了,他不会还不懂吧。

"真把我当你哥了?"

顾歆婷卒。

第二天她发现例假来了,第一反应是她一个星期都见不到厉骁了。

她忍住了强烈地想和厉骁聊天的冲动,因为怕自己会控制不住跑去冰激凌店见他。

第三天,厉骁竟来主动找她了。

"想不到你这么听话。"

"我例假来了……"顾歆婷习惯性地发完信息又快速撤回,重新编辑,"人家例假来了,肚子痛。"

"……多喝热水。"

喝岩浆吧!

顾歆婷气得手机一扔,盖上被子继续睡觉。

也因此,她没有看到扔在一边的手机屏幕又亮了起来。

再次醒来天色已晚。

顾歆婷的小腹还在隐隐作痛,她好不容易找到手机才看到了上面的几条未读信息。

这是厉骁不能生气:"地址给我。"

这是厉骁不能生气:"我做了红枣牛奶。"

这是厉骁不能生气:"应该对肚子痛有点用。"

顾歆婷一惊,手机差点从手中掉下去,她关掉手机又重新打开,就这样反复好几遍,才确信自己没有看花眼。

她快速地把地址发过去,涂了个口红让自己看上去有点气色。

等待的时间虽然只过了半个小时,但是在顾歆婷看来比一个世纪还漫长。

厉骁手里拎着袋子,穿着简约的黑色卫衣,清爽干净。

"谢谢,进来坐坐吧。"顾歆婷莫名地脸颊发烫。

顾歆婷拿起勺子小口地喝着牛奶,心头暖暖的。她发现坐她对面的厉骁在似有似无地看她。

"怎么了吗?我脸上有东西?"顾歆婷说着,摸了摸脸。

"今天妆有点浓。"

顾歆婷一愣,感觉有被冒犯到,耐着性子解释:"我只涂了口红……"

厉骁不经意地看到了女孩上唇泛着的奶沫，心里莫名痒痒的。

意识到自己的失态，他尴尬地轻咳一声，嗓音不自觉地放柔："肚子还疼吗？"

"疼，好疼。"顾歆婷抬眸委屈巴巴地说，"所以我明天还能喝到红枣牛奶吗？"

厉骁皱着眉想了会儿，一本正经道："虽然冰激凌的制作方法不能告诉你，但这个可以告诉你。"

顾歆婷因为他的脑回路呆愣了一瞬，忍不住笑了起来。

有点可爱。

看着她喝完牛奶，厉骁准备离开，走到玄关看到身后的女孩用期待的眼神看着他："真的喝不到了吗？"

厉骁耳尖微红，抬手碰了碰后颈："明天路过带给你。"

"好耶！"

顾歆婷这七天过得相当愉悦。

如果不喜欢她，为什么会每天问她肚子疼不疼呢？为什么会送牛奶给她呢？

暗恋一个人的时候，对方的一个眼神都会被误会成青睐。

厉骁一定喜欢她。

这天，顾歆婷又来到冰激凌店，看到他白净的手在整理冰激凌纸杯。

"我明天要去学校。"她这么说道，心里想的却是，快表白！快和我表白！

"好好学习。"厉骁抬眸，眉眼带笑，不知在想些什么。

顾歆婷一愣："你没有什么话和我说吗？"

"等你放假回来再说。"厉骁目光婉转又带着神秘，抬手揉了揉她的头发。

顾歆婷心跳漏了一拍。

她在本地读大一，每周放假都会回家，这么说下周末厉骁就要和她表白了！

接下来的一周顾歆婷过得又激动又开心，每天就像待在蜜罐里，想象着以后和厉骁谈恋爱的样子，不禁少女心澎湃。

除了这周有一场考试让她十分不爽。

转眼到了周末，顾歆婷站在镜子前给自己化了个淡妆，口红选成淡粉色，眼影就随意扫了一下。这次不会说她被打了吧。

穿上雪纺裙后，她觉得下午的太阳暖洋洋的，心情极好。

"厉骁啊，他辞职回学校了。"

"他……不是毕业了吗？"顾歆婷呼吸一滞，像被一盆冷水浇灌全身。为什么她什么都不知道？

"对啊，但是还有论文和关于毕业的一些琐事。"宋伟哲笑着说。前几天厉骁还问他怎么和女孩子表白。

顾歆婷不知道自己是怎么走出冰激凌店的，只觉得头顶的太阳一下子变得燥热，她站在台阶上，眼眸盯着一个点发呆。

她突然明白了，你所有的暗示他都知道，潜台词他都懂，无动于衷的原因只是不喜欢你而已。

顾歆婷深吸一口气，突然想起上周厉骁对她说的话，扯开嘴角苦笑。

骗子。

手指停留在"删除好友"的选项上，犹豫了好久，她最终按了下去，但之后想想又有些后悔，她应该拍张美美的照片发朋友圈让他看到后再删他好友。

傍晚，顾歆婷睡得迷迷糊糊时，手机响了。她睁开有些肿的眼睛，耳边是熟悉的声音，带着一丝急促："为什么删了我？"

顾歆婷疑惑地起身，看了眼来电显示，莫名地一股气涌上心头："你自己清楚。"

"我……"

不等厉骁说完她就挂断了电话，又重新躺下。

这些天她天天往冰激凌店里跑只为见他，她将所有自以为可爱的话都对他讲，这些估计在他的眼里都是笑话。

羞耻感和烦躁感一下子又涌上心头。

电话一直在响，到最后自动挂断。

屏幕上弹出来一条短信："我在你家楼下，一直等。"

顾歆婷盯着短信内容出神，微微叹了口气，随后拿起外套穿上，又看了眼旁边的裙子，咬咬牙。

反正最后一面了，让他知道错过她会有多后悔！

男孩穿着墨绿色的衬衫，站在路灯下，额前的刘海被拨动得有些乱。

"什么事？"顾歆婷在他面前站定。虽然马上到夏季，但晚上的风还是带着些凉意，她习惯性地环住手臂。

"冷不冷？"厉骁微皱着眉，一边将自己的外套脱下。

顾歆婷冷哼一声，抬眸问："我美不美？"

"美。"厉骁回答很快。

"那就不冷。"顾歆婷还算满意地低下头，眼底闪过落寞，身上却多出一件带着体温的衬衫，淡淡的清香传入鼻间。

只见厉骁轻轻呼出一口气，安静的夜晚，只有微风吹动树叶的沙沙声，他的嗓音低沉又好听。

"你说你过两天要考试，我才没有和你说我离职了。本来想把学校的事情忙完再来找你，才发现你已经把我删了。"

"哦。"顾歆婷木讷地点了点头，不懂他为什么要解释。

厉骁理了理她被风吹乱的头发，目光诚恳。

"我的嘴很笨，每次和你聊天的时候，我也会努力地找话题，就连发表情包我都会挑选半天。我怕你会觉得我不解风情，你喊我'哥哥'我挺开心的，涂口红、画眼影的样子也很好看。所以，你能不能做我女朋友？"

顾歆婷听到最后脸颊逐渐发烫，她感觉能听到自己怦怦的心跳声,虽然这个告白听上去真的挺别扭的,但她还是暗骂自己为什么不化个妆再出来。

清了清嗓子后,她故作冷漠:"可以是可以,但我现在还在生气。"

厉骁像是松了一口气,眉目舒展开来,眼底闪着笑意,轻轻抱住她:"没关系,我有足够的耐心哄你。"

"喂,我还没有答应做你女朋友……"顾歆婷瞪大眼睛看着近在咫尺的俊脸,鼻尖都是属于他的气息,感觉全身的血液倒流。

厉骁用鼻尖蹭了蹭她的鼻子,笑道:"我不管。"

< 加载中… >

第五章

酒后吐真言

REN JIAN QING SHI

霸王少女
VS
高岭之花

▶▶▶▶▶▶

< 进度 37% … >

韩文栋在学校是典型的花花公子,再加上他"小白脸"的模样,更让一大波少女蠢蠢欲动。

然后乔安就去告白了,然后就被拒绝了。

不过她现在一点都不难过,果然正如朋友所说的那样,她只是凑热闹地去喜欢一下。

刚走到拐角她就看到靠着墙壁手拿一本书的少年,突然有些心虚,刚刚的告白不知道被他听到了多少。

"顾砚,你躲这里吓唬谁呢?"

顾砚合上书,面无表情地扫了她一眼:"是你打扰我。"

"真是个书呆子。"乔安翻了个白眼,看着那道清瘦的背影十分不顺眼。

话音刚落,顾砚停下脚步,黑眸微冷,侧过头露出雕刻一般的侧颜:"离他远点,他不是什么好人。"

乔安疑惑地皱起眉,站在原地,因为他的话有些摸不着头脑。

篮球场观众席,朋友在闲谈:"我就不觉得韩文栋有多帅。"

"还行吧。"乔安刷着手机随意道。

"顾砚才帅,催交作业都那么温柔,你看他那双眼睛一眼,就会不由自主地沦陷其中。"

乔安蓦然抬头,正好看到顾砚灌篮,周围尖叫声雷动,不禁嫌弃地啧啧嘴。

她和顾砚是在幼儿园认识的,顾砚吃了她的零食,所以她就把他给打了,没想到双方家长见面后相谈甚欢,从那之后她从小学一直到高中都和他是同班同学,没想到两人竟然还上了同一所大学。

乔安从回忆里回到现实,那个曾经被她嘲笑是个胖子的男孩因为长高逐渐瘦了下来,出落成白净的少年。

"喂,乔安,你看顾砚呢?"朋友扭头直勾勾地看着她。

乔安一瞬慌乱,起身就要走,离开前还警告:"谁……谁看了?璐璐我跟你讲,朋友妻不可欺,你不能有非分之想……知道吗?"

此刻篮球场上,顾砚将额前的碎发撸到后面,撩起白T恤的下衣摆擦了下额头的汗。

一个不经意的动作更是让全场女生疯狂。

他转头随意地扫了眼不远处已经空荡荡的座位,眼眸深处暗淡一瞬。

"我招你惹你了,刚打球故意针对我?"

顾砚拍着篮球没有看他,准备离开。

韩文栋的脾气一下子就冒了出来:"你装什么?成绩好了不起?我问你话呢,你听不见?"

顾砚这才停下手中的动作,直视他,声音中泛着寒意:"就是单纯地看不惯你。"

乔安最近十分烦躁,自从上次和韩文栋表白被拒后,班级里的女生看她的眼神都变了。

韩文栋本人看到她时更是目不斜视,全身透露着莫名的优越感。

想到这儿乔安没忍住笑出声,她是不是该装几天很难受的样子?

"今天放学别走,检查你的四级英语单词。"顾砚从前桌微微转过身。

乔安收回表情没好气地看了他一眼,叹了口气:"顾大公子,你表面上答应我妈辅导我学习就得了,没必要真管我。"

顾砚好看的眉头微皱然后转过身,目光是直白的探究:"你想让谁管,韩文栋?"

乔安被他这样的目光看着,突然想到什么,她做作地将头发挽到耳后,有些羞涩:"顾砚,我听说你看不惯韩文栋,是不是……因为我?"

空气静默了两秒。

顾砚忽然笑了,低头扫了她一眼,留下一句"可能吗?"就起身走开了。

乔安的目光随着他的背影直至消失,不禁笑弯了眼角。

"乔安,我刚刚看到顾砚红着脸出去了,他怎么了?"璐璐刚从小卖部回来。

"害羞了。"乔安手掌托着下巴,还保持着刚刚的表情,目光迷离又呆愣。

"顾砚还会害羞?"

"他喜欢我。"乔安娇羞一笑。

璐璐拆零食袋的动作猛地一顿,抬头看向一旁沉浸在莫名喜悦中的女人,深深地叹了口气,无奈地拍了拍她的肩膀:"乔安,你这莫名的优越感是韩文栋给的吗?"

乔安伸手拿了块薯片塞进嘴里:"不开玩笑。他三天之内必向我表白。"

"乔安,咱还是讨论讨论高数题吧。"

公交车上,乔安扶着把手一路跌跌撞撞去后排找位置,突然眼眸一亮。

"顾砚,好巧,你也上学啊?"乔安自从经历了上次的事情,现在看到他竟有些尴尬。

"你不是天天坐这里吗?"顾砚靠着车窗闭目养神。

"哈哈哈，是吗？我要开窗。"

"今天风大。"

"但是太闷了。"她说着，手指已经越过他去开窗，可手腕却被一只带着些许凉意的手掌轻轻握住。

乔安愣住，转头看他，才发现他们之间的距离近得能看到他脸上细细的绒毛。

她吓得立马坐回原位，感受到了自己急促的呼吸声和心脏剧烈的跳动声。

顾砚放开她的手腕，慢条斯理地将窗户打开，好像完全没把刚刚的事放在心上，转过头看向窗外的车流。

"顾砚，高数试卷做好了借我一下。"乔安拍了拍前桌的肩膀，态度理直气壮。

没有得到回应，头顶直接被试卷盖住。

"就喜欢你的爽快，放学请你吃雪糕，哎，别走啊……"乔安唰唰地写着作业，不忘抬头叫住他。

顾砚整理着书包，深邃的眼眸看了眼她握笔的指尖，嗓音带着磁性："今晚将解题步骤发给我。"

"啊？顾砚你故意的！"乔安停下笔，像是习惯一般地望着那道背影抱怨。

旁边璐璐嘴里念叨着："全班也就只有你敢和顾砚这么说话了。"

"有什么不敢的，他就是个'闷葫芦''书呆子'……"乔安也没心思继续写了，要不是怕顾砚向她妈妈告状，她根本不可能这么听话。

"人家那叫高冷，而且他在班级里谁都不理，唯独和你说话，而且有时候他看你和别人玩闹时，那眼神温柔得都能掐出水来。"

"璐璐，我看你是电视剧看多了。"

天气逐渐转凉，放学路上两旁的枫树叶随风飘散染红了大地。

"乔安，今天都第三天了，顾砚怎么还没和你表白？"郑璐璐挽着她的手腕阴阳怪气地开玩笑。

乔安低头刷着手机，语气随意又带着些逞能："他……他比较浪漫，可能要掐着时间吧……"

话说完久久没得到回应，乔安疑惑地抬头看向璐璐，她顺着璐璐的目光看去，不由得顿住脚步，一种从未有过的难受和烦闷蔓延全身。

夕阳西下，顾砚接过对面女孩递来的书包，两人并排走在道路上，有一种说不出的般配。

"你少喝两杯，不就是失个恋吗？你以前说啥来着，不行咱就换。"郑璐璐用手轻轻地拍着她的背。

有些东西在不受控制地变化，可她和顾砚认识了将近十年她都没发现喜欢他，偏偏自己这个时候心动了……

乔安抬头，泪眼婆娑，额前的头发有些凌乱，此刻对着酒瓶傻笑："我以前……以前可牛气了，我让顾砚往东……他不敢往西。我还经常使唤他……他从来舍不得吼我一句……"

郑璐璐一边擦着她的眼泪一边笑："好了，这么多人看着呢，还哭鼻子。"

"你说我是不是……以前太欺负他了？现在……现在报应来了……"

郑璐璐看着她的模样突然灵光一闪，小声道："安姐，我让'闷葫芦'来接你怎么样？"

顾砚拎着已经半挂在自己身上的乔安，眉头微微皱起，耐心地将她的身体摆正，顺便把她校服上的拉链拉好。

乔安顶着发晕的脑袋，抬手戳了戳他的脸蛋："顾砚，我就知道，你舍不得抛下我不管的……"

顾砚满腔都是因为她一直不回信息的气愤，这一刻突然被轻易瓦解。

看着少女绯红的脸颊，他无声地叹了口气，将她悬在半空中的手握在了手心，温柔地揉了揉，眼眸垂下专注地看着她："嗯，舍不得。"

乔安继续戳着他的心口："我对你不差啊，小学、初中、高中，有我罩着你,谁敢动你一根汗毛……

"你明明是监督我学习的工具,我怎么就喜欢……喜欢上你了呢?"

顾砚本来耐心地听着她的碎碎念,蓦然停下脚步:"你说什么?"

乔安刚刚的委屈又涌了上来,说话完全不经过大脑思考:"我说我喜欢你……我喜欢顾砚……"

两人相对而站,旁边道路有汽车呼啸而过,乔安摆了摆手:"顾砚你能不能……不要晃来晃……"

乔安愣在原地,睁大双眼看着顾砚长而密的睫毛,只感觉唇部甜甜的。这是在做梦吗?

秋风瑟瑟,安静的夜晚透露着凉意,顾砚隐忍多年的情绪好像在此刻全部失去控制,一发不可收拾地想要将怀里的女孩揉进自己的身体里。

不知过了多久,顾砚轻轻放开她,看着她唇上的润泽,喉结再次动了一下:"乔安,你不能后悔了。"

第二天,乔安在头痛欲裂中醒来。她疑惑,自己昨晚到底是喝了多少瓶酒才能喝到断片?

她只记得是顾砚抱着她和璐璐告别,之后就什么都想不起来了。

想到这儿,乔安的心情瞬间低落下来,他不去"温柔乡",还来管自己干吗?

"哟,你昨晚睡得怎么样?"璐璐朝她抛个了媚眼,一脸的"我都懂"。

"想什么呢?他只是送我回家。"

"就这样?不可能吧。"

"嗯,就这样。"

"那你嚷嚷着喜欢人家,此生非他不嫁……"璐璐的嘴巴被跳起来的乔安捂住。

乔安惊恐地看向班级四周,刚松口气,门口就出现了一道熟悉的身影,让她心头一悸。

顾砚没有穿校服，蓝色的衬衫显得他干净好看，举手投足间让人看着十分舒适。

他将书包放到课桌上，转身随意地看着呆愣在那儿的乔安。

乔安的眼底闪过一丝复杂，心中不好的预感逐渐强烈。

乔安因为昨晚的事这一天都在刻意躲着顾砚，放学时她故意比别人晚十分钟再走，可还是被顾砚堵在了楼梯间。

"嗨，昨天谢谢你送我回家。"乔安咧起嘴巴尴尬地笑道。

顾砚双手插在裤子口袋里，眼眸看不清情绪，低笑一声："果然忘记了。"

乔安抬头，心里又开始紧张："我……昨晚说了什么不该说的吗？"

顾砚看着她，像是在确认又像是在试探，嗓音在寂静的空间里格外蛊惑人心："你说你喜欢我。"

他顿了一下，眼眸更加深邃地注视着此刻一脸震惊的乔安，接着道："所以这是酒后乱言，还是酒后真言？"

乔安愣了好久，手指不安地绞在一起，脑海中突然闪过那天傍晚和他一起回家的女孩子。她低下头掩盖发烫的脸颊，心虚道："这……这肯定是……酒后乱言啊……"

顾砚的眼底瞬间一暗，视线看向别处，低声说了句"好"。

乔安内心突然有些空荡荡的，盯着墙角默默发呆，她从未有过这样的感觉，像是在孤夜里被最在意的人抛弃般压抑。

那天之后，顾砚和她莫名其妙地开始了冷战。

乔安咬着笔头，目光呆愣地看着前桌顾砚的后脑勺。怎么这人连后脑勺都这样好看？

"安姐，你拿下了吗？"璐璐躲开讲台上老师的视线，说着悄悄话。

乔安摇了摇头。现在她算是尝到了爱情的苦。

"乔安,将第三题答案说一下。"数学老师抿嘴推了推眼镜。

乔安一愣,随后战战兢兢地站起来,凳脚摩挲地面的声音在鸦雀无声的教室里显得尤为突出。

她看着洁白如洗的书面,紧张地咽了口唾沫。

算了,瞎说一个数字吧,乔安心里想着的同时,前面悄悄出现了一本记了详细步骤的作业本。

顾砚坐得端正,一副什么事都没发生的样子。

深秋的季节让乔安的心情都变得郁闷起来。

耳边的公交卡提示音响起,乔安将卡装进书包,抬眼望去,目光微顿,内心纠结一瞬,还是抬脚往那个熟悉的位置走去。

原本闭着眼的顾砚感觉到身旁的动静,他眉头微皱,缓缓睁开眼睛,眸光流转,像是想到了什么,抬手将车窗打开。

"不用,你不喜欢就不要开了。"乔安看着他的动作心头一暖,她以前好像忽略了他好多温柔。

"我喜欢。"顾砚将衬衫袖口的纽扣解开,动作儒雅细腻。

乔安看着他的手背,脸颊渐渐发烫。

突然公交车一个急刹,由于惯性,大家惊呼的同时身体都往前倾去。

事情发生得太突然,乔安毫无防备,就在她以为脸颊要与前面的椅背亲密接触时,肩膀被一股力量抓住。

一瞬间乔安只听自己的心脏扑通扑通地跳,从耳根到脸颊呈现出明显的绯红色。

"没事吧?"顾砚不着痕迹地放下手,漆黑的眼眸看向透露着些许紧张的乔安。

乔安眼神飘忽,她什么时候在顾砚面前这样丢人过。

"……没事。"

"你脸有些红。"顾砚眉头扬了扬,嘴角微微勾起,嗓音满是戏谑。

乔安恨不得找个地洞钻进去,目光不经意地看去,却撞进了他如星辰般的眼眸。

"我……我……我到家了，明……明天见……"说完她拿起书包一路小跑下车。

公交车在站台停顿了一会儿，顾砚收起表情撑着手臂，透过车窗看向那抹慌乱的背影，轻轻叹了口气，像是自言自语般地喃喃道："没心没肺。"

"我们班这次开了两个包间，男生一间女生一间，所以安姐赶快释放你的本性。"璐璐拿着话筒递给她。

乔安揉了揉耳朵，要是换成以前，她一定会和她们打闹成一团，可是现在她只想去找顾砚，就算只是在一旁偷偷看他也好。

"顾砚来了吗？"

璐璐放下话筒，周围声音太嘈杂，她用手靠着嘴边在乔安的耳边喊道："听说来了一会儿又走了。"

"哦。"乔安低下头掩盖失落，突然没有心情继续待在这里，"我去下洗手间。"

走廊外安静许多，乔安向洗手间走去，却在门口碰到了一个让她有些头疼的人。

"乔安，还喜欢我呢，我上个厕所都要跟过来？"韩安栋脸色红润，被一旁的朋友搀扶着，说话声嘟嘟囔囔的，一看就是喝多了。

"你想多了，都是误会。"乔安不打算过多解释，越过他准备离开。

韩安栋后退一步拦住她。

"那个……乔安，你别生气，他喝醉了。"朋友显得有些尴尬，不停解释道。

乔安压抑着怒火。

"你……你死缠烂打……"韩安栋半眯着眼，醉话连篇。

接下来的场景乔安做梦都想不到。

韩安栋捂着脸颊倒在地上，顾砚松了松拳头，转身拉着还愣在原地的乔安离开，一路上一句话也没有说。

乔安悄咪咪地抬头,这是她第一次看到顾砚生气。

"你……你怎么这样?"

他小心翼翼喜欢的姑娘,被别人那样说,顾砚心口那股气还没消散。

"你还不明白吗?"

"什么?"

他叹了一声:"放弃吧,他不喜欢你。"

乔安有些茫然,嗓音有些委屈:"没有,那次是我以为自己喜欢他,后来才发现不是。而且你不也和女生一起回家的吗?"

顾砚垂着眸没有多想,解释道:"那是我妈朋友家女儿,我送她回去,她才刚升初中。"

乔安安静地听他说话,不知道怎么回答:"你也不早说……"

顾砚垂眸,像是在思考犹豫,眼底闪过复杂,嗓音依旧沉沉的:"算了,我以后不会管你,我送你回去。"

她来不及思考,本能地拉住男生的手指,脸颊再次不自觉地变红:"不……不行……我想你管我,上次喝醉后我说的话都是真的……"

空气恢复安静,顾砚愣了几秒:"什么话?我忘了。"

这男的故意的!

乔安紧紧拉着他的手,像是下定决心一般,随后低下头小声道:"说的喜欢你。"

道路上行人稀疏,冷风吹过。

他定定地看着她,这些年一直压抑的心脏突然变得轻松。

乔安身上被披上一件衣服,她感受着他身上的温度,而后被人抱到怀里。

"乔安,是我先喜欢你的。"

她惊讶地睁大双眼,熟悉的心跳声又来了。

乔安开窍得晚,这么多年尽管心里不承认,和朋友说她讨厌他,但还是控制不住天天找他,这一切又一切的原因今天终于找到了答案。

< 加载中… >

第六章

如愿以偿

REN JIAN QING SHI

绝症少女
VS
未来球星

▶▶▶▶▶▶▶

< 进度 44%… >

暗恋是什么感觉，我的余光里全是他温柔地哄女朋友的样子。

1

"星星，帮忙捡下球！"

她起身慢吞吞地向那颗排球走去，之后脚步像被灌了铅一样，定在了原地。

不远处，一位少年正温柔地哄着他女朋友，不知说了什么，女孩害羞要打他，手又被他握住。

眼眸刺痛，偏偏季星不想移开眼睛，喉咙涌起酸涩，心脏像是被棉花堵住了。

她嫉妒又羡慕任何与他有接触的女生。

捡起球，明明可以扔过去，她却选择走着送去。

路过这对情侣时，她全身血液倒流，所有感官都集中在脑海，只是为了平淡又紧张地擦肩而过。

然后，没有了然后。

江时蔚重新回到球场，少年穿着白T恤，奔跑、进球。

季星像个旁观者，视线跟随着他，热烈、克制。

和江时蔚的初次见面是在一节英语课上。

教室在一楼，季星的座位靠窗，光线穿透进来后，整个人昏昏欲睡，随后耳边发出一声闷响，幸运的是玻璃没碎。

篮球滚落在草地上，少年就这样出现在她视线里。

他的模样很好，肩宽个高。知道自己闯祸，他抱歉地朝老师笑了下，或许是感觉到什么，他与她对视一瞬，转身离开。

他被朋友勾着肩说话，完全没有在意身后女孩跳动的目光。

班级里同学们窃窃私语，冒出江时蔚的名字。

原来他就是江时蔚。

暗恋便这样荒诞而无理由地展开了。

季星从那时起开始关注篮球，就算球场人杂，她也能一瞬间捕捉到他的身影。

他衣品很好，纯色T恤和运动裤，搭配一双价格不菲的球鞋。他总是两级一步上楼梯，彰显出这个年纪特有的意气风发。

他朋友很多，追求者更是前仆后继，季星每次都能从别人的闲谈中得知他分手了或他恋爱了的消息。

她偷偷把他的歌单全部听了一遍，一千多首，一个星期就听完了。

可是已经了解这么多，这个叫江时蔚的人却还不认识她。

或许是老天怜悯，这段暗恋在大三开学后发生了转机。两个班共同组织了一次校外聚餐。

得知这个消息的季星，心底炸开了烟花。

她克服一夜的失眠，第二天紧张又乖巧地坐在位置上等待江时蔚。

可他不是一个人，他带了女朋友来。

旁人起哄："江哥，这是哪位？快给兄弟们介绍一下。"

江时蔚没看他们："自己看不出来？"

这样坦然又随意的语气，更是引来调侃。

中途，江时蔚女朋友闹了别扭，低着头生闷气。而他也没哄，放下酒杯就去了卫生间，女孩也跟了上去。

再回来已是二十分钟后。

江时蔚领口露出的锁骨上多了抹暗红,而跟在身后的女孩红着眼眶再也没闹过。

整个饭局季星是怎么捱过来的,她不知道,只感觉饭菜美观却味同嚼蜡,低垂的目光泛起水光却硬生生被逼回去。

刚出餐厅,天空划过烟花,同学们在旁边驻足。

一片欢声笑语,季星站在角落,抬眼处便是那个女孩靠着他肩膀看烟花的背影。

明明两米不到的距离,可她忽然觉得他离自己好远好远。

焰火正盛,光影明灭之间,只剩下一对深色的剪影。

季星无数次看见他和别人在一起的模样,如今依然觉得心口泛开密密麻麻的刺痛,疼得她几乎站不住。

回去晚了,她揉了揉红肿的眼睛,以为家里会静悄悄的,没想到屋里有争吵。

"你闺女什么情况你心里不清楚吗?"

"也没输钱……老婆,你小点声……我也是一时昏了头,下次不会了……"

季星默默地回到房间,躺在床上,戴上耳机,播放那个人喜欢的歌单,隔绝所有声音。眼泪就这样毫无征兆地从眼角滚落,流过太阳穴,再到耳朵里,消失在枕头上。鼻子变得堵塞,视线变得模糊,只有低低的抽泣声隐隐冒出来。

每个人从出生开始,生命就进入倒计时,只不过她的倒计时好像比旁人快了些。

不能过度生气、不能过度悲伤、每周按时检查,这些条例贯穿每一个心脏病患者的童年和青春。

在学校她没有存在感,在家里父亲和阿姨总是围绕自己的病情争吵。

她时常消极地想,她的存在是否多余。直到遇见江时蔚,那天他的笑容比阳光还要灿烂,她羡慕他的自由,想感受属于他的青春。

人一旦有了期待，心境就会变得不同。

她开始想活着，想留在这个世界上，想多看他几眼。

小心的、敏感的、热烈又偏执的爱萌芽了。

我爱你，与你无关。

2

平淡的日子里，季星听到了江时蔚分手以及他明年要加入国家篮球队的消息。

学期中旬的球赛上，少年挥汗如雨，耀眼夺目。

他站在球场追着自己的梦，而她坐在观众席追着她的光。

下一秒，江时蔚向季星的方向走来。周围的声音像是静止了，热血涌上季星的脸颊。

他在旁边停下脚步，接过朋友递上来的矿泉水。有人在恭喜他获得冠军，江时蔚正喝水，听完嘴角扬起一个弧度。没几秒，他忽然转头问："同学，往旁边坐一个？"

嗓音低沉，目光温和。

季星愣了下，违背了内心渴望看见他眼睛的强烈欲望，不由自主地低下头，往旁边挪了个位置。江时蔚就坐在身边，和朋友闲聊。

她绷紧神经，余光注意他的一举一动，他的手很漂亮，白皙的手指骨节分明。

她的内心突然升起恶劣的贪婪，想感受他掌心的温度。

也是这天，季星去校园商店，恰巧看见江时蔚远远地从商店走出来。

她这次不想躲开，说来也巧，周围跑过一群学生，将他们隔开。

江时蔚的眼神漫不经心地从她的身上瞟过，然后少年从她的身旁飘然而去。

但她偏偏觉得他的目光至少有一秒停留在她身上。

季星下意识放慢了脚步，因为一种难以克制的好奇心，她转过头去,刚好看见江时蔚也回了头。

就像一个人怕被火烧着而跳入水中一样,强烈跳动的心脏迫使她快速收回视线。

之后她总是想起那一幕,失落又幸福。她希望江时蔚能喜欢她,哪怕站在他身边一段时间也好。

父亲和阿姨又吵架了。

她沉默着吃饭睡觉,然后去学校。

球场上,朋友徐艺凝感受到她的情绪:"你怎么了?"

她摇头说:"可能穿少了。"

徐艺凝明显感觉她不对劲,转头道:"江时蔚你了解女孩子,来看看季星怎么了。"

那一刻,季星定在原地,后知后觉地发现徐艺凝新交的男朋友是他们圈子里的。

她感觉到他的靠近、他的目光,她开始害怕对视,害怕仅存的秘密被窥探。

唯一令她高兴的是,江时蔚会不会因此记住她的名字叫季星,星星的星。

"怎么了?"他问起她时完全是对陌生人的语气。

"江时蔚,有姑娘找你!"

季星刚要开口,到嘴边的几个字,在看到他离开的背影后,被咽回肚子里。

不远处,江时蔚垂眸接过女孩递上来的信封,脸上没什么情绪,若无其事地原路返回。

"继续说。"

不知为何,季星脑海里出现阿姨说的话,这样的她可以像正常人一样去肆无忌惮地表达喜欢吗?她忍着心底的挣扎,小声说了句:"没事。"

江时蔚只是看了她几秒,没再说话。

3

爸爸去上班了，阿姨陪她到医院做每周的例行检查。

阿姨此刻去了药房窗口，季星无所事事地站在大厅墙边，盯着远处的大屏幕发呆。

呆滞的眼眸突然有了颜色。

少年拎着袋子，他似乎不喜欢人多的地方，眉头微皱，眼神扫过来，看到站在那儿的女孩。

季星对上他的视线，缓缓抬手扬了扬。

他出于礼貌走过来："生病了？"

季星像是被人戳中脊梁骨，嘴角微僵："不是，来体检，你怎么在这儿？"

江时蔚扬眉："胃疼，拿药。"

她有很多话想说，又担心莽撞会引人猜疑，最后只说了句："按时吃药。"

江时蔚点头，准备转身离开。

"那个，我叫季星。"

他垂眸看了她几秒，淡声说："江时蔚。"

少年的背影渐行渐远，季星一刻也舍不得移开目光，她当然知道他叫江时蔚。

她喜欢了两年的江时蔚。

回去的路上，季星发现阿姨心事重重，她隐隐有些不好的预感。

果然，爸爸晚上来到她的房间。

男人这几年脸上长了许多皱纹，他摸着女儿的头发："星星啊，医生说手术暂时做不了，我们把病治好再上学好不好？"

季星面色微白，心里只有一个念头，她想到了江时蔚："爸爸，不上学真的能治好病吗？"

"这……现在医学发达……肯定能治好的。"

见男人吞吞吐吐，季星笑着覆上他的手背："这么久了我懂得怎么控制情绪,我在学校很开心,爸……别担心。"

窗外暗了,周围亮起路灯,微星透过浮云,显出朦胧的光。屋内传来叹息,虚虚的、淡淡的。

徐艺凝这天生日,季星挑了许久的礼物,送给自己唯一的朋友。

饭桌上有人提议玩游戏,输方要接受赢方所有不过分的要求。

第一把鬼使神差地,季星赢了。

迎着旁人的视线,她看向对面垂眸的少年,指尖收紧一瞬,随后松开:"我想加你们所有人的微信。"

周围很快恢复了热闹。

"我以为多大点事。"

"妹妹,你太善良了,这种要求我们求之不得。"

"哈哈哈,先加我!"

男孩的心思远没有女孩细腻,徐艺凝顺着季星的视线望去,看到江时蔚。

夜深人静。

季星指尖摩挲着屏幕,即使聊天框里只有一句"对方通过了你的朋友验证请求,现在我们可以开始聊天了"。

她为了加江时蔚,加了在场每一个人的微信。

季星嘴角泛起笑容,分享了一首名叫《等风起》的歌到朋友圈,设置为仅他可见。

之后便是漫长的等待,为了转移注意力,她去看了会儿视频,心里还是不安,又切换到朋友圈页面。

就这样来回几次,过了一个小时,朋友圈上方终于有了一个熟悉头像的消息提示。

江时蔚点赞了。

季星看了会儿他的名字,嘴角溢出笑,起身去客厅倒水。

爸爸和阿姨已经睡下,饭桌上躺着检查报告。

她轻轻拿起,映入眼帘的是一行小小的字:

风湿性心脏病，二尖瓣中等程度封锁不全。

还好只是中等度。

还好有时间。

她在极其安静的一瞬里仿佛度过了一个世纪，突然在茫茫宇宙中清晰地听到了一个声音。

她要抓紧时间。

学期末，徐艺凝拉着她一起参加聚餐，刚到地点，她就朝远处打招呼："哎，江时蔚，你先带星星去包间，我去个卫生间就来。"

走廊不算宽阔，季星走在江时蔚的身旁，她知道这是最好的机会。

她的心结像是绕在一起的耳机线，突然解开了："我……"

几步之远的包间门打开，他的朋友坏笑着走过来："怎么这么晚才来，人姑娘等你好久刚走了，追你这么长时间，要不考虑……"

江时蔚打断了他："不想谈，烦。"

季星站在原地，有些听不懂。

他转头问她："你刚刚想说什么？"

季星呼吸微滞，仿佛有种冰凉又灼热的东西落在她的喉咙，半天才找回自己的声音："谈恋爱很烦吗？"

江时蔚饶有趣味地垂眸："看人，如果是你……"

季星安静地等待着后半句，下一秒听到少年带着懒散的笑意跳过话题。

"小孩的问题还挺深沉。"

饭桌上，季星下意识去看江时蔚。

他没吃什么菜，总是被朋友拉着喝酒，他不高冷，别人调侃什么，他也会跟着笑笑，全程没有注意到她的目光，一次都没有。

心思敏感的人总是善于观察，季星突然发现眼前这个看起来阳光坦荡的人，其实谁都走不进他的心里。

"星星,你饱了?"

她来不及遮掩眼里的情绪:"嗯。"

徐艺凝又夹了块肉给她:"我们星星就是小鸟胃。"

"还记得第一次见你,我当时就想,星星将来男朋友一定特别帅特别优秀,果然没错。"

徐艺凝声音很小,季星当然明白她的话外音,也惊讶于她发现了自己的秘密。

是啊,喜欢一个人的眼神是藏不住的,唯独江时蔚看不见。

饭局在欢笑中结束。

季星的手臂被女孩揽着,沉寂的心更柔软些。

不知谁说了句:"我听说隔壁卖孔明灯,咱们要不去买来玩玩?"

徐艺凝停下脚步:"好啊!不过星星穿得太少了,把你外套借来用用?"

黑色外套穿在身上,鼻间只有干净的洗衣液味。

季星缩了缩脖子,指尖缓慢地摩挲袖口,心底爬上细细密密的幸福感。

孔明灯也叫许愿灯,季星握着笔,却迟迟没有落下。

她的愿望是什么?

周围都是女孩子,男生不感兴趣地站在拐角挡风。

她抬眸,少年上身穿得单薄,微风吹来,发丝微动。

这个角度看不清他脸上的神情,只能看到棱角分明的下颌线。他只是静静地站在那儿,就让人移不开眼。

世界上怎么会有这样一个人存在,只是看着,便叫她心中无限欢喜。

她突然想起不知道从哪儿听来的一首诗。

春日宴,绿酒一杯歌一遍。

再拜陈三愿:

一愿郎君千岁，
二愿妾身常健，
三愿如同梁上燕，
岁岁长相见。

季星忍不住笑，却在笑里红了眼。
她终究只字未写，只是默默点了灯。
天空灰蒙蒙的，云雾掩盖住星星，爱意直达眼底。
一盏微弱的空白的孔明灯，缓慢地飘向远处。

回到家后，季星小心翼翼地将身上的外套脱下，随后指尖一顿，外套口袋里有东西。
她怀着好奇拿出来，是一封粉色的信。
她指尖收紧，垂下的睫毛挡住眼底所有的暗潮汹涌。
夜深人静，季星躲在被子里，无边的孤独像是干枯的蚕丝般缠住她的脖颈。
手机里弹出信息，徐艺凝发来一张图片，是江时蔚成功入选国家篮球队的官方通知。
季星下意识地扬起嘴角，她看过他对篮球的执念和努力，他本就该拥有这耀眼的人生，也值得被喜欢。
耳机里恰好播放着那首《等风起》，点开歌曲评论区，几千条评论诉说着遗憾。
时间流逝，她缓缓在底下打出一行字：

希望我喜欢的人，一生如愿以偿。

4

阴天，好在没有下雨，季星抱着外套，往江时蔚的班级走去。没想到却在楼梯拐角和他相遇,她呼吸微乱:"你的外套。"

他的身旁还站着朋友,因为眼前一幕,目光瞬间暧昧起来。

江时蔚接过外套的同时,发现女孩视线躲闪:"有话要说?"

季星怔了一瞬,抬眸,视线就这样直接撞进他的黑眸里,那眼睛温柔得让人甘愿沉溺其中:"你衣服有点薄,受凉也会引起胃痛。"

江时蔚无所谓地笑了笑:"没事,你多穿点。"说着从一侧擦肩而过。

季星站在原地,没转身,听见几个少年边下楼梯边谈笑。

"那是你女朋友?"

"不是。"

朋友勾住他的肩膀,继续问:"还挺好看的,你在追她?"

江时蔚的声音很淡:"别乱说,吓到人好姑娘。"

声音渐行渐远。

季星一路回到家,脑子反复都是那句"好姑娘"。

打开抽屉,里面躺着一封粉色的信。

她突然感到迷茫,仿佛误入无边的广袤林海,如小偷一样隐藏在暗处窥视别人的人生。

她怎么能是好姑娘呢?

她自私地将这封信藏起来,自私地把别的女生对他的喜欢封锁,自私地想要江时蔚看到自己。

她不是好姑娘,她为什么会变成这样,她不该这样的。

季星眼圈发热,将信件放进口袋里直接起身,门外突然传来声音。

爸爸和阿姨回来了。

"季赵伟!我跟了你这么多年,我图什么!"

"我对不起星星她妈,这也是为了弥补。"

"弥补?因为你女儿,家里每个月存下过钱吗?你还给死了二十多年的前妻的父母送钱?"

"应该的,我对不起她……对不起你……更对不起星星……"

季星安静地听着,她知道妈妈难产去世,知道爸爸很爱妈妈,她记得小时候爸爸经常捧着妈妈的照片发呆。

爸爸说妈妈是最温柔善良的女人,就算她从没见过,也觉得那是全世界最爱她、最好的妈妈。

只是为什么要这样道歉?

耳边传来东西被砸碎的声音,她连忙开门说:"爸爸,阿姨,你们别吵了。"

季赵伟吓得一愣,朝着旁边的女人紧张地说:"晓琴冷静点,孩子在呢。"

李晓琴胸口起伏,好像很多话全都被咽回肚子里:"你跟我进来。"随后重重地关上卧室门。

季赵伟微微松了口气:"我们之间有点小矛盾,你别被影响。"

她点头,没有多想,匆匆出了门。

江时蔚还在老地方打球,他的外套被搁在旁边的椅子上。

即便知道有一半可能性他不会看,但季星还是悄悄地将信塞回衣服里,她没有剥夺别人表达喜欢的权利。

这时徐艺凝兴冲冲地跑过来:"下学期我策划一个话剧表演,你来演女主角吧?"

季星因为身体原因从没参加过活动,犹豫道:"什么话剧?"

"梁山伯与祝英台啊,多么凄美的爱情故事,一定能引起大家共鸣,江时蔚都同意了。"

"江时蔚也参加?"

徐艺凝笑得腹黑:"对啊,怎么样,祝英台考虑一下?"

耳边响起进球的欢呼声。

季星下意识看过去,少年肤色白皙,不知道听见队友说什么,正笑得肆意。

话剧是她从未接触过的,但想到能和江时蔚站在一起,她又有些期待:"他知道女主角谁演吗?"

"当然了,就是知道后同意的。"

"……好。"

5

寒假里,话剧的演员已经确定好,因为江时蔚要去国家队训练基地,他们排练的时间便延后了一周。

这一周,季星感觉每天都过得很慢很慢,习惯性地点进江时蔚的聊天框,退出来又点进去,而后不知道怎么回事,按到了语音通话键。

仅一秒,她快速挂断,但已经有了记录。

季星又急又尴尬,果不其然,江时蔚回拨过来。

看着跳动的屏幕,她稳着心头的颤动,点了接听,有股热意涌上脸颊,她抢先开口:"我不小心按到的。"

那边嘈杂一瞬又恢复安静,江时蔚的声音低沉,缓缓流进耳畔:"所以有事找我?"

季星指尖收紧:"……想问你剧本看了没?"

"没时间,等回去再看。"

"训练累吗?"

"习惯了,放假没出去玩?"

季星重新躺到床上,头蒙在被子里,周围暖意融融:"没有,过几天不是要排练嘛。"

听筒里传来低笑声:"怪我耽误时间了,我问下能不能提前回去。"

"没事,训练要紧。"

……

他们像普通朋友般闲聊,一通电话打了将近九分多钟。

季星看着通话记录,忍不住牵起嘴角,丝丝甜意浸满心头。

排练那天下雪了,人到齐时,江时蔚正在看剧本。

徐艺凝让主角先去对台词。

季星和江时蔚相对而站,她有种难以言说的紧张感,却瞥见少年微皱的眉头,问道:"怎么了?"

江时蔚放下剧本,摇了摇头:"门当户对,选择马文才也挺好,感情可以培养。"

季星没说话,对此不置可否。放在现实中,大多数人都会选择马文才。

"可是她已经遇见了梁山伯,为什么还要和别人培养感情?"

"爱本身就是遗憾,生死不是筹码,是永恒的。"

她说得平静,江时蔚垂着眸,沉默一瞬,抬手揉了揉她的发顶:"小不点。"

他的声音带着笑意,指腹温柔,季星沉浸在思绪里,因为这一动作,足足愣了好几秒。

江时蔚也愣了下,讪讪地收回手,视线移向别处:"排练了。"

季星望着他的背影,脸颊像是有火在烧,心脏怦怦直跳,不是病态的急促,而是悸动。

临近春节,天也越来越冷。

季星发现今天的江时蔚兴致不高,手时不时地放在腹部,应该是胃疼了。

休息时分,徐艺凝正在和演员讨论,季星拆开暖宝宝,等热意散出来后才递给她:"别冻着了。"

徐艺凝瞬间被感动到:"你自己有吗?"

季星点头,摸了摸肚子,笑道:"我身上贴了。"说完看向旁边,又将一个暖宝宝递过去,"多出来的。"

江时蔚正和朋友说话,转头看过来没发觉不妥:"谢谢。"迟疑半秒后,他将手里冒着热气的纸杯塞到她手里,"我没喝过。"

话音落下,周围人起哄,他们挤到一起坏笑:"怎么说,因戏生情了?"

"我又渴又冷,怎么没见你关怀一下?"

听着调侃,江时蔚笑得欠揍:"多喝热水。"

音响里播放着小提琴曲《梁祝》,排练厅欢声笑语,温暖了整个腊月寒冬。

6

除夕前一天,徐艺凝宣布排练告一段落,有几个朋友提议给江时蔚组个局,庆祝他入选国家队。

季星给爸爸打了个电话说明情况。

"注意点,别玩得太晚。"

她举着手机笑道:"知道啦。"

"看你这么开心,爸爸也放心了。"

父女两人又说了几句才挂断,季星笑意更深。她有爱她的爸爸,有在天上爱她的妈妈,有很好的朋友,也有喜欢的人,没有一刻比此刻更让她感到活着的幸福。

江时蔚被灌了许多酒,此刻正坐在角落,闭着眼,好像睡着了。

包间里,"麦霸"捧着话筒唱着那首熟悉的《等风起》。

暗光下,少年眉头微蹙,难掩侧颜的清隽,只有这种情况下季星才敢大胆地看他。

他的手放在沙发上,季星不受控制地移动手指,慢慢向他靠近。

五厘米、四厘米……

歌曲到高潮部分,她的呼吸却放慢,两个人手指的距离越来越近。

两厘米、一厘米……

突然,朋友过来叫他:"江时蔚怎么睡着了?大家都等着你呢。"

季星眸光一滞,如梦初醒般。该怎么描述那一瞬间的失望呢?她的手指悄无声息地退回原地。

江时蔚眯着眼,抬手揉了揉脸颊,声音懒散:"你们喝吧。"

"没你怎么喝?别赖酒啊,走了继续。"

他又坐了会儿,无奈地起身,因为酒精的作用,他眼前晕眩了一瞬,又跌回沙发上,掌心就这样毫无征兆地压在旁边女孩的手背上。

世界好像在那一刻静止。

仅半秒后,温热退开,江时蔚神色明显一顿,低声说:"抱歉。"

周围继续热闹,季星安静地坐在那儿,手背依然滚烫,酥到心底。

低下头,她隐藏着微微翘起的唇角,这似乎是她距离江时蔚最近的一次。

她记得爸爸的叮嘱,没玩多久便和徐艺凝道别。

到楼梯口,她发现家门虚掩着,隔着些距离都能听到熟悉的吵架声。

季星习惯了,默默地走到门口,手刚搭上把手,门里传来阿姨歇斯底里的声音:"敢情你是怪我限制星星的社交了?她哪天说没就没了,你还这样纵容她?"

季赵伟叹了口气:"我能怎么办?这么多年,孩子吃药、检查这么苦,再没个朋友,我心里愧疚。"

"我从没见过你这样虚伪的人,你要真觉得愧疚,会在她妈临产时和我搞到一起?我真是瞎了眼才嫁过来当保姆。"

陈年旧事被扒出来,季赵伟颓然地倒在沙发里:"别说了……"

季星感觉大脑嗡的一下,木讷地开了门:"爸……"

空气在这一刻凝滞。

李晓琴早已气红了眼,看到来人,愤愤地指着他:"看到没,这就是你亲爱的爸爸!"

季星站在那儿,眼泪如线条般往下掉,心脏扑通扑通地跳,随后视线落在满地的碎纸片上。

是她的话剧剧本。

被撕碎了。

她蹲下身,顾不上心脏的狂跳,顾不上肺部的憋闷,她捡起地上的碎片,下一瞬一股剧痛把她的心撕裂了。

倒下前她看到爸爸朝她冲了过来:"星星!"

除夕将至,本是阖家团圆的日子,路上一辆救护车疾驰而过,发出的警声像是孤夜的悲鸣。

女孩洁白的面颊此刻涨得透紫,医生护士急匆匆围过来抢救。听诊器在胸部游动,血压计不断发出嘀嘀的声响。李晓琴慌乱地站在一旁,红着眼眶默不作声。

"医生……医生……"季赵伟紧张得浑身哆嗦,泪流满面,话都说不明白。

"急性心力衰竭,满肺水泡……"医生摘掉听诊器,面孔严峻得吓人,"立即输氧,静脉注射地塞米松……"

季赵伟呆滞在原地,全身都在抖,满脑子都是那句"心力衰竭"。他猛地跪坐到地上:"医生,她才二十多岁……怎么会这么快?医生求你……"

7

病房里静得只剩低低的抽泣声。

季星睫毛颤动着,眼睛终于睁开一条缝隙,似乎在适应身体的异样。她轻轻吐出细小到几乎听不见的两个字:"爸爸……"

季赵伟连忙凑过去:"星星,爸爸在呢。对不起,对不起,爸爸对不起你……"

脑海中都是她倒下前的那些画面,她动了动唇:"爸……我从来……没后悔当你女儿……"

季赵伟惭愧地低下头,眼泪顺着年老的皮肤流下:"我做错了事,星星怪我骂我都可以……"

季星轻轻摇头,什么都没说,在她的认知里,爸爸一直很爱妈妈。

一个时常捧着老照片发呆的人,为什么会这样呢?

为什么越是简单美好的东西,在落向现实的时候越会变得面目全非?

她想不通。

为什么爱让人勇敢无畏,又让人虚伪阴暗?

那些满地的碎纸片是她情感的寄托,她对新生活的向往也在那一刻被击得粉碎,所有的希望都化成了飘散的飞沫。

季赵伟将她的被子掖好,抹了抹眼泪:"你朋友来了,我让他们进来。"

男人背影佝偻,头上又冒出几根白丝,仿佛一夜之间老了十岁。

房门开了又关上。

床上的女孩似睡非睡的模样十分衰弱,江时蔚沉着脸,只是看着她,一句话没说。

徐艺凝从进到医院看到心脏科的名字时起,双眼就浸满了泪水。

季星艰难地摩挲着因为输液而冰冷发麻的指尖:"抱歉……我可能演不了了。"

徐艺凝握上她的手:"没事,我不搞了,我只想让你当女主角。"

"可是耽误大家时间了……"

"没什么可是的,以后什么梁山伯与祝英台、罗密欧与朱丽叶甚至巴啦啦小魔仙,你想演什么就演什么。"

季星被她逗笑了,视线落在旁边的江时蔚身上。

徐艺凝吸了吸鼻子,将空间留给他们:"我去趟卫生间。"

周围静默下来,明明昨天还在笑的女孩,今天却躺在了病床上。

想起在门外她父亲说的病情,江时蔚的喉咙就像被什么东西堵住了:"出院了,我们再继续排练,好吗?"

季星弯了下眼角,点头:"你吃早饭了吗?"

江时蔚没说话,他早上匆匆赶来,根本没想到早饭这回事。

她看向旁边的柜子:"这里有糖。"接着无意识地念叨着,"训练累,要记得吃饭。"

江时蔚顺着她的目光望去,听话地剥开糖纸,甜意在舌尖蔓延,却怎么都甜不到心底。

季星最终还是办了休学,医生说她目前的状况更不能进行手术,只能保守治疗。

雪还在下,她想,严冬总会过去的吧,春天已经不远了。

输液管中的药水一滴一滴地流淌,输液瓶换了一瓶又一瓶,直到消耗殆尽。

医护人员密切关注着她,爸爸默默陪伴着她。

季星在医院度过了两个多月,每天的日常只有输液、复查。她没见过阿姨,但她不想去过问了,她只想多看看爸爸,多看看她的朋友,多看看她的江时蔚。

三月初,明明转暖了,夜里却下了场春雪。

学校早已开学,江时蔚训练完有时间就会过来看她,到底是出于怜悯还是同学一场,季星也不愿去想了,她只知道只要等待,他就会来的。

果不其然,他来了。少年的肩膀飘了层雪,他没在意,脱下外套坐到她身边,女孩的脸色比昨天看起来更为苍白。

"感觉怎么样?"

季星舔了下干燥的唇:"好多了,明天可以排练啦。"

江时蔚笑了:"小不点。"说完揉了揉她的发顶,"喝点东西?"

她没有丝毫食欲,但还是点点头,温润的液体流进口腔,她一点一点吞咽,唇瓣显出了些红润。

医生又进来检查状况,江时蔚放下杯子,刚准备起身,就听到她说:"你能陪我出去走走吗?"

他的心脏缩了下:"等你好了,我陪你……"

话没说完,医生摘掉听诊器,面色不明地说:"出去散散步吧,注意保暖。"

春雪给大地铺了层银纱,一高一矮的两个人走得格外缓慢,季星脚踩在雪地里,似乎觉得有趣,走一步看一眼自己的脚印。

江时蔚小心地扶着她,低垂的眉眼尽显柔和:"当心。"

少年一如初见时模样,耀眼却不张扬,是她无数次羡慕又不敢接近半毫的存在。

恰好微风吹来,发丝擦过眉眼,季星仰头看他:"你遇到喜欢的人,会告白吗?"

突然的问题让江时蔚有一瞬失神,女孩头发乱了,他指尖欲抬又放弃："为什么这么问？"

季星移开视线，没有回答，风比刚刚大了些，冻得她缩了缩脖子。

江时蔚停下脚步，俯身将她的围巾整理了一下。

季星没有躲开，或许是他低着头的缘故，那模样认真，没有平时一贯的随意散漫，季星喜欢看他认真的样子。

她情不自禁地伸出手，用食指指尖轻轻描过他的眉，从眉头到眉梢。后者没躲开，只是停下动作，季星打算放下手，却被他握住。

江时蔚依然俯着身，眼睛一眨不眨地看着她。

"季星，你喜欢我，是吗？"

他的掌心不断向她传送温热。也是这一瞬间，季星突然感觉到了遗憾。

无尽的遗憾。

为什么这条路这么难走，要让她在所剩无几的时间里，连喜欢都不敢说。

"明天你会来看我吗？"

江时蔚沉默着，喉结动了动："会。"

"如果下雪呢？"

"也会。"

爱情是一种神物，不遇到适当时机，它并不会显露出明显的形态。而当清醒地意识到它的存在时，它就已经成熟了。

又开始下雪了，雪花无声无息地落下来，落在他们的头上、肩上，落在他们前面的路上。

8

季赵伟把妻子安排回娘家了，他怕星星看到她又会想起那天发生的事。

家已经如此支离破碎，他不能倒下，他要好好照顾星星，这是他唯一的念想和对不堪往事的自我救赎。

病房里只有仪器发出微弱的电流声。

这一夜,季赵伟怎么也睡不着,他突然感觉到孤独和恐慌,翻来覆去地起床去看看女儿。

不承想才发出一点动静,床上的女孩便睁开了眼:"爸爸。"

"安心,爸爸就在旁边。"

她半闭着眼,感受着那双手的粗糙:"爸爸一定要健健康康的……下辈子……"

季赵伟心里一沉:"别说了……爸就要这辈子……就要这辈子……"

她低低地说了声"好",又问:"外面……下雪了吗?"

季赵伟看了眼窗外,正飘着雪花:"下了。"

季星闭上了眼,眼角的泪无声地滑落,消失在洁白的枕头里,她的嘴角却浅浅勾着。

长久的静默后,季星喃喃道:"妈妈……真的在天上吗?"

季赵伟的眼泪一下子冒了出来:"在的,妈妈一直在天上看着星星。"

女孩脸色苍白,像是松了口气:"真好……"

时间一秒一秒地走着。

季星一直处在半梦半醒当中,她艰难地呼吸,她用力地呼吸,她想活着。

季赵伟一动不动地坐着,甚至不敢眨眼,他不敢往那方面想,却又无法驱除可怕的阴影。

值班护士和医生进来,用许多仪器探测着女孩的心肺。

不知又过了多久,季星睁开眼,她想看看窗外,却怎么都看不清。她的嘴巴嚅动着,却怎么也发不出声音,一切又陷入黑暗。

在一片黑暗里,她终于找到自己的声音:"爸爸……你在吗……"

季赵伟凑到她耳边,生怕错过一个字:"在的。"

她的气息越来越薄弱:"江时蔚呢……"

"雪路车慢,再等等。"

季星点头。

她想,如果重来,她不会再去等,不会去在意这段感情有没有结果。就算她只能活一天,也要告诉那个人,她喜欢他。

季星闭着眼,数着自己的呼吸……

脑海里盘旋着那句"再等等"。

再等等……

心跳显示仪上是一帧一帧微弱跳动的符号,最终画成一道笔直的线。

同一时间出现的,是推门而进的少年。

< 加载中… >

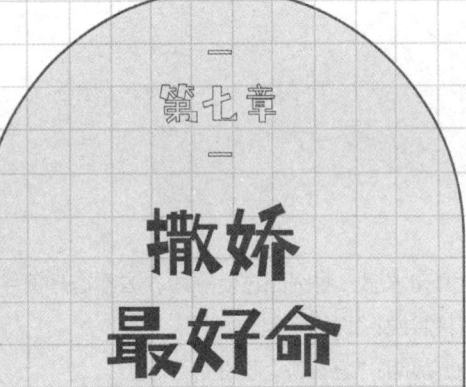

第七章

撒娇最好命

REN JIAN QING SHI

寄宿少女
VS
便宜哥哥

▶▶▶▶▶▶

< 进度 49%… >

高考后填完志愿,谢圆因过度焦虑,去看心理医生。

医生皱着眉说:"你这不是焦虑。"

谢圆凑上前问:"怎么说,医生?"

医生理了理袖口,慢悠悠地往椅子上一靠:"怕考不上哪所大学?"

"清华。"

"为什么?"

"志愿上没填。"

"……"

这位患者多少是有点病在身上的。

门突然打开,进来一位大叔。

"你小子穿我白大褂穿上瘾了吗?"大叔瞪了眼坐在椅子上的人,侧眸反应了下,"你就是谢圆吧?"

她愣愣地点头。

"你的情况你妈在电话里跟我说过了,等分数紧张属于正常现象。想去哪所大学?"

"清华,但她志愿上没填。"身后的男人正脱着白大褂,清冷地来了这么一句。

刚刚太紧张口不择言,谢圆尴尬地笑笑:"是北体。"

"北体好啊,这是我外甥周域。"大叔说着将人拎到面前,"开学大二，算是你学长，帅吧。"随后又加了句，"单身。"

谢圆隐隐约约厘清事情的来龙去脉。

"叔叔，我感觉我没病，先走了。"

周域垂眸，轻笑一瞬，漫不经心地说："是吗？要不你再看看？"

她是脑子抽了才会去看什么心理医生！

不过幸好自己确实被北体录取了。

开学前一天，妈妈怕她到新环境被欺负，偏要让她住在朋友家里。

一开门，谢圆刚露出一个标准的微笑，而后笑容就僵在嘴角。

莎士比亚说过，人可以倒霉，但人不能太倒霉。

面前这个不就是那假大夫！

周域的爸爸一脸笑吟吟地寒暄着："淑芬啊，以后圆圆交给我们，你放心，这是我儿子周域，大家认识一下。臭小子，问个好。"

周域一暑假都过得不爽，原因是舅舅告状，说他在自己工作的时候捣乱，因此周域整个假期都被关在家里。

此刻盯着眼前的姑娘，他倒也友善地伸手："你好。"

谢圆在心里冷哼："抱歉，我有洁癖。"

"洁癖和握手有什么关系？"

"肌肤接触。"

周域被气笑了："那初次见面，和妹妹互相来个扫堂腿？"

看着这俩人一来一回地斗嘴，淑芬拽着女儿，客气道："建军啊，我女儿平时比较安静，有点社恐，你们多包涵。圆圆以后要叫周域一声哥哥。"

周域嗤笑，你女儿确实社恐，可怕得很！

像是发觉刚刚自己有点过分了，谢圆乖巧地换上笑脸："哥哥。"

男生扫她一眼："没听清。"

梁子就此结下。

晚上周叔叔去公司了，谢圆小心翼翼地抱着换洗衣服，还没握上门把手，门就开了。

周域身上只穿了一条黑色短裤,她一时不知道眼睛该往哪放。

果然体育生……

男生也有点尴尬,似乎没反应过来家里有女生。

"我走。"谢圆满脸绯红,转身时太紧张,踩到了自己的脚。

谢圆快速洗完澡,为了赔礼,她看向沙发上坐着的男人。

"我会塔罗牌,你要不要算算?"

"什么?"周域没想到这女的还敢主动和他搭话。

谢圆重复一遍:"要不要算?分四十和八十的,算哪种?"

"还要钱?"

谢圆为了上大学赚点外快,暑假跟人学的:"对啊,我们这行的规矩。"

周域可能觉得今晚被看光了,脑子有根筋也搭错了,加微信扫了八十元过去:"八十的更准吗?"

第一笔生意就这样来了,谢圆乐呵呵地回他:"不是,有的人钱多就多给点。"

周域已经被气得笑不出来了:"你装得可真自然。"

"谢谢,我们塔罗师算牌的时候一定要摸着测算者身上的一件灵物,你有吗?"

男生五官冷峻,压着嗓子:"我的人设不允许我这么蠢,退钱。"

她忍不住攥住他的手腕:"我算得可准了,你听我的说不定能找到女朋友。"

他缺女朋友吗?

周哥靠着沙发不屑地笑了:"灵物是什么?"

"就是你身上最重要的东西。"

周域直接站了起来:"你要我呢?"

医院的仇报了,谢圆心里舒畅了。但已经收钱,想着还是给他算算吧。她憋着笑说:"逗你的,随便什么东西。"

客厅安静至极,谢圆皱眉看着他抽出来的三张牌,有一茬儿没一茌儿地摸着男生的手。

"你这命也太好了啊！"

周域闻言看向她，而后她说："手这么细腻，怎么保养的？"

"你……"

兄弟打电话来，叫周域晚上聚会，周域一点心情没有，没等对方说完，他就挂断了电话，起身去开窗子，门突然被拍得"砰砰"响起。

他慢条斯理地开门："又做什么？"

谢圆笑了："以后大家都是兄弟，为了庆祝，我周末请你吃火锅。"

说完女孩就离开了，周域想着刚刚她认真的样子，郁闷的同时嘴角弯了下。

"大晚上不睡觉在这儿干吗？"

周域下意识摸了下后颈，嘴角的笑意没止住："在说吃火锅。"

老周一想到这小子今天在淑芬面前故意刁难人家女儿就来气："吃你个头，一天天不知道学习就知道吃！"

开学第一天，谢圆起得早，收拾完准备出门，看见家门口那辆显眼的跑车正启动引擎。

男生穿着白T恤，手放在方向盘上，看着她挑了下眉："上车。"

周域的妈妈是难产走的，他从小就跟着父亲生活，谢圆听说老周白手起家，对儿子虽然严厉，但也不吝啬，买辆车再正常不过。

"等会儿顺便接一下我闺密吧。"

"把我当司机了？"

谢圆摇头，她只是单纯的脸皮厚，不怕被麻烦也不怕麻烦人："我看地图是在一条路上，顺路接一下呗，哥哥。"

他没再说什么，算是答应。

谢圆有些疑惑："你答应了？"

周域侧头，看起来心情不错："你都喊我哥了，我就是在坟里也得爬起来去接你闺密。"

倒也不必这么吓人。

闺密董妍上车后明显一愣,直到下车进学校去教室的路上,她憋了一肚子的话才放炮似的吐了出来。

"圆圆你怎么会认识周域?体校的,如今一看是真的帅!他有兄弟没?介绍给我认识认识。"

谢圆有些反应不过来:"我住他家。"

新生开学,班会上大家互相做了自我介绍,杂七杂八的事情还没解决完,谢圆就收到了周域的消息。

"校门口等你。"

路上撞见同班同学,毕竟第一次见面,几个男生便和俩女生说了会儿话。

校门口,学生络绎不绝,周域发完消息,旁边的同学张易默打量起他。

"两个月不见,你都瘦了,之前说的到底是谁?快带我见见。"

周域喷了声:"也没这么夸张,家里来了个妹妹。"

"所以你今天就是为了和她一起来学校,不来接我?"

"还有她朋友。"

"女的?叫什么名字?好看吗?什么星座?"

周域没接话,视线落在不远处的谢圆身上,不知旁边男的说了什么,她笑得形象全无。

谢圆一眼便看到倚在车边的周域,赶忙和同学道别,拉着董妍离开。

"等多久了?"

周域笑了笑,语气听不出情绪:"你还挺受欢迎。"

这话怎么一股酸味?谢圆侧头扫了眼已经离开的同班男生的背影,随口说了句:"是不是比你帅?"

空气蓦地变冷,隐隐现出一股杀气,张易默连忙出来圆场,拦在俩人面前:"你们不要再打了!走,吃饭去,我请客,先吃饭。"

谢圆一路纳闷，悄悄去看驾驶位，男生依然皱眉，她不明白这人又生哪门子气。

餐馆人不多，谢圆和董妍从卫生间出来，一边往包间走，一边讨论刚刚在门口看见的那个帅哥。

董妍推开包间门，周域不在，只有张易默在看菜单。他抬头看了董妍一眼，大大咧咧地说："快来看看吃什么。"

"……"

两人不知怎的开始辩论起来。

周域进来后没看他们，直接坐在谢圆旁边。

"你今年多大了？"

谢圆眨眨眼："二十……"

"这才刚成年，就想着谈恋爱了？"

她反驳说："大学谈恋爱怎么了？"

周域见她一根筋还有点向往的意思，一想到她在学校门口的那个笑，心里就又不爽了。他哼了声："你还小，不懂男人的可怕，现在你的任务只有学习。"

谢圆被忽悠得一愣一愣的："你就比我大一岁，任务也是学习？"

男人挑眉，完全没被旁边两人吵闹声影响，声音沉沉的："我的任务是监督你。"

菜陆续上来，旁边人还在辩论，周域懒散地靠着椅背，又低声在她耳边强调了一句："不许。"

这顿饭谢圆吃得极其不自在，她想弄明白自己都已经上大学了，怎么就不能谈恋爱了？她忍不住去看周域，男生正和旁边的人说话，嘴角的笑意懒洋洋的，莫名养眼。

谢圆的心也莫名地跟着怦怦加快了几分。

吃完饭，张易默还不尽兴，偏要去唱歌。

他们由吃饭的包间转到唱歌的包间，灯光也变得昏暗动感起来。

张易默喝多了，求着周域唱首歌，又是爷爷又是爸爸地喊。

周域被缠得没脾气了,随便点了一首:"坐好。"

张易默立马规规矩矩地不碰他了。

音乐响起,灯光也随着节奏跳动。

谢圆坐在他对面,看着光圈在他脸上扫过,男生的五官显得更为深邃,关键是,他在看她。

目光交汇的那一瞬,她脸颊一红,头脑一热。

她看到周域没再唱歌,直接放下话筒起身,匆忙拿过面纸,面色从慌乱变成憋笑。

他的嘴角勾着,更好看了,谢圆也跟着笑起来。

直到他将纸巾塞住她的鼻子。

嗯?

周域笑得肩膀有些颤,拉着还在愣神的姑娘离开:"去洗手间。"

她有一瞬眩晕,无暇顾及男生手掌传来的温热,只知道自己看他看到流鼻血了,视线一瞥,目光落在旁边的提词器上。

原来周域不是在看她,而是在看她身后的歌词。

谢圆想安静地离开地球。

洗手台前,周域细心地给她洗干净,还不忘拿干纸巾将她的鼻子塞好,语气吊儿郎当地:"怎么会突然流鼻血?"

谢圆感觉他在明知故问:"我最近上火。"

"看什么了?"

谢圆感觉他在"内涵"她,语气不善:"如果阿强在不可能像你这样笑我!"

阿强?

周域收了收笑意,垂眸问:"他和你什么关系?"

一提到这儿,谢圆有些惆怅,眼神都多了些柔情。

周域一肚子疑问被她这眼神弄成了闷气:"算了,我不想知道。"

谢圆也没在意。

两人安静地往包间走。

周域还在烦,这么土的名字?是比他帅还是比他有钱?谢圆看上人家什么了?

终于走到包间门口,他忍无可忍地问了出来:"阿强是谁?"

谢园又开始惆怅,叹了口气,无尽感慨:"阿强是我爸。"

刚刚那么一闹,酒劲都散去大半。

谢圆盯着塞了纸巾的鼻子,拉着闺密离他们远远的,一看就是害羞了。

张易默悄无声息地观察完,手臂碰了碰旁边:"她怎么突然流鼻血了?"

周域心情很好,斜了他一眼,没回答。

张易默大胆一猜:"她是不是喜欢你?"

男生玩着酒杯,听到此动作一顿:"别乱猜。"那上扬的嘴角就没下来过。

散场后,谢圆又去了趟洗手间,出来没走几步就被群混混给堵了。

为首的徐杰打量着她:"一个人吗?哥哥带你去玩儿?"说着就开始动手动脚,谢圆目光一冷,想给他来个过肩摔。

刚准备好姿势,手腕就被人牵了过去。

目光所及之处是周域的下颌线,掌心的温度格外烫人。

"哟,周域,好久不见。"徐杰看是熟人,有些尴尬,"看她可爱,想逗着玩玩呢。"

周域视线微沉,淡淡地说:"可爱就能逗着玩?"

谢圆只感觉有血液不停地往脸上涌,她从小就厉害,村里没人敢惹她,第一次被人护着,这种感觉有点奇妙。

张易默站在一旁看戏,忍不住露出笑容,没作声。他倒想看看周域为女生发脾气的样子。

徐杰喝了酒,心里不服:"又不是你女朋友,你和兄弟计较哪门子气?"

周域笑了笑:"这我妹,你说我该不该计较?"

谢圆不想让事情闹大,跟对面要了三声道歉,最后才把倔强的周域给劝住。

到家时,别墅里黑灯瞎火的,老周不在家。

谢圆抱着平板电脑,为了感谢周域刚刚护着自己,她打算请他看恐怖片。

男生刚洗完澡,一边擦着头发,一边有一茬儿没一茬儿地看着屏幕,看着看着视线就黏在了旁边姑娘的侧颜上。

脑海中闪过张易默的那句猜测"她是不是喜欢你"。

谢圆全程紧张,刚刚一个画面吓得她肩膀一缩,想看又不敢看,这太折磨人了。似乎察觉到什么,她一转头恰好撞进周域的黑眸里。

"你害怕吗?我们要不要手牵手互相鼓励一下?"

还有这种好事?

周域皱眉:"确实有点怕。"还没说完,手背就覆上一片柔软。

他心头一跳,耳根红了,小心地往她身边挪了点,心思完全不在电影里。

谢圆的心思也跑到十万八千里去了。

时钟指向十二点,老周还没回来,周域打了个电话,才知道他爸去出差了。

也就是说家里只有他们两个人。

有点紧张,有点不好意思。

电影放完,俩人各回各屋。其实谢圆之后开始认真看电影了,一想到有小孩半夜从被窝里爬出来她就怕得睡不着觉。

她跑过去敲了下周域的门,周域还没睡,她扭捏几秒:"我有点害怕。"

今天的好事也太多了吧。

谢圆这次完全没有歪心思,单纯是害怕。她见男生掀起被角,神色一滞:"你干吗?"

"睡觉。"

"我是说睡你房间,不是说和你睡一起。"

周域沉默几秒,好像也对:"那我睡你房间。"

她急忙叫住他:"可我是因为害怕才睡你房间的,你走了我和睡自己房间有什么区别?"

"这意思不还是想来我这儿睡?"

谢圆气得脸都红了:"你过来。"见男生单纯地走到身边,她毫不留情地一脚踩下去,根本不给他反应的机会,随后又要添一脚。

周域暗骂了一声,皱着眉。他不明白自己为什么要挨这顿打,躲闪推搡中,重心不稳,直接拉着她跌到床上,他固定住她挣扎的手腕,脾气也上来了。

他的音色低沉:"你属驴的?不服就踢?"

谢圆喘着气,这才注意到俩人的距离,耳尖瞬间红了,伴随着心跳,有些忸怩:"谁让你逗我!"

周域忍不住笑了,手机响起,他没什么反应,但不打算放过她,他一手按着谢圆的手腕,一手接起电话。

张易默的声音传来:"你干吗呢?"

周域唇角勾着:"我在收拾人。"

谢圆一口气差点没喘上来,无声地挣扎起来,又被周域控制得死死的。

张易默说了两句直接挂断。

恢复安静后,周域撑开手臂:"还敢不敢了?"

谢圆早就无地自容,又觉得面子上过不去:"敢!"

说完男人笑着偏头靠近。

谢圆完全顶不住,她别过脸:"不……不敢了。"

周域满意了,缓缓松开手,看着她红透的脸颊,有些心软:"我逗你玩呢。"

谢圆不理他,直接躲到床上,胡思乱想一阵过后才渐渐入睡。

这一夜,周域挤在沙发上,想着刚刚一幕,翻来覆去地睡不着,最后烦躁得快到凌晨才睡着。

次日周末，谢圆起得早，张易默一大早来敲门，说来蹭饭。

家里没吃的，谢圆叫醒周域去买菜。

周域洗漱完，额前的发丝沾了水，透着股慵懒，经过昨晚的事情，谢圆看他很尴尬，但依然记仇。

她报复似的对着男人道："我算了一下，今天你会倒霉。"

周域嗤笑，一脸的不屑。

院子里有辆电动车，是老周闲来没事买的，周域拍了拍后座："上车。"

这东西谢圆很熟悉，在家里妈妈也有一辆，她没多想就直接上了车。

然后两人被交警拦了下来，因为没戴头盔罚款五十，气得周域去买了五个头盔摆在家里。

这件事从侧面印证了这小女巫是真的灵。

谢圆心情极好，没想到瞎说的话真应验了。

周域在厨房做饭。邻居家跑来一只柯基，在谢圆脚边伸着舌头叫了两声，很开心的样子，她的心都被萌化了，蹲下身摸着狗头："真乖。"

阳光洒在她的头顶，周围的空气都变得温柔。

周域站在不远处看着这一幕，脸色不怎么好。

因为家里有俩男人，张易默提议把董妍喊过来，俩"客人"便在客厅闲聊。

谢圆也去厨房帮忙，身边男生的个子很高，动作娴熟，她好奇地问："你以前经常做饭？"

"嗯，我爸总是出差。"

有点可怜，她拍了拍他的肩："以后有我在。"语气顿了一下，周域也侧头过来，她继续说，"尽量不让你刷碗。"

此刻沙发上，张易默正在显摆他的传家项链："鸽子血，好看吗？送你了。"

一旁的董妍明显被吓住了,而被攥出来的谢圆刚好听见这句,没忍住直接笑出了声。这诡计多端的男人,追女生的手法太过拙劣。

她凑近看了看,水滴形红色吊坠,确实像鸽子血:"这岂不是杀生?"

浪漫氛围被打断,张易默动了动唇,又不敢反驳什么,毕竟这是周哥的妹妹。

"说的是颜色。"

谢圆下意识转头,周域不知什么时候站在自己身后。

"祖母绿里就有祖母?喜欢你,你就真成我女朋友了?"

这个追人手法似乎更为拙劣。

谢圆站在原地有些摸不着头脑,可对上周域的眼眸时,心跳又开始加快。

张易默发现氛围不对,连忙拉着周域离开。

房间内,张易默忍不住吐槽:"追人不是这么追的!"

周域细想了一下:"太直接了?"

张易默摇头又点头:"也可以这么说吧。"

"行,那含蓄点。"周域喷了声。

张易默觉得自己如果英年早逝,一定是被这人气死的:"不对!你得让她觉得你不在乎她,女生都喜欢欲擒故纵。"

"欲擒故纵?"他又没追过女生,烦闷道,"那她跑了怎么办?"

张易默突然有种光荣感,他示范给他看:"然后你就这样紧握她的手深情告白,让她的心情由大悲转为大喜,感情也更加稳固!"

俩男人紧握着手,氛围极其诡异,周域沉浸在思绪里,眉目舒展开来:"明年请你吃满月酒。"

这边讨论得火热,客厅俩姑娘也不闲着。

董妍一脸看透一切套路的深沉模样:"圆圆,我跟你讲这男人的嘴……"

吐槽一大堆,总结就是,男人不行。

谢圆思绪飘飘然,一想到刚刚周域说"喜欢你"那三个字,嘴角就扯到耳后根。

房门打开,俩男人出来了,谢圆连忙端正坐好,有些大家闺秀的意思。可惜周域只是看她一眼,便去了厨房。

高昂激动的心瞬间平息,她看向男人的背影,什么意思?

整个吃饭过程中,氛围依然诡异,倒是张易默整个人十分惬意。

疑云憋在肚子里,直到周一上课,谢圆还心事重重。

"好巧啊。"说话的人是上次在酒吧遇见的徐杰。

她把董妍揽到身后,戒备道:"干什么?"

徐杰连连摆手,没喝酒加上头发染黑了,周身不良的气息也少了些,笑道:"我那天喝酒了,给妹妹赔不是。周域呢?他没陪你吗?"

提到这谢圆就郁闷,还有点委屈:"他有事。"

徐杰摇头叹气,乖巧地跟着她们走:"你是不是和他吵架了?男人嘛,偶尔就是会凶人,妹妹别生气,你这么好看,他怎么就不知道珍惜你呢?我要是早点认识你就好了。"

身后不远,周域沉默地看着那道背影:"那是什么玩意?"

张易默:"好像不是个玩意。"

不远处姑娘侧头笑了一下。

周域站在原地,眸色发沉,张易默还在煽风点火:"不气不气,咱们欲擒故纵,欲……"

"欲你个头。"

送走了徐杰,董妍神秘兮兮地拿出一个信封,粉色的。

"圆圆,我帮你谋划了一下,想试探一个男人的心意,你就得让他吃醋,你就说这封信是你收到的情书,那只鱼上不上钩就看今晚了。"

谢圆捏着情书,她本来想直接和周域表白的。但眼下这个法子确实很妙,两全其美,先试探一下他的心意再说也不迟。

客厅灯亮着,周域刚洗完澡,头发还没吹干,他没在意,扫了眼门口:"还知道回来。"

谢圆莫名紧张起来:"和董妍在外面吃的。"手碰到口袋里的信封,她又开始心虚,"你还没吃吧?我去下厨!"说完一溜烟跑走。

周域不知从哪里捞来一条毛巾,缓慢地擦着头发,视线落在厨房里晃动的身影上,半晌后起了身。

谢圆正在够高处的调料瓶,踮起脚尖的同时身后被温暖包围,一双好看的手在她头顶轻而易举地将瓶子拿了下来。

她惊讶地转身,脑门不小心碰到周域的下巴,身后贴着橱柜,退无可退。

而周域根本没有让开的意思,就这样垂眸看她:"就两个人吃的?"

哪儿跟哪儿啊,这人还停留在刚刚的话题上。谢圆想了下,再次确认:"嗯,怎么了?"估计是距离太近,她脑瓜一热,直接把那封信掏了出来,"今天有人给我塞了封情书,我突然想看一下,我出去……"

话没说完,情书就被抽走。她眨眨眼看着男人阴沉的表情,嘴角止不住上扬:"你干吗……"

周围安静,周域微微低头,把她禁锢在怀中,目光下移从她躲闪的眼眸又到唇上,喉结滚了滚,音色喑哑:"我看看有没有错别字。"

"……不行,我自己看!"谢圆伸手就要去抢,腰间被他搂了一下,酥麻感蔓延至全身。

周域笑意不及眼底,冷声说:"行啊,我用一甲普通话念给你听。"

谢圆眼睁睁地看着那男人不算温柔地撕开信封,只是他好像愣了下,而后嘴角荡开笑意。

"臣本布衣,躬耕于南阳,苟全性命于乱世,不求闻达于诸侯。"周域笑了,"妹妹,你这追求者还知道给自己打造个穷苦清廉人设呢。"

谢圆:"……"

出师表?

董妍!既然整情书为什么不整个真的!

谢圆瞬间无地自容,她在那道意味不明的视线中左右躲闪,脸颊绯红:"我又饿了,我去找吃的。"

周域寸步不让:"解释一下?"

"就是……就是想看你什么反应……"

"所以反应还满意?"

谢圆闭了闭眼,索性破罐子破摔:"不太满意。"

周域没着急说话,凝视她两秒,俯身靠近她一些:"那我再努力一下。"

她蒙了,想说什么,外面传来密码开门的声音。

老周出差回来了?

谢圆一惊,双手慌忙地去推对面人的肩膀。

周域抬手关掉灯,重新握上谢圆的手指,无声且炙热。

"周域?圆圆?"老周扯着嗓门在玄关处边换鞋边喊。

直到听见外面楼梯上渐行渐远的脚步声,周域才略微放开她:"谈吗?"

谢圆刚开始是轻轻地点头,后来又确定地点了个头。

老周没找到两个孩子,索性洗了个澡,再下楼时俩孩子就出现在了客厅。

"你们什么时候回来的?"

谢园脸颊的红晕淡去不多:"刚刚。"

老周没怀疑,凑近看了眼:"嘴巴怎么这么红?还破皮了?上火了?"

周域正若无其事地喝水,不妨被呛了一下,抬起手十分自然地擦了下唇,手掌挡住了微微翘起的嘴角,跟着附和:"怎么回事?要不要哥哥带你去医院看看?"

谢园气得想弄死他,表面尴尬又心虚地笑笑:"上火……最近上火干的。"

晚上,房门被人敲响了。

老周:"我正好也有事找你,马上不国庆节了嘛,地里丰收,让周域和你一起回家帮帮淑芬。"说完又加了句,"当然我也去。"

谢圆看了眼旁边人,又看看对面,连连摆手:"叔叔,不用……"

老周打断她,笑得开怀:"我和淑芬是同学,帮忙是应该的,不用客气。"

周域不知在想什么,勾着唇拍了拍谢圆的肩膀:"一家人,应该的。"

"一家人吗?"

父子俩不约而同地点了点头。

老周看时间晚了,视线在俩人身上停留了几秒,迟疑片刻又舒展开:"我回房了。"

关门声传来,谢圆回神想起这男生一脸惬意的样子,就要去揍他,可惜被他抱到怀里。

"一言不合就动手,谁教的?"

他声音带着笑意,一点没有责怪的意思。谢圆冒起来的火直接被浇灭了,声音都软了下来:"你是谁教的?"

周域喷了声:"男人嘛,自学成才。"

谢圆沉默了一下,又问:"我们这样就是在谈恋爱吗?"

周域都快没脾气了,松开她:"不然呢?"

她像是被戳中笑点,笑个不停,对面的男生明显生气了,耳根通红,委屈得不行。

谢圆连忙又上去哄他。

门没关严,老周再次推门进来的时候,两个孩子还站在原地,谢圆低着头,还好头发遮挡住些脸颊的红晕。

周域皱着眉,明显不尽兴,望向门口:"又怎么了?"

老周本来挺好的心情被搞没了,一脸"你小子有事瞒着你爹"的样子:"说吧,你俩到底在干什么。"

很快,国庆节到了。

看着一路上熟悉的风景和路线,老周不禁发出感慨:"周域小时候来

103

过,当时不知道被谁欺负哭了。"说着转身看向身边的人,"还记得吗?"

周域好像有点印象,具体因为什么事忘记了,只记得一个胖妞带着一群人来堵他。

谢圆全程没说话,若有所思。

回到家里,周域像是被打了鸡血似的,特别高调,又是问候阿姨又是帮忙的。

谢圆犹豫了好一阵,一边剥玉米,一边试探道:"小时候堵你那个人,手臂是不是缠着绷带?"

周域放下手里的活,想了下:"好像是。"

坏了,绑着绷带都把他揍哭了。

果然是她掏鸟蛋,跌下树,骨折那会儿!

周域正拿纸给她擦汗,谢圆抿着唇憋笑半天,还是没忍住泄了底:"那妞好像是我……"

屋内,老周总感觉哪里怪怪的,视线从院子收回,怀疑的苗头刚起来又被压下。

淑芬倒是一脸欣慰:"还记得我们初中那会儿,你也像现在的周域一样来我家干活,比他还要利索呢。"

回忆过往,老周笑了,那是,醉翁之意不在酒。

淑芬继续说:"你出去创业,我没几年就结婚了,好在后来联系上了。"

老周叹了口气:"是啊,当年你和老谢两情相悦,可惜老谢走这么早。"耳边传来俩孩子在屋外的斗嘴声,他没搭理,接着说,"淑芬,我今天来呢也有事和你商量。

"你看啊,孩子们都这么大了,过去的都过去了,现在我想着我俩能不能……"

话没说完,对面女人笑着摆手:"就因为孩子们都这么大了,我们老一辈的就不要折腾了。"

老周其实早就做好了心理准备,今非昔比,沉默几秒后也没强求。

淑芬抿了口茶,靠着躺椅悠闲地扇扇子:"现在的生活我已经很满——臭小子！"

话锋一变，只见女人猛地扔下扇子，捡起地上的鞋子就冲了出去。

周域有点蒙，不过是亲了女朋友，就被人家的妈妈喊着打。

谢圆拦在中间，急得说话都有些结巴："妈，别冲动！周域不是故意的！"

周域冷静下来，也没躲："阿姨，我喜欢她。"

语气正大光明、理直气壮，可不就是喜欢。得知她是那个小妞后，他不但没生气，反而觉得记忆中的她可爱。

老周站在不远处，看着这一幕，就差掩面哭泣了。

他们老周家到底欠了老谢家什么啊！

淑芬问了很久才慢慢接受了这个事实。

家里有多余的房间，念在干活的分上，她勉为其难地让周域留下来住几天。

夜里，谢圆刚洗完澡，就见周域正翻着她的相册簿。

"不许看！"

周域两手一摊，靠着沙发笑得很坏，视线下移了些："现在倒是瘦得腰摸着都硌手。"

谢圆气得拍他肩膀，他突然眉头皱起，装出一副很痛的样子，她心疼地又给他揉了揉，肌肉触感又硬又性感，她留恋了一会儿："我也没用多大的力气呀。"

见她这副天真的模样，周域舔了下嘴角，起身走去门口："可你妈妈下手重。"

谢圆无力反驳，一想起白天他说的那句"我喜欢她"，心头就沸腾了一下。

本以为周域要开门出去，只听门锁"啪嗒"一声锁上了。

谢圆笑了。这段时间说长不长说短不短，足以确认心意。和一个相处舒适、会逗你笑的人恋爱，原来是这种感觉。

"我也喜欢你。"

"没听清。"

知道他是故意的,谢圆不说了,扭头不理他。

周域真没想到一句话就把姑娘惹生气了,低下头,靠着她的颈窝,无赖似的哄她:"听到了,我更喜欢你。"

明明长了张渣男脸,撒娇的样子却莫名地可怜又可爱,谢圆忍住微颤的嘴角,说:"没听清。"

话音刚落,周域靠着她的颈窝,又说了几遍喜欢。

世间一物降一物,尽管再不服气,谢圆依然肆意沉沦在这温柔的旋涡里。

<加载中…>

第八章

糖衣炮弹

REN JIAN QING SHI

大条护士
VS
深情医生

▶▶▶▶▶▶

SUAGR

<进度 52%…>

1

"我刚刚看到许医生了,那双眼睛好温柔啊!"

"今天他和张主任开会,认真起来的男人就是有魅力!清清你看到了没?"

被点到名的人正在看小说,嘴角扬到太阳穴,敷衍着说:"长那样,一看就是坏男人。"

同事们一开始都没什么特别的反应,似乎都习惯了顾清清的态度。

路柠侧头刚准备接话,就看到了旁边站着的男人,吓得一个字也蹦不出,还好,她没忘记轻咳一声。

很显然其他同事都看到了,都默不作声地低头忙自己的事。

顾清清见没人说话,以为说中了,刚要开口。

"坏男人是什么意思?"

来人一袭白衣,身形高而挺拔,黑色的短发利落整齐。

当目光触及那双漆黑的眼眸时,顾清清的笑容石化在了嘴角。

还有比被异性同事发现自己背地里吐槽人家更尴尬的事情吗?

她猛地站起来,想辩解,大脑却乱成一团。

几个同事笑得肩膀疯狂颤动,提了句组团上厕所,大家纷纷离开。

瞬间值班台就剩下两个人。

许臣安笑了笑:"什么意思?"

他的声音依旧好听,思绪像是又回到校园里少年站在她桌边耐心讲题时的情形。

顾清清自知理亏,"狗腿子"般倒了杯温水递过去,尬笑道:"许医生您喝,我保证以后认真工作,也绝对不会在您背后说坏话,嘿嘿。"

许臣安没接,扫了眼杯中晃动的水波,语气随意:"毕业后来了江城?"

顾清清知道他指的是什么,双手背后点了点头。

记得曾经有朋友说过,她只有在许臣安面前才会安分得像个淑女。

"许医生这么晚还不下班?老婆孩子会等着急的……"

许臣安垂眸,脸色缓和了些:"我没有女朋友。"

2

男人已经离开,顾清清神色凝重纳闷。

她不明白许臣安是什么意思。

记得那天是大学毕业典礼,得知许臣安在广播室,她便毅然决然地去找他,她知道这或许是她最后的机会。

谁能想到她竟然暗恋学霸许臣安整整两年。

当她说完沉甸甸的"我喜欢你"这四个字时,看到少年愣怔又冷漠的眼眸,顾清清就知道自己凉了。

下一瞬广播室就有人闯入,广播站站长匆匆忙忙地将广播话筒关掉。

从此顾清清在她大学生涯的最后一天一举成名,轰动全校。

校友会上称之为"顾清清广播室表白事件"。

想到这儿她又开始感觉到丢人了,甩了甩脑袋,拍了拍滚烫的脸颊。

太没出息了,被那个人一句话就搞得思绪混乱。

但听到他说自己没有女朋友，她好像有点开心。

第二天食堂里。

顾清清有些没胃口，目光若有若无地扫向不远处餐桌旁身着白大褂的男人。

对面的路柠顺着她的视线方向看了眼，说道："你眼睛快黏人家身上了。"

顾清清没说话，神色怏怏的。

"喜欢他呀？"

顾清清依然沉默，在路柠面前她没什么好掩饰的，更何况喜欢许臣安从来不是什么丢人的事。

"所以说这么多年一直没谈恋爱是为了等他？"路柠瞬间来了兴趣，印象中天不怕地不怕的顾清清竟还会暗恋别人。

"也不全是，没遇到喜欢的。"说完她不经意地抬头，目光正好撞进了许臣安投过来的视线里。

虽隔着一段距离，但足以让人脸红心跳。

顾清清眸光一闪，快速低下头去吃饭，回忆起大学时的暗恋，心酸又美好。

3

"今天许医生来我们办公室四次，你们说是不是特地为了谁来的？"

顾清清虽每次都偷看，但眼下只嘀咕了句："人家只是为了工作。"

"我要先走啦。"

"哦对，今天七夕节，我都忘了，我也去约会。"

顾清清狠狠地咬了口面包："合伙欺负人是吧？"

路柠暧昧地笑了，小声道："那你快把许医生拿下。"

顾清清脸颊一红，那股熟悉的孤勇感再次涌上心头。

下班独自往医院门口走,临近大门才听到了雨声,难道老天爷都不放过她?

她叹了口气,继续吃面包,氛围凄凉。

"晚饭就吃这个?"许臣安上身只穿了一件T袖,他肩宽腰窄,是天生的衣架子。此刻他正漫不经心地看着她。

她短暂地怔了一下:"不太饿。"

许臣安看向女孩的黑眸有一刻晃神:"送你回去。"说着他撑开伞。

"不用了吧,雨等会儿就停了。"

"这场雨会下一夜。"他的声音顿了下,透着些戏谑的笑意,"还喜欢我?"

今晚的门诊部大厅空无一人。

她突然有种被抓包的心虚,红着脸反驳:"谁喜欢你了,还以为我是小孩子?"

两人之间安静一瞬,尴尬的气息蔓延。

许臣安没说话,似乎是在判断她说的话的真实性,随后拧了拧眉,抬手将女孩往身边一拉,走进雨中。

顾清清愣是动都不敢动,耳边似乎能感受到他浅浅的呼吸,她全身血液倒流,心脏快速跳动。

在大学他们也没有这样近距离接触过啊。

这个许臣安到底什么居心?

不会是图她那三千块的工资吧……

车内。

顾清清正襟危坐,越紧张越掉链子,连打了两个喷嚏。随后她的身上多了件外套,车内温度也同时上升。

刚刚重新加固的心脏又柔软下来。

他总是这样,让人误以为他对自己有好感。

"谢谢。"

许臣安系完安全带,没有立即开车,而是问了句:"谈过几次恋爱？"

顾清清的嘴角扯了个弧度，说："忘了……"

"挺好的。"

男人的脸上没什么情绪，顾清清侧眸看他，有些失落。

下车前，手刚碰上车门开关，男人就将雨伞塞给她："别淋到雨。"

目光温柔，嗓音更温柔。

顾清清没忍住："许医生你……什么意思？"

"你想什么意思？"

抛出去的问题被反问，她慌了神，说了声再见，连忙下车。

夜晚，冷风瑟瑟。

透过车窗，许臣安靠着椅背，看着远去的背影，许久才收回目光。

4

下班后，同事提议聚一下，吃完饭去唱歌。

"我看到许医生他们部门同事了，就在隔壁！"

同事拉着她一起去打了个招呼。

隔壁包间明显没那么闹腾，那个人正看着手机。

顾清清有点醉了，完全不怯场，拿着话筒就要一展歌喉。

路柠哪敢让她唱，毕竟这姑娘的暗恋男神还在："清清，我送你回去吧。"

"你就是嫌我丢人对不对！"

"行行行，你唱，明天别抱着我哭。"

一曲下来，几个医生笑得前仰后翻："许医生，这姑娘喝醉还挺可爱的。"

许臣安扫了眼不远处的人，没说话，嘴角牵了牵。

顾清清唱完便窝在沙发上睡觉了，再睁眼已经在家中。

醉意散了大半后，她打电话给路柠，问她是谁送走开回家的。

电话里传来女人半梦半醒的声音："许医生啊，你闹着要人家送你。"

没脸见人了。

第二天她对许臣安能避则避,从食堂回来的走廊上,听到有人在问许医生在哪儿,问路的人身高体壮。

她见过这个人,是许臣安病人的家属。

医闹?

顾清清吓得加快脚步,拐角却撞见了许臣安。

她没多想,直接将男人带到旁边的房间里,还好房间里没人。

顾清清两耳竖起来听着门外的动静,一阵匆匆的脚步声过后,她松了口气。

这时她才发现两人之间的距离有多近,她的手还攥着他的手腕。瞬间有股热意往顾清清的脸颊上涌:"抱歉,我不是故意的。"

想逃又插翅难飞,怕出去被发现。

"这么急?"

"门外有医闹。"

他点头:"我出去看看。"

"不行!"顾清清来不及思考,直接扯过他要开门的手,因为动作太大,男人的手恰好碰到了她的腰部。

顾清清只觉得酥酥麻麻的,全身都热了。

许臣安喉结滚了滚,漫不经心地笑了,指尖微微用力,下巴压下去几厘米:"你怕什么?"

顾清清心虚道:"你被打,有损……有损医院形象。"男人目光灼热,她又加了句,"谢谢你昨天送我回去。"

许臣安像是想起什么:"客气,昨天没做完的事,要不要继续?"

回过神时,顾清清已经跑远,许臣安捻了下指尖。

毕业前在广播室那天发生的事太混乱。他记得女孩红着脸将手中的一盒巧克力扔在桌子上,捂着脸跑开。

他本以为自己会不在意,那天之后却满脑子都是她。

许臣安想过去找她,可她不接电话,朋友也不知道她的去向,而自己也被安排好出国。

顾清清一夜没睡好,都怪许臣安净说些让人捉摸不透的话害自己失眠。

她顶着两只黑眼圈来上班,一犯困就想吃东西提提神,随即点开外卖软件。

……

当顾清清肚子疼得厉害,她还不知道自己到底做了什么。

"你当时晕倒在厕所门口时,许医生把你抱起来送去急诊,就像偶像剧里男主角抱起女主角,一脸焦急的那种感觉,你明白吗?"名叫小茹的同事将她身侧的空点滴瓶拿走换上新的,语气里满是激动。

顾清清脸色苍白,肚子还隐隐作痛,她下意识地摇摇头,之后小茹说的什么她都没有听清,再次沉沉睡去。

天色已晚,许臣安一下班就来到了这里,身上穿的还是白大褂。

他站在一旁低头看着女孩的睡颜,一直吊着的心脏终于放松了些。

目光轻轻扫过她的额头、睫毛、鼻梁,最后到了她已经呈淡粉色的唇上。

他的喉结不着痕迹地滚动了一下,随后缓缓地俯下身。

昏暗的灯光下,两人的呼吸越来越近。

许臣安在距离顾清清的唇两厘米时克制住了自己,瞳孔因为隐忍泛着微红。

不能太急。

就在他打算站直身时,身下的女孩忽然睁开了眼。

借着月光,他看到她乌黑透亮的眼眸,喉咙一紧,像是受了蛊惑般目光下沉,随后缓缓压了上去。

唇齿相融,点燃一室冷清。

不知过了多久,顾清清还是没有分清这是梦境还是现实,完全没有反抗的意识,目光落在他的身上,满是迷茫和无措。

许臣安轻轻放开女孩,撑在一侧的手指抬起,刮了一下她的鼻子。

姣好的唇形勾起,声音如调情般笃定,在暗夜的衬托下暧昧地呢喃。

至于说的是什么,顾清清没听明白。

再睁开眼时已经中午了。

顾清清觉得自己真的走火入魔了,竟然会做这种梦。

脑海中浮现出梦境里温柔的许臣安,她的眉头狠狠一皱,脸颊不着痕迹地红了。

真没出息。

她不禁叹了口气。

那个人嘲笑她还来不及。

卫生间内。

顾清清恢复了些体力,懒懒地挤着牙膏,接着抬手把牙刷往嘴里送,目光投向镜子。

整个人足足顿了好几秒,大脑飞速运转。

她身体前倾,整个脸对在镜子上,看到了嘴角一道红色的印记。

天!不是做梦!

她捂着嘴吱哇乱叫地窜出卫生间。

"整个楼就听你在喊。"顾子彦刚进门就嫌弃地扫了她一眼。

"哥,你……你来干吗!"顾清清还捂着嘴,满脸的欣喜还未消退。

"看看你的病情。"

"哦,你再晚两分钟来,我就出院了。"她侧过头不忘白了他一眼。

"行,我给妈打个电话,告诉她你食物中毒住在医院。"顾子彦眉宇一扬,看上去心情极好,边说边准备掏手机。

顾清清听完吓得也顾不上捂嘴了,像考拉一样抱着顾子彦的手臂按着他打电话的手,哭丧着脸卑微求情,有些许撒娇的意味:"我错了……"

顾子彦欺负妹妹习惯了，对她的撒娇显然无动于衷，依然冷血无情地准备拨打电话。

所以，当许臣安开门进来的时候，恰好将女孩说的最后一句话和现在两人的姿态全部听到耳里，看在眼里。

顾清清宛如避嫌一样松开了顾子彦的手。

嘴角因为动作被扯了一下，她吃痛地惊呼一声，随后快速返回床上，盖上被子，只露出一双黑溜溜的眼睛。

动作一气呵成。

有人在尴尬，有人在嘲笑，有人一直冷着脸。

许臣安面无表情地走到床边，握笔的手指尖泛白，他低头连眼神都没有给她："感觉怎么样？"

不等顾清清说话，身后的顾子彦嘴角勾起，补了一句："给她打一针，长长记性。"

"就你话多。"顾清清狠狠地瞪了他一眼，以示警告。

殊不知两人之间的互动到另一个男人眼中就变成了打情骂俏。

许臣安眸色更深了些，下颌线此刻微微紧绷，他的声音冷冽："嗯，没事就好，先走了。"

说完，他不等顾清清回应径直走出房间，只是转身的同时淡淡地扫了眼一旁的顾子彦，而后一路皱着眉回到了办公室。

他烦躁地将白大褂脱下扔在椅子上，站在窗前看着楼下的车水马龙，却依然难以平复此刻内心的酸闷。

许臣安轻叹了口气。

他的脑海中不停回放着刚刚她撒娇的模样，神色也悄无声息地变得凶戾。

他以为顾清清还没忘记自己，他以为顾清清还是喜欢自己的。

可见过今天这一幕，他才发现，当年她可能只是告了个白，而恰恰只有自己记在心上好几年。

病房内，顾子彦交代了两句也离开了。

顾清清缩在被子里,她摸不准、看不透许臣安的感情,自然不会抱有太大希望。

给一个甜枣又给一巴掌,不和她说话、不对她笑,连看都不看自己。

顾清清委屈地裹紧被子,眼睛有点酸。

顾清清出院的时候看到了许臣安,不过只是远远地、偷偷地看了他一眼。

后来整整一周,她只看到过许臣安两次。

她明白自己这次又输了个彻底。

下班时她的心情不好,换衣服也是慢吞吞的,直到最后才离开。谁知刚出更衣室门口就撞见了那个人。

许臣安身穿灰色卫衣,休闲又带着贵气。两人四目相望,谁都没有说话的欲望。

不得已,顾清清弯弯嘴角:"嗨,刚下班?"

说完她就后悔了,自己的样子好像小丑。

许臣安停住脚步,一抹惆怅在眼底暗暗闪过,他点了点头,隐忍着别过目光。

但当他看到了她只穿了件丝绸衬衫后,许臣安的眉头不由自主地拧起,他直接将外套塞在她怀里,沉声道:"帮我扔了。"

理不直气也壮。

顾清清看着手中的衣服,犹豫一瞬,还是抬脚跟上他。

就当是给自己最后的交代吧。

"最近怎么样?"

"挺好。"

"我也是……"

空气中蔓延着一丝尴尬。

顾清清抿抿唇,突然想旁敲侧击地问出他对自己的态度:"我住院那会儿你为什么天天去陪我?"

说完她不禁鄙夷自己,干吗要这样试探?可她还是忍不住想观察

117

许臣安的反应。

不提这个还好，一提这个许臣安的火又噌噌地往上冒。

他讽刺地笑了笑："我乐意。"

顾清清做了个深呼吸，既然都已经这么问了，眼一闭，不如就豁出去。

"那你干吗给我外套……你不怕别人误会？"

她的语气轻松，像是朋友间的玩笑话，神色却无比认真。可惜许臣安看都没看她，轻笑一声："顾清清，别试探我。"

她心一沉："哦。"

许臣安停住脚步转过身看向她："也别多想。"

"嗯。"

她垂下眼眸，喉咙发紧。

原来在他心里，这一切的一切都是自己多想，像个笨蛋一样。

明明一开始就知道的事，为什么亲耳听到就这么难受呢？

熟悉的难堪再次发生，她好想找个地洞钻进去。酸意涌上眼眶，却被极力掩饰着。

又是一阵安静。

许臣安看她平静得可怕，心想自己是不是刚刚说重了，一时有些手足无措。正想解释一下他为什么这么说，话却被打断了。

"清清！找你好半天，回家了，你哥等你好久。"路柠小跑着过来，语气有点急促，脸微微泛红。

顾清清看到了救命稻草，就像是有人过来搅动了这停滞的空气，她终于可以喘一口气。

"好，走吧。"她立马往路柠那儿走了几步，随后又想到什么，转身返回。

许臣安看着她走近，又感觉她突然离他很远。

顾清清脱下身上的衣服叠好递还给他，许臣安就这样看着她，没接。

她眼睫轻颤，也没见他之前这样嫌弃她啊，果然那层纸捅破了就无法再回去了是吗?

顾清清没说话,直接把衣服塞到他怀里,和路柠走了。

望着远去的两个人影,许臣安神色不明。

"清清,你别喝了。"路柠急得夺过她的杯子。这都喝了几瓶了。

"别拦我!"

明明是装修典雅的餐馆,硬生生被她吃出了烧烤摊的感觉。

顾清清一边喝着一边在心里唾骂许臣安,顺带鄙夷自己。

她这是喜欢了一个什么人啊!

承认吧,顾清清,这些年其实你一直还喜欢他,你一直不停地逃避,现在好了,窗户纸捅破了,你们再也没有结果了。

一边想着,她的鼻尖发酸,忍着眼泪。

她再也不要喜欢许臣安了。

"清清,够了,你哥马上要来了。"

她话刚说完,包间的门被打开。

顾子彦拎着车钥匙,看到里面一幕,眉头一皱。他刚要开口,手臂就被一个身影热情地抱着。

"子彦,你来得正好,我们去给清清买醒酒药。"路柠笑着仰头说话,转移他的注意力。

她为顾清清牺牲太多了,可那个女人根本不领情。

"你们别管我……哥,你今晚住嫂子家去,别回来……让我一个人静静……"顾清清抱着酒瓶,说话虽断断续续但逻辑十分清晰。

深秋,路边飘散着树叶,走在上面发出沙沙的响声。

顾子彦一只手拿着买回来的药,另一只手握着路柠的手,十指相扣,嘴角似有若无地勾起。

"清清最近有心事,你不要总欺负她。"路柠踢了踢脚边的落叶,柔声道。

"她让我今晚别回家,我听她的。"

路柠蓦然脸颊一红,刚准备说话,余光扫到不远处餐馆门口站着的人。

"许院长,好巧,清清也在里面。"知道这是顾清清喜欢的人,路柠对他的态度也相对好一些。

顾子彦扫了他一眼,却莫名感受到了对方对自己的排斥,疑惑的同时也没有多想。

许臣安冷峻的脸上没什么表情。他郁郁寡欢地抬眸看向眼前的女孩,有点眼熟,她旁边站着的男人更眼熟。

那天病房里的情形还历历在目,像是在一遍遍提醒他不要多管闲事。

许臣安迟疑了一瞬,随后恢复如初,嗓音沉沉:"嗯,我先走了。"

可在他抬脚离开的一刹那,刚才随意的目光此刻顿在眼前两人十指相扣的手上。随后他的眉宇微微皱起,甚至带了些鄙夷。

许臣安转过身,目光从他们的手部移开:"顾清清知道你这样吗?"

他的声音带着笑,却让人听着冷意十足。

自己捧在手心却爱而不得的女人,这个男人不珍惜也就罢了,还光明正大地脚踏两只船。

空气安静一瞬。

顾子彦抬眸,神色中带着疑惑,他以为顾清清又犯了什么错:"顾清清是我妹妹,她怎么了?"

"是啊,许医生,子彦是她的亲哥,你是不是误会什么了?"路柠抬了抬被牵着的手,回想着这些天顾清清的反常,突然明白了些事情。

周围寂静无声。

"你们不要站那儿了,我快不行了。"小茹扶着脚步虚空的女人出现在门口。

不等路柠反应过来,眼前的男人直接过去快速接了顾清清的手,拦腰抱起,动作伴随着路人小小的、惊羡的低呼声。

顾子彦眉头一皱,他好像没听说顾清清交男朋友啊。

他还未开口,嘴巴被一只柔软的手捂住。

"没事,他们俩认识,而且许医生人不错的,还有,今晚要不然去……我家?"

顾清清虽然身体提不起劲儿,但因为刚刚在餐馆里吐过,此刻神志清晰了些。

鼻尖充斥着熟悉又好闻的味道,她缓缓睁开眼,看到了眼前人分明的下颌线,大脑飞速运转。

这不会又在做梦吧?

不可能,她都能听到男人清晰的心跳声。

想到这儿,顾清清抬手拍打着他的胸脯:"你……你放我下来……"

可眼前的男人依然无动于衷,就这样抱着她往停车位走,嗓音低沉:"乖,我送你回去。"

顾清清在家里卫生间又吐了一次,酒完全醒了。

刚刷完牙,她十分自然地接过一旁递过来的毛巾。

突然感觉哪里不太对。

顾清清转身,看到了倚着门框正看着自己的男人,刚刚的记忆一下子再次浮现,羞愤的同时又很生气:"你怎么还不走?"

"等你睡着我再走。"许臣安眼眸暗了一瞬,却依然忍不住关心。

委屈突然涌上心头,像蚂蚁在心上啃噬,遍布刺痛。

她最讨厌他这样,他为什么总是装作让人误会的模样?

顾清清吸了吸鼻子,这些时日堵在胸口的一股气顿时爆发:"许臣安,你明明不喜欢我,总是这样弄得让别人误会好玩吗?让别人因为你变得喜怒无常是不是还挺有成就感的?哪有你这样的?"

她越说越委屈,怎么眼泪还不流完!太狼狈了!

倒是许臣安听完这些话,愣在原地。

他不喜欢她?许臣安都被她说得没脾气了。

可他现在又好像有点开心。

垂眸瞧着小姑娘哭得脖子都红了,许臣安突然觉得自己有些过分。

"好了,别哭了。"

"呜,你占完我便宜,然后又不说喜欢我,我眼光怎么这么差啊!"

许臣安忍不住笑了。

顾清清睁着泪眼看了他一会儿,哭得更大声:"你还笑我!"

他收住笑容,端正了一下表情问她:"我什么时候占你便宜不承认了?"

"你要是想承认,至于这一周当我是空气吗?现在又来找我,莫名其妙,你走,我要睡了。"

顾清清越过他就往卧室走,许臣安急忙拉住她。一瞬间,迷雾拨开,一切好像突然明朗了。

"干吗?"顾清清生气,瞪着他时像只气鼓鼓的小河豚。

许臣安忍不住伸手捏了捏她的脸蛋:"没不承认,我只是以为你不喜欢我。"

顾清清避开他的手。

"哦,现在说这些还有用吗?"

"我说有用就有用。"

顾清清皱眉抽手:"你怎么这么霸道啊?"

许臣安不放,弯腰与她平视:"我想承认,你要不给我一个资格?"

"我不想承认。"

许臣安看出来这姑娘是在闹别扭,也没气,想着想着不禁把脸凑向她。

顾清清条件反射地立马捂嘴。

许臣安忍住笑意,拉下她的手:"放心。"

她还是满怀戒备地盯着他。

许臣安用拇指蹭了蹭她之前破皮的嘴角,其实他那天一进病房就看见了。他现在的眼神十分温柔,和平时高岭之花的样子很不同,现在的他更让人着迷。

顾清清不知不觉就放下了防备。

许臣安的气息越来越近,轻轻一吻,落在她的嘴角。

"我下次轻点。"

顾清清脸红。

许臣安赶在她开口前就骂了自己:"我无耻。"

顾清清不禁一愣,还有人骂自己骂得这么顺口的?

"但也只是对你。"

许臣安喉结滚动,眸色也愈来愈深:"顾清清,我喜欢你,很喜欢你。"不知不觉,悄无声息地喜欢了很多年。

就这一句话,刺得顾清清溃不成军,大脑一片空白。

这些年的等待和不舍忽然变得值得。

"哦。"顾清清垂下眼,被泪水打湿的眼眶红红的。

顾清清脸红着别过头,闷声道:"我还没答应你呢……"

许臣安笑意更深,脸颊又凑近了些,声音低沉而充满诱惑:"没关系,反正我是你的。"

<加载中…>

第九章

追尾事件

REN JIAN QING SHI

温婉护士
VS
成熟特警

▶▶▶▶▶▶▶

<进度 67%…>

路柠在上班路上追尾了。

准确地说,是她追尾了一辆黑色的特警车。

自己的车被剐蹭她倒无所谓,眼前这车掉片漆她都得赔不少钱。

她认命地闭了闭眼,抬起头,头顶的细汗"噌噌"地向外冒。

车上下来的人不该叫"警",简直就是一整支武装部队,清一色的黑色制服、腰带、军靴,持枪举盾。

场面一度不受控制,有围观群众趁机拿手机拍照。

车窗被敲了敲后,路柠挤出一个尴尬又不失礼貌的微笑,缓缓地摇下车窗。

当目光触及窗外那道视线时,她不由怔住。

男人戴的是黑色鸭舌帽,帽子正面印着银色的警徽,他的五官线条清晰,有种说不出的魅力。

烈日当空,时间在沉默中一分一秒地流失。

人群有了些骚动,不远处穿着黑色特警制服排列整齐的队员正在维护秩序。

"你没受伤吧?"因为天气热,顾子彦的眉头轻轻地皱了下,摘下帽子擦了擦汗又重新戴上。

顾子彦见她没有反应,又问了句:"还不下车?"

听到这句话,路柠连忙开门,边开门边想,果然长得帅的人声音都好听。

"不好意思,我刚拿到驾照,还在实……实习,嘿嘿……"路柠干笑两声,十分识相地将驾照递过去。

顾子彦扫了眼女孩,接着抬手接过驾照。

路柠紧张地搓了下手,无意间瞥到了他身上的黑色配枪,心里一颤,赶忙移开目光。

为了缓解尴尬,她拿出手机,随后倒吸一口凉气。

还有十分钟,她上班就要迟到了!

她向左右瞟了瞟,发现刚刚围观的人已经散开,于是快速钻进车里找身份证。

顾子彦抬眸,不着痕迹地后退一步,对她的行为有些不解。

路柠钻出来的动作有些大,不小心撞到了门框:"警察大哥对不起,我是一名护士,医院那边上班要迟到了,我的身份证先押你这儿,我下班找你,你看可以吗?"

马路边,顾子彦看了眼扬长而去的甲壳虫汽车,视线落在手中还带着些热度的身份证上,照片上女孩笑得明媚灿烂。

"队长,看什么呢?"慕升从身后踮了踮脚尖。

顾子彦收回表情,掌心的身份证被顺手放进口袋。他嗓音低沉,端正地下令:"全部归队。"

"队长,这车掉了块漆怎么办?"

"你不急刹车,她会撞上吗?"顾子彦转身侧过头将手背后,开始摆事实讲道理。

"……"

"今晚负重跑加两公斤。"

"……"

结束一天的工作后,路柠在更衣室脱掉护士服,放松下脖子。

确认了一下时间,她连忙加快手中穿衣服的速度。

"路柠,我没开车,你下班载我一下呗。"同事顾清清摘下口罩和帽子，略带婴儿肥的脸一说话时一鼓一鼓的，有种在撒娇的感觉。

"清清不好意思，我今天早上追尾，还要去处理这个事情。"

"追尾？我哥在警局工作，有没有什么能帮上忙的？"

"不用不用，小事一桩不用那么麻烦，先走了，明天见。"路柠关上柜子，头也不回地匆匆离开。

她可不想让别人知道，她追尾的不是普通车而是特警的车，太丢人了。

晚上七点整，已过了下班高峰期。

特警支队内。

"你今天是不知道，追尾的那姑娘看见咱顾队，眼睛都直了……"

"真的假的，那队长怎么说？"

"能怎么说，那姑娘赶时间直接把身份证给队长了，你说我们队长也够直男的，二十七八岁了连留个联系方式都不好意思……"

警员咳嗽了两声，眼神不停地左右瞟。

慕升话没说完，像是感受到了什么，背脊被一道目光注视得发凉，他缓缓地转过头。

"队长，好巧，你也上班啊！"

到了警务室，路柠整理了一下刘海，挥手打招呼："你好。"

"您好，请问需要帮忙吗？"值班警员礼貌地站起身。

奉命在警务室写检讨兼等人的慕升也闻声抬起头。

"我是今天追尾的当事人，说好现在来处理事情。"

路柠略显尴尬地大致描述了一下事情经过。

"哦，顾队在办公室等您呢。"

安静的办公室内。

顾子彦身靠椅背，皱着眉头盯着放在眼前的身份证。

现在已经超过了他下班时间一个小时。

一阵轻轻的敲门声响起，女孩从门后探出一个脑袋。

"您好，不好意思，我临时加了会儿班。"路柠客气地笑着，说话声带着些江南女子的温婉。

顾子彦起身，抬手将身份证举在半空："嗯，我也正好下班。"

路柠点了点头。

男人身材高瘦，动作有力。被男人这样直白的目光看着，她的呼吸竟有些急促，心跳也加快了几分。

随后耳边又响起他的声音，同时路柠接过身份证的动作也明显一顿。

"微信还是支付宝。"

"……"

"报告，赔偿单打印好了，请路小姐看一下。"值班警员立正站好，双手递上一张纸。

顾子彦没有说话，眉毛轻轻一挑，示意一旁的女孩接过。

路柠看着赔偿单上的金额，皱起眉头，一脸的不可置信，她怀疑是不是少加了一个零。

"怎么这么少？"

"是这样的路小姐，这次追尾主要是因为我方驾驶员在没有红绿灯的地方踩了急刹车，所以事故责任各负一半。"

警员解释着，一旁还在认真写检讨的慕升委屈地抬头看了眼自己的直属上级。

路柠点了点头，快速扫码付钱，像是生怕他们反悔一般。离开时，她抿了抿唇，侧身对着顾子彦忍不住说："警察大哥，我们加个微信吧，后续如果还有什么事，您直接联系我。"

"后续不会有任何事情。"

慕升还没来得及扬起的嘴角现在已经僵在嘴边。

此刻室内仿佛进入了静止画面。

路柠揉了揉头发："那就好，那个没别的事我就先回家了……"

路边。

她看了眼手表，这里位置也不偏，怎么就打不到车呢？

刚嘀咕完，身后就传来脚步声。路柠本能地转过身，随之一愣。

此时的顾子彦脱下警服，换上了休闲的深色T恤。他五官立体，肌肉线条明显的手臂在灯光下隐隐透着青筋。

路柠不知道为什么，看到他就莫名想笑，她缓缓抬手挥了挥："警察大哥。"

顾子彦没什么表情地朝她点了点头，在与她擦身而过时蓦然停下脚步："顺路送你。"

一辆黑色越野车驶出停车场，男人目不斜视，骨节分明的手指随意地搭在方向盘上："安全带。"

"哦，抱歉。"路柠连忙系好，鼻尖嗅到一丝清香，同时空气里也弥漫着尴尬。

"警察大哥……"

"顾子彦。"

"啊？"

"名字，顾子彦。"红灯亮起，男人停下车侧过头，目光沉稳地放在女孩的身上，深邃的眼眸泛着点点亮光，有种勾人的感觉。

"好……顾子彦。"路柠红着脸点了点头，心里默念他的名字，"我叫路柠，柠檬的柠。"

"我知道。"

路柠这才想起来他看过自己的身份证："您家在哪，真的和我顺路吗？"

顾子彦倒没觉得尴尬，报出一个地址。

"太巧了，我有个朋友家也住那儿……"路柠想也没想就接话道，说完她感觉自己有点话多了，立马闭上嘴。

"是挺巧。"顾子彦点了点头，打开手机，面不改色地接着说，"刚刚有下属在，后续如果有什么事会联系你。"

映入眼帘的是泛着暗光的手机屏幕，上面显示着一张明晃晃的二维码。

两个人转眼就到了小区门口。

路柠解开安全带后快速下车,随后她微微弯腰,隔着打开的车窗,习惯性地说着道别的话:"你回去小心点,到家给我发个信息。"

说完就后悔了。

这话和她的朋友说一点都不尴尬,和一个认识不久的男人说就有些不妥了。

顾子彦眸光微动,像是不在意般地点了点头。

路柠目送顾子彦的车消失在转角,这才迈着欢快的步伐走进小区内,突然电话响了。

"小柠,事情解决了吗?"顾清清躺在床上敷着面膜,说话的声音有些僵硬。

"解决了。"路柠还是没有说自己撞的是特警车,她了解顾清清,以顾清清的大嘴巴,不出一天整个医院都会知道这件事情。

"那就好,我还想让我哥出面帮你呢。"

"你哥是交警?"

"我哥可是一级警督,具体我也不懂,反正就是很牛很帅的意思。"

"那个警察好像也很厉害。"路柠开门一边脱鞋一边呢喃着,脸上挂着笑。

"喂,路柠,你不会是看上别的男人了吧,我可是想让你当我嫂子的。"

"别乱说……我……我才没有看上别的男人……我洗澡了,明天聊。"路柠脸颊涨得绯红,全身紧张得有些热,快速说完挂了电话。

她重重地仰躺在柔软的床上,脑海中浮现出今天男人一本正经的模样,忍不住笑出了声。

同时手机里传来一声提示,路柠点开,脸上的笑容更深了。

顾子彦:"到家了。"

顾清清敷完面膜后就听到门外的开门声。

她立马下床,在看到外面的人时,不怀好意地问道:"哥,你怎么一脸的春心荡漾,不会是遇到今生挚爱了吧?"

顾子彦将手机放进口袋,慢悠悠地收回表情,随后嫌弃地扫了眼对面穿着睡衣的女孩:"管好你自己。"

"你这是什么眼神!不对!你怎么没有反驳我的话!那个女人是谁?"

顾清清激动起来,她可只认路柠这一个嫂子的,他可不能对不起路柠。

回应她的只有一声没有感情的关门声。

"队长,现在虽说是休息时间,但我们在这条路转悠三遍了,一会儿这条路车就要多起来了。"慕升皱着眉扶着方向盘抱怨道。

顾子彦穿着便装,手臂撑在车窗上,睫毛纤长,鼻梁很挺,在阳光的照射下显得阳刚俊俏。

他侧过头盯着慕升,神色波澜不惊。

慕升脖子一缩,不再说话,突然他打开车窗,喊了声:"队长你快看!"

两下喇叭后,路柠正好对上了男人的视线。因为堵车而郁闷的情绪一扫而空,她惊喜地打招呼:"顾子彦,好巧。"

慕升一愣,这发展到哪一步了?都直呼队长大名了。

顾子彦的表情没什么太大的变化,只是侧过头,嗓音低沉:"嗯,很巧,路上小心。"

慕升内心愤懑不已。

路上车多,路柠开车不好分心,快速说道:"那我先走啦,你们也小心点。"

路柠走在前面,她忍不住扫向后视镜,看到身后越野车上的男人好像也在看自己。

她紧张地握了握方向盘,眼眸泛起别样的情愫,只听得见心脏扑通扑通的跳动声。

顾子彦慵懒地坐在副驾上,嘴角隐隐勾起,目光还若有若无地看着前面的白色汽车,看起来心情不错。

慕升悄悄地翻了个白眼,表面上不敢说话,默默吐槽的同时一旁传来熟悉的低沉声音,不过听起来充满了愉快,颇为悦耳。

"今晚你的负重跑减轻一公斤。"

顾清清说她今晚家里没人,偏要闹着去路柠家吃饭,还带了酒过来。

路柠有些头疼,看着眼前喝得满脸绯红的女人,无奈地去帮她做醒酒茶。

顾清清抱着酒杯傻笑,含糊不清地念道:"小……小柠……我不会麻烦你的,我让我那个木桩……哥哥来接我……"

说着她翻着包里找起了手机。

顾子彦正开着车,看到屏幕上的来电显示,果断挂掉。顾清清这个时间点打电话来准没好事。

可电话铃声不停地响。

顾子彦眉间皱起,微微叹了口气,接起电话:"什么事?"

"哥!怎么……怎么老是……挂妹妹电话……"顾清清抱着手机趴在沙发上无理取闹般地喊道。

顾子彦眉头跳了跳,心里了然:"让你朋友把你送回家。"

"不行!你来接我!"顾清清猛地跳了起来,嗓门也大了些。

"行,我打电话让妈去接你。"顾子彦显然已经习惯,不和她废什么话,想要直接挂断。

"别,哥……求你,人家害怕……"

顾子彦拿掉蓝牙耳机开了免提,对妹妹的哀号毫无怜悯之心,甚至还有点想笑。

突然电话里传来一阵窸窣声,耳边响起了熟悉的声音:"您好,我是清清的朋友路柠,她喝醉了现在在我家,您能来接她一下吗?女生一个人晚上回去不太安全。"

公路上一辆黑车，猛地掉头往相反的方向飞驰而去。

路柠看到门口站着的男人时，足足愣了好几秒，还没回过神，自己就从身后被熊抱了。

"小嫂……嫂子，我哥来……来……来了吗？"顾清清眯着眼双手搂着她，不停地在她的脸上和身上乱蹭。

路柠尴尬地将一旁的女生扶正，一脸歉意："不好意思，我拦不住她，喝了这么多酒。"

顾子彦脸色沉了一瞬，心想真不该让妈生二胎，随之又勾唇一笑，抬手扶着顾清清："我一个人可能不太方便。"

路柠一愣，看了看烂醉如泥紧抓着自己不放的女孩，瞬间就明白了他的意思："哦，没事，我和你一起，我去换个衣服。"

车内。

顾子彦穿着白色衬衫，因为刚刚扶着顾清清上车，所以袖口挽到了手肘处，看上去干干净净。

路柠意识到自己的失态，缓缓地将目光上移到后视镜上，镜子里的男人眉宇清隽，暗夜的衬托下男人味十足。

路柠还来不及收回目光，视线不偏不倚地与后视镜上的眼眸对上。

她眸光一闪，瞬时耳尖发烫，故作镇定地拍了拍一旁靠着自己身上睡觉的顾清清。

顾子彦指尖规则地点了点皮制方向盘，乌黑的瞳孔闪着别样的精光："清清今晚麻烦你了。"

抓着人不放的醉酒妹妹：演，接着演。

"没事，话说回来，清清总和我提起的哥哥竟然是你。"路柠以为他在和自己说话，身体向前靠了靠。

"经常说我什么？"

"经常说……说她的哥哥很厉害。"路柠一边回忆，一边自顾自地点了点头。

说完许久没得到回应，就在路柠以为他不想聊天时，耳边响起了带着磁性的声音。

"你觉得呢？"

"挺……挺好的。"

"嗯。"

俯身掖好被子，看着终于不再闹腾的女孩，路柠轻轻叹了声气。

随后转身，由于动作太快，路柠猝不及防地撞进了一个坚硬又温暖的怀抱里。

这人怎么站在身后一点声音都没有啊？

路柠眉头紧皱，本能地后退一步，后脚踝碰到了床边，她没有预兆地向后倒去。

路柠一惊，刚睡下的顾清清又得醒了。

下一秒，手掌被温热包围，身体重新回到了刚刚的怀抱。

顾子彦面上没什么表情，一只手紧扣着女孩，另外一只手食指竖在嘴边做出"嘘"的手势。

刹那间，路柠听到了自己的心跳声。

她红着脸完全失去了自主权，只能任由他牵着自己的手走到客厅。

路柠咬着唇瓣，睫毛微微颤抖，声音小小的："刚刚……谢谢你。"

顾子彦眉毛轻挑，嗓音透着几分戏谑："谢我什么？"

"就是……就是……"路柠不好意思地低下头，目光看到两人还握在一起的手。

路柠本能地快速抽出手掌背到身后，顾子彦捻了捻指尖，轻笑一声："送你回家。"

次日早晨。

宿醉的顾清清起得还算早，慢悠悠地喝了口豆浆，早已将昨晚的事忘得一干二净。

只是对面坐着一个一直盯着自己微笑的男人，让她浑身不舒服。

"清清。"顾子彦把玩着车钥匙,往常冷淡的眸子此刻竟透着笑意。

顾清清吓得手一抖,瞬间一点胃口都没有。她没明白他今天是个什么情况,问道:"怎么了?"

"没事,等会儿哥送你上班。"男人慵懒地靠着椅背,语调也随意不少。

顾清清摇摇头然后又点点头:"那正好,我让小柠在小区门口等我。"

她一边发着消息一边打着小算盘,终于制造出哥哥和路柠相处的机会了。

"对了,哥,你不吃早饭吗?"

"到单位吃。"顾子彦见目的达成,直接起身走到沙发边坐下,找了个舒适的位置看着报纸。

顾清清翻了个白眼,偷偷在心里说:阴晴不定的,活该二十七岁还单身。

路柠今天起晚了,来不及吃早餐,顺手拿了一袋吐司就出门了。

看着眼前熟悉的越野车,她才明白顾清清消息中的司机是谁了。

她习惯性地去开后座车门,却发现门锁了,她只好打开副驾的车门上去。

"小柠,对不起,我昨晚喝多了,是不是特别丑啊?"顾清清把头伸得老长,靠着副驾驶的椅子哭嚷道。

"是的,特别丑。"路柠系好安全带,故作夸张地侧头看向一旁开车的男人,"顾子彦,你吃早餐了吗?我这里有面包。"

"没有。"

"哥说他要去单位吃。"

一男一女的声音同时响起。

狭小的空间弥漫着尴尬。

顾清清疑惑地看着前面男人的背影,一度怀疑自己的听力出错了。

"食堂师傅病了,最近单位没早餐。"

"不可能啊,前天你还带我去过……"话音落下,顾清清看到后视镜里的冷眼,"啊……我记错了……"

太阳升起,微热舒适的晨光照进车内。

顾子彦看着前方往医院大门走去的两个女人,准确地来说是看着其中一个女人。

不知过了多久,他收回视线,抬手拿起副驾驶座位上那袋未拆封的吐司,脸上隐隐挂起了笑容。

晚上依然是顾子彦来接两人。

但顾清清这丫头说自己有高中同学聚会,一下班就跑没影了,路柠只好故作轻松地和顾子彦一起回家。

安静的车厢内,男人刚刚接完电话。

路柠犹豫了一瞬还是问道:"今天很忙吗?看你接了好多电话。"

顾子彦侧头看了她一眼:"嗯,等会儿有任务,需要我们随从。"

路柠一愣,反应过来后连忙问:"你衣服还没换,来得及吗?"

"没事,便装行动。"

路柠似懂非懂地点了点头,转眼间就到了自家小区门口。

她理了理衣服,开门下车。车门刚关上,耳边就响起了带着笑意的声音:"早点睡,我可能很晚到家,就不报平安了。"

路柠透过车窗,第一次认真地直视了他的眼睛,熟悉的心跳声随之而来。

热烈的、暧昧的、紧张的。

"好,注意安全,晚安。"

路柠哼着小曲回到家,刚脱掉外套,手机就响了起来。她随意地将电话夹在耳边,另一只手拿着水杯倒水。

"小柠,来酒吧玩,有几个同事都在这儿呢。"顾清清扯着嗓子喊道,看上去异常开心。

"你怎么在酒吧?不是同学聚会吗?赶快回去,最近扫黑除恶查得严,你哥今晚有任务。"路柠喝水的动作一顿,拿下夹在耳边的手机。

"哟，现在就已经知道我哥的行程啦？"

"哪……哪有，反正你快回去。"路柠说话时差点咬到自己的舌头，莫名其妙地生出心虚感。

"这样吧，你来接我回家，我喝了点酒，你别告诉我哥。"

路柠纠结了一下，抬头看了眼时间，叹了口气："位置发我，我去接你。"

昏暗的酒吧内，灯红酒绿，舞池里人群摇摆。

路柠不习惯地皱着眉，按照顾清清告诉自己的方位找着她的身影。

"路柠，清清她去厕所了，让你等她一会儿。"眼尖的同事提醒她道。

路柠点头，随后就站在最靠近门口处耐心地等待着。

顾清清洗完手对着镜子擦着口红，自认为十分妖艳性感。殊不知婴儿肥的脸蛋搭配着红唇，就像小孩偷擦了大人的口红一般。

她踩着小高跟刚出厕所就撞上了人，男人的白衣服领口处被快狠准地印上一道口红印。

尴尬。

顾清清皱着眉抬眸，随后目光愣住，结巴着说："许……许院长……也来蹦迪啊？"

路柠看了眼时间，踮起脚尖往里面观望，心想顾清清怎么上个厕所这么慢。

突然，音乐骤停，酒吧内灯光一亮。

所有人的眼睛都被刺到，现场哀号一片。

路柠抬起手背遮挡灯光，耳边传来严肃的喇叭声："突击检查，全体人员靠边站。"

同样的喇叭声重复了两三遍后，酒吧里很快就安静了下来。

路柠愣在原地忘记挪开脚步。她疑惑地抬眸往门口望去，目光猝不及防与不远处的黑眸对上。

不是吧,这么巧?

她想逃,可顾子彦已经朝这边走来。

他的嗓音很冷。

"姓名。"

"路柠。"

"和谁来的?"

路柠想了会儿,这种时候不能出卖队友:"一个人。"

顾子彦点了点头,想到顾清清的朋友圈,一股子躁意在心底来回窜,垂眸看着眼前心虚的姑娘。

这家酒吧还算正规,检查倒是没有花费多少工夫,这是他们今天要查的最后一家,警员们准备收队。

这时,顾子彦对着慕升说:"你先带队回去。"

慕升看了眼角落里的姑娘,内心了然。

顾子彦又交代了一下事情后,径直地走到路柠面前,声音低沉:"出来。"

路柠小跑着赶上前面男人的脚步,心一横下定决心,还是道歉吧。

"对不起……我不是故意骗你的。"

顾子彦穿着黑色衬衫,眼眸微沉看不清任何情绪:"和我说晚安,然后就来蹦迪了?"

路柠小心翼翼地抬眸看着他的侧颜,直接把姐妹情深抛之脑后,鼓起勇气反驳:"那……清清她也来过,你怎么不管她就管我……"

"她长得放心,而你和她不一样。"顾子彦顿住脚步,脱口而出。

路柠吓得脖子一缩,随后咽了咽唾液说:"但我不放心她,而且……哪儿不一样了?"

顾子彦转过身认真地想了一会儿,看着比自己矮一截的女孩:"就是不一样。"

灯下的马路边,微风乍起,吹不走两人之间的暧昧。

旁边突然出现一辆疾行的自行车,路柠注意到时,它已经快到眼前。

手腕突然多了道力量,她被拉到熟悉的怀抱里,只是这次她没有挣扎,他也没有松开。

顾子彦叹了口气,从第一次见她,他就变得不一样了。

"我看上你了。"

嗓音生硬得像是第一次说这种话。

路柠愣愣地听他说完话,大脑进入了空白状态,没有立刻回答。

顾子彦无奈地放开她。浅尝辄止后,嗓音温柔、蛊惑人心:"这样还不明白吗?"

路柠点了点头,脸颊宛如挂了两颗红樱桃。

她小声说:"你明白吗?"

顾子彦明显愣了一瞬,忽然笑了。

"明白。"

< 加载中… >

第十章

沉迷

REN JIAN QING SHI

失忆青梅
VS
吃醋竹马

▶▶▶▶▶▶

< 进度 74% … >

江晚和程砚初表白了。

结果意料之中，被拒绝了。

大概是老天不想让她难过太久，她开车撞到栏杆，还失忆了。

医院内，她眨眨眼看着眼前的人，问道："你说你是我哥哥？"

男人点头，面上没什么情绪。

"可为什么我们的姓不一样？"

"我们两家是朋友。"

江晚恍然，笑着轻轻扯了扯他的衣袖："哥哥，我想吃苹果。"

程砚初像是习惯了她的撒娇，拿起水果刀。

旁边一直没出声的程父无奈地叹了口气："小晚，头还疼不疼？"

江晚摇头。程砚初擦了擦手，将削好皮的苹果放在她手边，随后起身。他的个子很高，白T恤下的肩颈笔直。他淡然地扫了她一眼，说："注意休息，有事打电话给我。"

门外走廊上，程岸盯着儿子。

江晚也是他看着长大的，小姑娘的心思都写在脸上，他没有多加干预，任由两个孩子顺其自然。他问道："不后悔？"

程砚初没着急说话，视线落在地面，半晌后说："不后悔。"

后面几天江晚记起一些事，比如母亲走得早，爸爸和这个程砚初哥哥对她很好。

其他事情具体也想不起来，有点印象的只有一件事。不知道是高中还是初中，她被几个混混堵在半路，程砚初救了她，之后他天天接自己上下学。

怪不得车祸醒来后，她看着他就特别喜欢，她是有哥哥撑腰的人。

只是脑子被撞了下，没受什么皮肉伤，观察一周后她终于出院，程砚初来接她回家。

车内，男人递了杯热饮过来："小心烫。"

江晚点头，突然试探性地问："你有女朋友吗？"

程砚初系好安全带，闻言动作微顿："没。怎么了？"

江晚不知道在想什么："只是觉得你这么体贴，没有女朋友不正常。"

他没说话，脑海内一闪而过那天姑娘红着眼质问自己的模样。

"发什么呆？"她笑容更灿烂，"你不会是从来没谈过恋爱吧？"

程砚初眸光动了动，跟着扯了下唇角，启动引擎："嗯，家里不让。"

江晚自失忆以来第一次见他笑，懒散却勾人，她看得有些发呆，不自然地移开视线，嘀咕一句："家里管这么严？"

他没回答，发现她脱下来的外套，提醒她："衣服穿上。"

江晚低低地"哦"了声。这个哥哥好像有点凶。

刚到家坐到沙发上，闺密林淑来探望她。

聊了几句后，气氛陷入短暂的局促。林淑有点不敢相信，毕竟她是全程知晓江晚多喜欢程砚初的。如今都忘了？

再看不远处打电话的男人，她用手臂悄悄碰了碰江晚："你真的不记得他了？"

江晚"嗯"了声："他以前对我不好？"

林淑摇头，印象里程砚初对这个妹妹很是照顾，江晚车祸前最后一个电话是打给她的，电话里她哭得又委屈又可怜。

可惜现在，江晚似乎只记得程砚初是她哥哥，仅此而已。

"你觉得我哥怎么样？"

143

"挺好啊，这么帅，还是大学老师。"

"那你想当我嫂子吗？"

林淑喝着水差点喷出来，不等开口，程砚初电话结束走近问："中午想吃什么？"

江晚只要一想到闺密以后变成嫂子就兴奋："哥，林淑也会做饭，她帮你一起。"

程砚初眼眸澄澈，明明笑着，却没有任何不相关的情绪起伏。

厨房里，林淑也被推搡了进去。

有眼睛的人都看得出来，江晚在有意撮合他们。

尴尬蔓延，程砚初平时就不苟言笑，但林淑隐隐能感觉到身边的男人心情阴郁。

"那个，我去趟卫生间。"说完，她直接离开。

没失忆前的江晚眼里容不下她哥身边有任何一个女人，如今竟然主动给他哥安排对象。

简直疯了。

江晚看上去心情却极好，一顿饭全是她在说话。

程砚初安静地听着，抬手将枳果汁推过去："凉的，慢点喝。"

江晚看了会儿，缓缓皱眉："我不喜欢枳果。"

话音刚落，四周陷入了明显的静默，像是有什么东西，横冲直撞地穿插进程砚初的思绪里。

那时候江晚还在念高中，感冒发烧，说想吃草莓。将近凌晨他出去买，但只买到了枳果，他很少进厨房，可怕她吃着麻烦，第一次动手榨了杯枳果汁。

他记不清姑娘当时说了什么，只记得她唇边的笑。

程砚初指尖不动声色地收紧一寸，低声说："下次给你换成草莓的。"

江晚连连点头，朝着旁边的林淑挑眉："我哥真好，谁当我嫂子谁享福。"

一句轻松的玩笑话，没想到再次换来了沉默。

程砚初没吃多少，下午有课，他提前去了学校。离开前他习惯性地叮嘱："上课不要迟到，路上注意安全。"

江晚根本没看他，窝在沙发里玩游戏机，嘴里敷衍地答了两句"知道了"。

午后阳光正盛，程砚初身影修长，立于门口，视线轻缓地落在她身上，情绪不明。

最终他什么都没说。

江晚今年大三，程砚初比她大六岁，硕博连读，直接留校教学了，可想而知有多优秀。

她以为下午就是普通的英文课，没想到那么大的教室早就快被女生坐满了。也难怪，程砚初长得好，有人喜欢再正常不过。

边缘还有几个空位，这个角度看过去，男人的下颌线流畅立体，讲课声线低沉。

但是，江晚这辈子最讨厌的就是英语。

"我以前逃过课吗？"她突然低声问。

林淑已经习惯这人失忆后的反差了："你一节课不落。"

估计是程砚初的课，她不好意思不上。

这样想着，江晚手托腮强忍困意，盯着讲台。像有心灵感应似的，程砚初随意侧眸，和江晚对视两秒后，视线缓慢移开。

那一瞬间，她的神经忽然被刺痛了一下，脑海里闪过模糊的画面——

洁白的背景里，程砚初对她说话，她却听不见任何声音。他的表情冷淡，是她从未见过的模样。

也是那一瞬间，她觉得心口疼。

一旁的林淑发现她发呆，用手臂推了推她，问道："怎么了？"

江晚回过神说"没事"，手摸了摸额头，猜想应该是车祸后遗症。

下课后，男人在讲台上还没离开，有不少同学上前问问题。

江晚没停留，一心想着出去玩，走到校门口时肩膀被人拍了下。

"李庭？"

男生明显一愣："不是说你失忆了吗？怎么还记得我？"

江晚笑了："帅哥我都记得。"

李庭莫名其妙就脸红了："以前说我长得像要债的，现在终于说实话了？请你们吃饭，去吗？"

此言正合江晚心意，但林淑和人约好看电影。见林淑笑眯眯的表情，江晚恍然——这姑娘有喜欢的人了，成为自己嫂子这件事也泡汤了。

桌上被灌了好几杯酒后，江晚像兄弟一般勾着李庭的肩膀往外走，模模糊糊地说着醉话。

程砚初今晚给刚回国的朋友接风，没喝多少酒，可当在车水马龙的路口看见江晚时，他以为自己喝多了。

他清楚地看见她靠在另一个男人的身边。

李庭正想着打车送她回家，突然手臂上的重量一轻，转头对上一双沉黑的眸子。

江晚差点没站稳，看见来人，揽着他的手臂大大咧咧地介绍："这是我哥哥！"

李庭立马收回本来打算把她拉回来的手，甚至腰都没敢挺直，礼貌地打招呼："哥哥好。"

浓重的酒味袭来，程砚初皱眉："刚从医院出来，你让她喝酒？"

声音很淡，目光却压得人不敢反驳什么。

李庭清了下嗓子，这问题他还真没考虑过："我以为没受伤，就……可以的。"说着他还想挽回点好印象，"哥，你等会儿有事吧，我送她回去。"

怀里人的不安分，程砚初抬眼，视线从对面掠过："谢谢，不用。"

车后座上，江晚不舒服，有什么东西不断往嗓子口涌，她忙抬手开窗户："热。"

程砚初想都没想就扣住她的手腕，随后动作微滞，半秒后松开了手，语气没什么起伏："会感冒。"

喝完酒毛孔排汗，吹风容易感冒。江晚听过这说法，乖乖地靠着椅背，只是没几分钟，头直接就靠到旁边人的肩上。

她还醉着，嘴里话也多，说的话前言不搭后语："哥，你太可怜了，这么大年纪家里还不让你谈恋爱。你放心，有我在，一定会让你娶到媳妇。"

程砚初没动，看向窗外，缓缓挑起唇。他难得陪她瞎闹："你家里让你谈恋爱？"

江晚不断点头，一本正经："当然了。"说完凑过去几分，悄悄说，"告诉你个秘密，你不要跟爸爸说。"

"嗯。"

"我以前给人写过情书。"

一时间，车厢里除了外面闷响的鸣笛声，没有任何声音。

程砚初蓦然与她对视，愣怔中想说什么，不承想腿上一热，喉结也跟着猛地一沉。

江晚趴在他腿上吐了。

等他洗完澡，阿姨帮江晚也收拾得差不多了。

程砚初煮了杯醒酒茶，上一次煮这个东西还是江晚高中毕业时。那晚她和朋友聚餐，醉得厉害，孤身一人从餐馆出来，没有丝毫防备之心。

明明叮嘱过不要喝酒，可她还是喝了这么多。后来他也想通了，她改不了，他便护着。

谁知当晚，江晚勾着他的脖子不放，第一次叫他全名，说喜欢他。

他现在还记得自己站在原地许久，待回神时，姑娘已经睡着了。

第二天谁都没提这事，他不知道江晚是故意忘的还是真忘了，这件事成了秘密。

直到车祸前，父亲当着江晚和江晚爸爸的面提了嘴有意联姻的事，那天江晚不管不顾地将他堵在房间里。

"砚初，这是给小晚的吗？我端给她。"

阿姨出声提醒，程砚初下意识地退开半步："她睡着了？"

"没，小丫头难受着呢，先生还没回来，你去看看。"

他推开房门，轻轻把杯子放在柜上，用手探了探她的额头。掌心的冷意大概很舒服，他想抽出手却被女孩抓住，死死地按在她的额头上。

"起来喝点解酒茶。"

江晚眯了眯眼又合上，挪了下脑袋："不要。"

程砚初没强硬地抽开手，等她渐渐放松，他才移开掌心轻柔地撑住她的后颈，顺着力量，江晚只好抬起些头喝着茶，看她下咽，他才放下心。

而后江晚推开杯子，嘴里断断续续地嘟囔着："别闹……李庭……不喝了……"

水纹抖了片刻，趋于平静。

程砚初目光阴郁地盯着她嘴角的弧度，沉默许久才说："江晚，你再说一遍，我是谁。"

等来的是平缓的呼吸。

宿醉醒来，奇怪的是头却不疼。江晚以为自己喝断片了，没想到却记得一清二楚，她记得昨晚程砚初好像因为她喝醉酒生气了。

刚听家里阿姨说，昨天程砚初因为自己醉酒忙活到挺晚的，就睡在了她家客房。她连洗漱的声音都刻意放小，悄悄下楼，没想到还是撞见了程砚初。

江晚有些尴尬，甚至有些不敢看他："早上好，还没去工作啊……"

程砚初刚从厨房出来，随后抽开椅子，简短地回复："周末。"

见他惜字如金，江晚识趣地坐下，又问："我爸爸呢？"

"刚走。"

"哦。"

耳边只有刀叉碰到瓷盘的轻微声响,她坐立不安,看着对面男人儒雅的模样,再也憋不住了:"你是不是生气了?"

程砚初动作不变:"和谁喝了这么多?"

江晚想了下:"李庭,我以前同学。"

"就是给他写情书的?"

江晚蒙了下,她确实写过情书,但忘记是写给谁了,估计是以前暗恋的男生:"不知道。"

早餐没吃多少,男人已经起身:"今天在家休息,晚上接你出去。"

江晚点头,见他沉着脸,反复琢磨自己哪里惹到他了。她抿了抿唇,拉住他的衣袖,一副讨好的模样:"我错了,以后再也不喝酒了,我发誓!"说着还竖起三根手指。

以前的江晚,情窦初开发现自己喜欢上程砚初时,心思就变得格外敏感,除了喝醉很少有过这样自然的亲密举动。如今她全忘了,于是这一动作在她眼里再正常不过。

原本只是撒娇地牵着他的衣袖,慢慢地,她的指尖上移抱住他的手臂轻晃:"真错了……你别告诉爸爸。"

掌心的温度隔着布料渗透过来,程砚初神色好了些。他拿她没办法,抬手揉了揉她的脑袋:"不说。"

江晚这才放下心,注意到他手里拎着的西装:"你要出去?"

程砚初"嗯"了声:"公司最近忙,我去帮忙。"

江晚学着男人的模样,也轻轻摸了摸他的短发,没有任何发胶定型的头发瞬间乱了。看着愈显少年气的五官,她的心跳也跟着颤了下:"哥哥,辛苦了。"

五句话里三句"哥哥",程砚初听得烦躁:"你别给我惹事就行。"

江晚再次竖起三根手指:"发誓,绝不!"

室内的光线柔和,程砚初盯着她看了几秒,视线移开几秒后又回到她脸上:"乖点儿。"

江晚整个人有些木讷,直到对面空无一人时,掌心还覆在程砚初离开前指尖碰过的脸颊处，心里总有股说不清的感觉。

江晚的眼睛随意一瞥，看到桌上留有一杯草莓牛奶。

这一天，她确实安分许多。楼下传来引擎声，她慌乱地涂上口红，拎包就下楼。

楼梯还没走完，程砚初就开门进来，顺势靠着门框上，看见她时眉宇蹙起："你穿的什么？"

江晚打量自己半天："吊带短裙啊！"修身的、包臀的、快到大腿根部的短裙。

莫名其妙有些心虚，她耳根发热："现在穿衣自由，你管我呢。"

程砚初快被气笑了："慈善晚会是穿衣自由的时候？"

江晚被噎住了，这下脸也红了。慈善晚会礼服的品牌新旧都代表着程家的脸面："你怎么不早说，我什么都没准备……"

男人身后的司机走了进来，手里抱着礼盒。程砚初看了眼然后交给她，说："换上。"

心情大起大落，江晚又笑嘻嘻地说了句"你真好"，重新上楼换衣服。

程砚初抬脚往沙发走去，他此刻喉咙发干。

再抬眸，江晚已经换好衣服。

白色的丝绸长裙没有一丝点缀，腰线以及胸线被勾勒得一览无余，披肩长发遮去了青涩，让江晚看起来十分温柔。

淡淡地喝了口水后，程砚初别开眼："走吧。"

江晚以为会得到称赞，心情有些失落："不好看吗？"

程砚初打开车门时听见这句话，等到车上路，才缓缓低声说了句："好看。"

夜色暗淡，阴天。

到达地点后，他脱下外套搭在她的肩上。

江晚有些不乐意，这件礼服好看就好看在肩颈的设计。

"你这样我怎么找男朋友？人家会误以为我不是单身呢。"

程砚初:"……"

程砚初本来还算好的心情又消失得无影无踪,想说什么,又发现没什么理由去说。

"着凉还得我照顾。"

好吧,她接受这个理由。程岸早就到了,过来叮嘱几句后又被几个董事叫走,看上去很忙。

"砚初,这位是?"

她下意识转身,一旁来了几个男生,看着都挺眼熟的。

程砚初简单介绍:"江晚。"

为首的人惊讶得眼眸发亮,说话也没什么遮拦:"江晚?程哥的小童养媳?长这么漂亮了,我刚回国,不记得我了?"

江晚一时半会儿有些记不起来,注意力都放在"童养媳"这个词上,皱着眉说:"认错人了吧,我是他妹妹,不是什么童养媳。"

小时候一起长大的人都知道这姑娘天天跟在程砚初后面跑,圈子里就流传开来,说江晚是他的"童养媳"。

江晚以前不在意,恨不得真的成为程砚初老婆,现在则是下意识地否认。

程砚初都习惯被开玩笑了,即使他从不觉得江晚是自己所谓的附属品,她只是她。

他制止道:"别乱说。"

见气氛不对,几人面面相觑,没几秒又转到其他话题。

不远处有人朝江晚招手,程砚初也注意到了,叮嘱道:"别喝高度数的酒,我等会儿去找你。"

江晚手里端的是果饮,第一次觉得程砚初有些啰唆,连连说:"知道了,知道了。"

待人走后,有个叫徐如锦的人终于松了口气,用手臂碰了碰旁边的人:"程哥,怎么回事?小晚怎么突然这么冷淡了?"

"怎么了?"

"什么怎么了?是你俩怎么了?有眼睛的都看得出来小晚喜

欢你。"

程砚初的视线从江晚的背影上收回，没着急说话，沉默地看着杯中晃荡的水纹："你们都知道？"

不等其他发小开口，徐如锦说："废话，也就你不知道。你脑子里除了学习，还能知道什么？"

程砚初在学习方面一直是名列前茅，一路保送研究生。江晚的父亲忙，一年到头回不了几次家，又因为两家人多年的情分，他就尽其所能地照顾江晚，从未往男女之事上想过，所以面对她的告白，他脱口而出的就是拒绝。现在回想起来他还觉得有些荒唐。

"发什么呆，我可听说大学里追她的男生挺多的，旁人不了解，不然你就把江晚介绍给兄弟我，这样你也放心，大舅哥？"徐如锦笑着与他碰杯，模样张扬。

程砚初目色暗淡下来，瞥了他一眼："你？"

那语气好像在说"就你"，徐如锦一脸黑线。

江晚对一切毫不知情，她刚刚和两个名媛说了几句话，就借事离开了。

刚要端起一杯酒时，一旁传来声音："这是伏特加，确定要喝？"

江晚侧头，便看到了说话的人。

黑色西装、领带平整、身高和程砚初差不多。

意识到有些失态，她收回手说："我不太懂。"

对方笑了笑，目光落在她肩头的外套上："你男朋友呢？"

"哦，这我哥的，程砚初。"

面对陌生人的搭话，江晚下意识地把程砚初的名字搬出来，大概是安全感吧。

陆理听到"程砚初"的名字就知晓她是谁了。

"我知道，你是程老师的妹妹，我叫陆理。"

这个名字并不陌生，晚会名单她看过，陆理，陆家长子。

江晚犹豫了半秒，伸出手与他交握："江晚。"

"我开过酒庄，不介意的话，我帮你挑一杯酒？"

江晚正愁什么都不懂呢。她看了眼五米开外的程砚初，男人像是感觉到视线，侧身朝这边看过来。她看不清他的眼睛，嘴上已经开口："好啊。"

俊男靓女，确实般配。

徐如锦话多，说完没得到回应，这才发现程砚初正看着前方发呆。他顺着视线看去，灯下酒桌边江晚正和异性说话。

感觉到什么气息，徐如锦坏笑着调侃："这就见不得了？那小晚以后结婚怎么办？"

程砚初眉心跳了下，不露声色地放下酒杯，顺势放下挽起的袖口，淡淡地说："反正不会和你结。"

"那不然和你？程氏想要再往上上一个台阶，联姻是最好的解决方法，你……"话没说完，男人已经离开。

江晚没聊多久，去了趟卫生间，手机上有一条未读消息。

程砚初："门口等你。"

她回了个"好"，指尖随意往上翻着，两人聊得不多，基本上都是"回家了吗""吃饭了吗"。

结合从前的聊天记录，回想这几天的相处，江晚发现，她和程砚初以前的关系似乎不冷不热的。

到达门口，她远远地就看见男人靠着车身抽烟。

她第一次见他抽烟，身后的霓虹灯变暗，烟雾在男人的下颌线边散开，半边脸清冷阴郁。

"要回去了吗？"她问。

程砚初摁灭烟，喉结跟着缓缓沉下："嗯，露个脸就好。"

江晚裙子长，高跟鞋不小心踩到裙摆，身子蓦然后仰。只有一层布料覆盖的腰被手掌拦住，掌心烫得她心口一悸。

呼吸似有若无地碰到耳垂，很痒。

车门打开，程砚初另一只手臂撑在车顶边框上，这种被保护的感觉很奇妙。江晚放慢呼吸，待坐到车内，她依然搞不懂这些毫无理由的暧昧感从何而来。

她不禁鄙夷自己，她怎么能生出这种想法？

程砚初拧眉靠着椅背，漫无目的地耷拉着眼皮看着前方的车流。

她刚要开口就被程砚初打断："喜欢他？"

陆理？江晚眨眼，她对他印象还算可以，但毕竟只见过一面。

"说几句话而已，还没到喜欢的程度。"话术相当圆滑。

程砚初沉默半分钟后，才找到自己的声音："你还是学生，别着急谈恋爱。"

"我都大学了，再说，你不觉得你管太多吗？"江晚闷声回答，腰间被握过的热意还没消散。

"小晚，我不放心那些人。"

"哪些人？不放心哪儿？你双标！"

程砚初侧目看着她，像是看不够。

他没回答刚才的问题，又问道："实习打算做什么？"

这问题问得突然，江晚想过未来，她试探道："我想申请自主创业，开个花店。"

她没什么宏图大志，开花店应该是从高中就有的苗头。

男人扬眉，有些意外，但没否定她："也好。"

这事江晚没对任何人说过，感觉程砚初有点支持的意思，她趁热打铁继续说："我店名都想好了，叫'情书'，下个月就实习了，最近可以挑选一下店面地址。"

程砚初安静地听着，直到她说出店名，黑眸暗了一下："随便。"

莫名其妙、忽冷忽热，江晚盯着他的后脑，心里骂了一百遍。

父亲回来得晚，程砚初一直在等他。深夜，父子俩很久没这样坐下来聊天。

"融资不是长久之计。联姻对两家都好，你觉得呢？"

程砚初走出书房时，楼上转角的灯同时熄灭。他脚步停滞，看着楼梯口的黑暗，许久才抬脚。

阳台上的冷风刺骨。事情其实没那么严重，父亲搞了这么一出，是想叫他回来接班。无所谓，反正他回公司是迟早的事。

但他无心从商，利益就像棉花，欲望只会越撑越大。可如果他坐视不管，眼睁睁让父亲去商讨联姻的事情，他还真的做不到。

以往从没想过，徐如锦宴会上说的那句"她结婚了你怎么办"倒是提醒了自己。

情绪在心里翻涌，找不到出口。

周一，江晚带着黑眼圈来学校了。

下课后林淑说什么她没听清，问道："你说什么？"

"我说，你怎么无精打采的？"

"不是，上一句。"

"程砚初辞职了，要回去管理公司。"

江晚神色木讷："你听谁说的？"

"他们都看到了，校长亲自找他谈话了，估计不想他走吧，毕竟他是活的招生简章。"

程砚初在学校提交了离职报告，校长和他聊了会儿，最终同意了，但要到这学期的课程结束。

本来打算等江晚一起回家，他打了通电话，才得知江晚早就到家了。

程砚初还没到江晚卧室门口，就看到阿姨抱着个箱子出来，他停下脚步问："这是什么？"

"不知道，丫头叫我都扔掉。"

是一堆没用的废纸和书本，程砚初的视线被露出一角的信封吸引。

随意抽出来后，他才让出道路。

信封明显被撕开看过，他边走边打开信纸，信的内容豁然出现在眼前。

开头便是他的名字。

听到敲门声，江晚以为是阿姨。

打开门后，见是程砚初，她的鼻头莫名发酸，艰难地扬起唇角："有什么事吗？"

"谈谈？"

"谈什么？"

她语气随意，程砚初手上还拿着信，手背青筋因为手指缩紧而渐渐凸起："花店选址我明天帮你看看。"

安静片刻后，江晚放下手里的书本，表面上若无其事，藏在袖子里的手却有些颤抖："不用，你好好工作。"

程砚初垂眼，沉默一瞬，语气放缓，一字一句地说："我迟早得接管公司，辞职是我心甘情愿。"

二人相对无言，酸涩感一路蔓延到嗓子口，她想离开，手腕却被攥住。

程砚初沉沉地看着她，突然问道："什么时候恢复记忆的？"

江晚微怔，不自然地笑着："哥哥，你说什么呢？"

"谁是你哥？"

他的情绪压抑到临界点，手腕的力道松了松，却没直接揭穿。对面不及眼底的笑意已经印证自己的猜测。不知为何，他松了口气，江晚想起他了。

不等她说话，他推门出去。他目色冷淡，勒紧的神经没有丝毫放松。

他在害怕。

江晚愣神的同时，关门声响起。程砚初走了，离开时手里依然捏着那封信。

是她打算扔掉的那封，江晚整个人有些无力。她昨晚睡不着，翻开书才看到夹在其中的情书。

封口用胶水封住了，应该是还没送出去，也要感谢这封情书，要不然她也不会把关于程砚初的一切都想起来。

那个无数次跑去偷看他的自己，那个故意靠近他的自己，荒唐也愚蠢，到头来只换了一句"江晚，你是我妹妹"。

她不想放任情愫蔓延，想了一夜，她决定还是装失忆，没想到第二天就被他看出来了。

她的眼尾有些湿，吸了吸鼻子后硬生生地憋了回去。

程砚初并没有离开，一门之隔的他一直是清醒的，他知道自己想要什么，也知道自己在逃避什么。

现在事实摆在面前，他避无可避。

江晚、江晚，默念着她的名字，他抬手重新打开信封。

这是一封情书，字迹清秀，一笔一画，极其认真。

程砚初，祝你毕业快乐！

他们说遇见可以相伴一生的人很难，但我好像从小就遇见了。

程砚初，我能做你女朋友吗？

不能的话就当没看见，别告诉爸爸，求求。

你是我瞬间的心动。

几句简单、直白的话，一下一下地砸着他的理智，他甚至都能想象到女孩提笔时的表情。

视线久久没动，他将信缓缓放进裤子口袋，又看了一眼紧闭的房门，终于抬脚离开。

这几天他除了去学校上课便是去公司。虽然对业务所知不多，可毕竟是从小到大这么熏陶过来的，现在接触也不那么费力。

现在让他头疼的是，江晚要搬出去住，而且这个消息他是最后一个知道的。

接到电话后他立马从公司赶回家，江晚已经在收拾东西。

他西装都没来得及脱，领带不知何时松散，紧盯着收拾东西的江晚，他问道："为什么？"

直到现在，江晚依然有些接不住他的视线，但眸光与以往不同，有试探也有焦躁。

搬出去这事在她恢复记忆时就决定了,今天只是通知他们。

父亲已经同意了,毕竟她需要独自历练一下。当然她也存了私心,同一个屋檐下,接触越多,她便会一直徘徊在这片关于程砚初的温柔沼泽里,离开是最好的选择。

"只是试试一个人独立生活,你知道的,我们关系挺尴尬的。"

她其实也想开了,只是表白被拒绝罢了又不是天塌下来。

那一瞬间,程砚初的手蓦地攥紧,心里有挣扎,有冲动,多种情绪相互缠绕,解不开理还乱。这个他看着长大的姑娘如今想要独立,他应该支持,最终他妥协:"我送你过去。"

江晚摇头,不是她想隐瞒住址,只是想着少和他接触为妙:"没必要。"

"江晚,你在躲我。"

"没有啊,你是我哥哥,我喜欢还来不及呢。"

话语中是单纯的家人之间的玩笑语气,听着很有距离感。程砚初的脸色更黑了,以前有多喜欢听她喊"哥哥",如今就有多不想听到这个词。

江晚刚想说让开,男人已经转身:"顺路,刚好送你。"

她都没说地址,怎么就顺路了?反应过来时,行李箱已经被他拿走。

江晚租的是小型公寓,一个人住刚刚好。程砚初帮她检查完门窗和房间,确定没有问题才放下心。他的手机不停地响,公司下午有场会议,他看了眼时间,而后将一张名片递给她:"花店选址,直接打电话给他。"

江晚本能地拒绝:"不用,我自己去了解。"

程家的养育之恩,她一辈子都报答不完,对于程砚初,她不想再欠他什么。

"你第一次开店,没什么经验,况且只是举手之劳。"他解释。

这个人固执，不收的话他估计就不走了，江晚叹气："谢谢，如果谈成，我请你吃饭。"

手里一空，程砚初捻了捻指尖，也没着急离开："有必要分这么清？"明明以前不这样。

"有必要，你是我哥哥。"

"……"

无声的对视中，江晚先移开目光，独自去整理东西。她不知道程砚初什么时候走的，只记得他离开前的话。

他说："晚上门窗关好，住不惯就回家，没足够信心也别着急开店，慢慢来。"

嗓音低沉，似乎在给她铺好所有的退路。

江晚当然有足够的信心，林淑他爸有一个花卉市场，供货不成问题，现在就是店面选址。

江晚没有联系那张名片上的号码，周末的时候她刚好路过街口，看到一家商铺在招租。

巧的是，房东就是程砚初介绍给她的人。

价格合适，也属于市区人流量最多的档口，得来全不费功夫。再加上花店装修很简单，这几年的奖学金完全够用了。关于那天饭桌上自己冲动说要结婚的事情，因为有人不同意，这事也不了了之。

那天周五，学校有课，是程砚初的课。

他们昨天还联系了，程砚初公司学校两头兼顾，忙得不可开交，但晚上总会打电话给她。

江晚能感觉到他话里的叮嘱和关心，以前她很傻，总把这些当成爱情，如今她再也不想了。

让事情回归原点，让不该有的就此消失。

教室里又是满满当当的学生，男人站在讲台上调试电脑，白色衬衫的领口扣子被解开两颗，袖口挽至手腕，看着很干净。

离上课还有两分钟时，门口突然进来一位女老师，长发及腰，五官柔和。江晚感觉程砚初以后应该和这样的人在一起，郎才女貌。

只是下一秒，程砚初退开了点距离，抬头朝她的方向看过来。

这一切发生得太快，江晚立马别过脸，看向身边的李庭，尴尬地笑着问："你刚刚说什么吓人？"

李庭今天闲得慌跑过来蹭课，耐心地重复一遍："我说，程老师真是吓人，我其实今天都不太敢来蹭课。"

讲台上那道视线终于移开，刚好到点上课，江晚松了口气，小声问："有什么吓人的？"

"那天你喝醉了不知道，我都以为他是你男朋友，而我是插足的第三者。"

说完江晚被逗笑了，没察觉周围逐渐安静下来，她完全沉浸在开小差中，直到林淑戳了戳她。

她还没反应过来，以为自己会被点名，没想到程砚初点了李庭的名字。

李庭也蒙了，慢吞吞地站起来，根本不敢看讲台。

程砚初的目光毫无波澜："刚刚我讲了什么？"

李庭什么都不知道，想叫声"哥"，话到嘴边又改成："老师抱歉，我认真听课。"

程砚初手撑着桌面，视线缓缓地放到旁边低着头的江晚身上，没几秒他敛下眉眼挡住所有情绪："上课别说话，坐。"

所有人都倒吸了一口凉气。以往有人上课说闲话，程砚初只是眼神提醒，不会直接点名，今天突然这么严格，叫人有些不适应。

但效果很好，直到下课，底下的学生都格外认真。

江晚坐了一个小时的"牢"，终于等到下课，她起身活动了下肩膀。讲台上的男人在解答课后问题，路过他身边时她也没在意。

"江晚，等下。"他叫住了她。

虽然他是老师，但江晚还是不想听话，礼貌地说："我有急事儿，您先忙。"说着她又要离开，这次手腕直接被扣住。

一连串的动作引起周围几个看热闹的学生轻声惊呼。

程砚初没在意,说了句"明天再解答",周围几个学生便依依不舍地散去。

教室里只剩两个人时,江晚看看手又看看脚,终于问出口:"到底什么事?"

程砚初关掉电脑说:"我爸叫你回去吃饭。"

"明天吧,今晚我和李庭他们约好了。"其实哪有什么李庭,她只是单纯地在躲他。

女孩撒谎的手法很拙劣,但只是听到名字,程砚初的呼吸就重了些。他耐着性子说:"我说过,你还没毕业,别着急恋爱。"

"我也说过,你管得有点宽。"说完又加了句,"刚刚那个女老师不错,当我嫂子刚好。"

"江晚。"程砚初双眸深沉,"我和她只是同事,我身边除了你没其他女人。"

他解释得细致,听得江晚都感觉自己刚刚有些咄咄逼人。

天暗了,室内灯光明亮,将所有的隐晦藏匿。

江晚脸颊发烫,他的视线一直在她的身上,她稳住呼吸:"靠这么近,不太合适吧?"说完,她想从他臂弯处溜走,可又被他再度拉回来。程砚初重复:"晚上回去吃饭。"

她别扭地甩手,但没挣脱开。她隐隐感觉程砚初有些不一样了,以前的他总是冷静的、克制的,如今她看见过好几次他生气又无奈的样子。

"程叔叔在家?"

"嗯。"

说实话她是有好几天没见到程叔叔了。

只是坐到车内,江晚越看越不对劲,这不是回去的路。

"还要去哪儿?程叔叔会等着急的。"

男人扶着方向盘,露出一小节手腕,银色的腕表覆在上面,衬得他肤色冷白。他回答得风轻云淡:"没事,他今天比较忙。"

"你不是说是程叔叔叫我回去吃饭的吗?"

"嗯,他临时有事。"

江晚有种掉进坑里的感觉,气得直接开口:"程砚初,你要无赖!"

除了告白那天,这是她第二次喊他的名字。程砚初挑眉,心情好了些:"我爸确实叫你回去,我没骗你,想吃什么?"意思是你程叔叔现在有事了,你只能和我吃。

现在行驶在闹市,根本没办法临时停车,她扭头看着窗外,没多久说:"川菜。"

程砚初吃不了辣,只是没想到他竟然同意了。

少女时期,江晚的生活习惯和口味都会暗自朝程砚初靠拢。这次选川菜,完全是为了报复他,她想看着对面人因为不能吃辣而不停喝水的模样。

她压住嘲笑的嘴角:"不能吃就别吃了。"

程砚初皱了下眉,虽然舌尖辣得快没知觉,但他又喝了口水,声线沙哑地坚持:"没事,陪你。"

吃饭的位置靠窗,屋外车流不断,江晚低着头再也没说话,没出息地因为那句"陪你",就好像愿意将以前所有委屈都一笔勾销。

吃完饭,她去了趟卫生间,出来时看见有小朋友在卖花,而程砚初已经在弯腰付款。

她站在光线下,男人恰好侧头,小朋友也是有眼力见,直接跑过来甜甜地说:"姐姐,这是那位帅哥哥送你的花。"

今天是白色情人节,她终于明白街上为什么情侣这么多。她不好意思拒绝小朋友,把花接了过来。再抬眼,男人直起身正看着她。

今晚没有星星,他身后的霓虹灯编织起一整条银河。

公寓楼下,江晚解开安全带,手里的花束像是烫手山芋:"我拿不合适,你扔掉或者送给其他人吧。"

说着她准备开门下车,手腕覆上一道力量。

她回头。

他直接握住了她的手。

冰凉的表带贴在她的腕骨上,引得她半边手臂轻轻一颤。她下意识挣扎,可是越挣扎他握得越紧。他低声问:"哪里不合适?"

江晚沉默,她不懂。明明结果已经摆在那儿了,明明该说的都说了,这几天他却表现得反常。

"我们的关系不合适。"

"那就换一种关系。"

街道上安静至极,几盏路灯也被树叶掩藏,两人就这么安静地坐着。

江晚的思绪一瞬间空白,以为自己听错了:"什么?"

程砚初换了个坐姿,完全没有放手的意思:"这件事从你失忆开始我就在想,想了很久。"

"我不想当你哥了。"他说。

每个字都如裹着糖霜的炮弹,让她僵在原地。江晚的眼眶瞬间酸痛,不知过了多久才找到自己的声音:"你以前说我只是你的妹妹,现在又说不想当我哥,我凭什么相信你?程砚初,你要我呢?"

江晚又委屈又生气,凭什么他想怎么样就怎么样。大概是因为紧张,她手指蜷缩,一下子与他十指相扣,也是相扣的那一秒,属于他的气息扑面而来,滚烫、令人窒息。

程砚初喉结滚动,含了下她的唇:"相信了吗?"

说话声在耳郭处振动,声音磁性又性感,她的整个耳朵甚至往下到脖颈都绯红一片。

江晚的大脑一下子乱了,慌乱地推他时,他的手臂已经搭上她的腰,像烙铁一样,让江晚的每一个感官都跟着发烫。

"程砚初!"她咬牙警告。自从恢复记忆以来,她一直对他袒露真实的自己,甚至没给他什么好脸色。可刚刚现实告诉她,程砚初吻了她。

程砚初似乎没听到,他心跳如雷,却故作冷静,哑声说:"我一直以为自己只是把你当成妹妹,但是江晚,我看不得你和别人在一起。"往那儿想一下他都心慌。

男人的车一直停在路边,直到她拐进电梯,身影消失才启动引擎离开。江晚路过垃圾桶时想把花扔掉,但抬手定在那儿,花迟迟没有落下。

脑海里都是那个人的模样,深夜辗转反侧睡不着。江晚有一个毛病,心里烦就会收拾房间。

花了半个多小时收拾完,她手里拎着垃圾袋想放到门口,打开门的瞬间,对门邻居刚好回来。

而这位邻居,正是程砚初。

时间静止了。

江晚看见他也并没有那么惊讶,淡声说:"挺巧啊。"

程砚初把江晚送回来后又去了趟公司,他差不多天天这个点回来,其实也有不想被发现的缘故。眼下他抿了抿唇,想解释什么,已经无从解释,但还是说道:"你一个人住,我不放心。"

她应该感谢他的,这个人一直在她身边。

江晚愣着,不知该如何开口,心里酸涩的地方竟生出一点甜,直至溢出。

没再停留,她直接关上门,后背贴着门板,深吸了一口气。敲门声响起,男人的声音从房门外传来,隐约模糊,但听得真切。

"江晚,情人节快乐。"

时钟在后一秒指向凌晨十二点。

月亮高挂,天黑沉沉,朝阳总会升起。

次日下午装修公司的人要来测量店面尺寸。

江晚没敢睡懒觉,而且早上程岸亲自打电话过来让她回家吃饭。

电话挂断,她起床、洗漱、穿衣。门铃响了,她一开始以为是程砚初,没想到来的是快递,送来的东西薄薄一层,应该是文件。

收件方是她的名字和手机号,江晚没着急打开,顺势放进包里出门。因为程叔叔约她今天吃饭,时间有点来不及了。

程砚初快到饭点才到家,一顿饭也吃得心猿意马,江晚总感觉有道视线盯着自己看。

从沉默到压抑,再到小心翼翼。

程岸吃完先去公司了,程砚初再也忍不住了,在走廊上拉着江晚不让她离开。

"考虑得怎么样了?"他问。

江晚听不懂:"考虑什么?"

"你没收到信?"

说到信,江晚手摊开:"你把我的那封信还给我。"

程砚初微顿,半晌笑了:"我已经还给你了。"

她看着眼前人,终于记起早上那个没拆开的快递,但此刻她依然不退让,一想到之前的幼稚行为她就无地自容。

"我都是瞎写的。"

她说完,男人的脸色肉眼可见地沉下来:"瞎写的?"

江晚不擅长撒谎,更何况被他盯着看,垂头想离开,擦身而过时,程砚初声音很轻地说:

"我喜欢你。"

字字坦诚,坦诚到仅仅四个字,就能概括所有因果。

他一次次将自己剖开又重建,他受不了她对别的男人笑,不放心她嫁给别人,担心她一个人住,甚至搬到她住的地方。

程砚初认真地看着她,喃喃自语般重复:"原来我喜欢你。"

江晚抬头便与他对视,她以为自己会无动于衷,可心又忍不住剧烈地跳动。

这么多年的念想,不是说放下就能放下的。如今听见他的告白,江晚只想哭,于是她真的哭了。

程砚初眼睁睁地看着她的眼眶溢满水光,心头一紧,直接抱住她,随着动作,江晚的眼泪滴在他的肩头。

他说道:"别哭。"

"谁哭了?"

安静了许久，程砚初心里没底，又不想逃避："我是认真的，我们能以恋爱的关系在一起吗？"

心跳紧贴，其实答案早就有了，只是她不敢承认。从始至终，她喜欢他的事实从没改变，在她停滞不前时，男人终于朝她走来。

江晚将眼泪都擦在他的衣服上，整张脸埋在他的肩头，故意不回应，手还一直握着包，直到捏到了什么。

"我信还没拆……"

程砚初心里着实没底，但也不着急，只是将江晚抱得更紧了。他说："不用了，我说给你听。"

他的嗓音沙哑，沙砾感的语音落下，很吸引人。

他说："江晚，祝你创业顺利。对我而言，'瞬间的心动'太浅薄，Always in love（永远相爱）更贴切，我能做你男朋友吗？如果不能，我会告诉程叔叔，谢谢。"

江晚听得有些蒙，眼泪还挂在眼角。他的情书，可以说是和自己的那封是一个模子刻出来的，只不过比她更加幼稚一点。

"程砚初！"

男人笑意更深："我在。"

她的指腹缓缓抬起，轻轻落在他的腰上。第一次这样正式的拥抱，暧昧之余是无尽的缱绻，她小声说："你以后每天都要给我写一封情书。"

飘浮不定的心终于安稳落下，程砚初"嗯"了声："一定。"

这学期终于迎来了尾声，店里的装修也快结束。

程砚初说下午有节课，江晚没看课表，也没问林淑他们，就跟着一起去学校了。

到停车场，她还被男人拉着吻了会儿。

他语气懒洋洋地说："上完课，我们不回去了吧。"

等到下课天就黑了。

简单一句话，江晚却听出了其他意思，顿时羞红了脸。

程砚初笑了,不再逗她,帮她解开安全带:"认真听课。"

脑子因为他的一句话都乱了,还怎么听课?江晚带着脾气到教室才发现,这一节不是他们大三的课,而是程砚初带的大一班级的最后一堂课。

人都来了,江晚又没有书,没办法,她只好坐在最后一排,盯着讲台上的男人看,没一会儿眼皮就开始打架。

这节课氛围轻快,估计学生都知道这是程砚初在学校的最后一节课。

两个小时一晃而过,铃声响起,没有人离开,突然有女生好奇地八卦:"程老师,冒昧打扰,请问你有女朋友吗?"

话一出,周围人立马起哄,嬉闹着看向同一处。

程砚初合上书本,也没否认,眼底泛起笑:"有啊,坐最后一排,在睡觉。"

<载入中…>

第十一章

想着你

REN JIAN QING SHI

新人空乘
VS
冷漠机长

▶▶▶▶▶▶

<进度 79%…>

许沁昨天刚刚转正，今天上班就迟到，挨完批还被要求写份检讨。

在实习的时候她也会因为莽莽撞撞而被罚打扫卫生，甚至会接受老乘务长的"谆谆教诲"，但从来没有被罚写过检讨。

没办法，新官上任三把火。

休息处，几个同事在讨论最近新调过来一个机长。

许沁没心思听八卦，飞机穿过云层，客舱安静无声。

她推着饮料车，一排排座位询问过去，倒好咖啡，露出标准的微笑："请您拿好。"

乘客伸手过去，但他看着手里的杂志，并没有抬头，许沁眼睁睁地看着滚烫的咖啡洒在了他的身上。

明明很小心了，但好像什么事都做不好。

结束一天的服务工作后，打扫卫生的工作还在收尾。

趁同事不在周围，许沁终于绷不住了。她眼眶一热，狠狠地擦着地板。她用手擦去泪水，但眼泪根本停不下来，后来她干脆放弃了。

下一秒耳边传来声音。

"别哭了。"

音色很沉，许沁坐在地上抬眸，眼泪还挂在脸上，模样要多狼狈有多狼狈。

男人穿着带有标志的西装，里面的衬衫领口敞开着，看上去有些疲惫。

他的手还举在半空，许沁回神后连忙接过面巾纸："谢谢。"

沈墨点头，看了眼时间，视线不带丝毫感情地放在她脸上，没多问什么，说道："早点回去。"

动作简单，却导致许沁回到家时心跳都有些快。果然，好看的皮囊万里挑一。

她的手里还捏着那包面巾纸，黑色的包装让她想起他的西服。她念叨了一句，可嘴角已经快上扬到太阳穴。

但当她第二天问郑雅琪有没有这个人时，对方直呼没见过。

"凭我多年摸爬滚打的经验，从没有如你口中说的这样乐于助人的高冷帅哥。不对，新调来那个机长沈墨跟你描述得有点像，我见过，是真帅。"

许沁皱着眉，喃喃地默念着那个名字。

头等舱安静至极，只能听见高跟鞋走在地上发出的闷响，这里离驾驶舱很近。

许沁换了好几个人打听，昨天那个人大概率就是新调来的沈机长。待服务工作告一段落，她特地在驾驶舱附近闲逛，想碰碰运气。

大概是太安静了，她觉得无聊，最后打算直接联系机长，送杯咖啡这个借口并不过分。

"有事？"

许沁一惊，回过头。今天他换了一身和许沁同色系的深蓝制服，衬得肤色冷白。

"机长叫人……送杯咖啡。"许沁抿唇，下意识地把心里编排的话说了出来。

沈墨垂眸，有点想笑："机长？"

许沁被男人似笑非笑的眼神盯得无地自容了，她忘记了眼前这个人就是机长。

她刚要道歉，手里的咖啡被人接过，沈墨抿了一口，皱眉："太甜。"

明明只是普通的对视,许沁的耳根却红了。她悄悄后退一步,说了句"下次注意"后直接逃了。

而后她一整天都在想这件事。

爱情是留给有准备的人的,更何况她知道自己做什么事都三分钟热度。

下班时,郑雅琪离开前打算等她:"一起走啊。"

许沁抿唇摇头:"不了,我要等人。"

聊了几句后,郑雅琪没多问就离开了。许沁眼看着机场都没什么人了,但还是没找到沈墨的身影。

他每次下班都这么晚吗?

许沁坚持不下去了,有时候放弃真的简单又不吃力。她的肩膀塌陷下来,刚准备离开,出口处终于出现一道黑色的身影。

她原本耷拉下去的嘴角又扬了起来,直接向他招手。

男人脚步顿了下,没几秒,大概是出于礼貌,朝着这边走来。

风好像比刚刚大了些,发丝挠着眉眼有点痒。

"这是还你的。"她伸出手。

沈墨看了半秒,接过来,依然没有说其他话。

冷漠、距离感。这是许沁想到的所有形容词。这个男人好死板,他好歹问句要不要送她回家吧。

看他将面巾纸放进口袋,她又弯着眼角说:"那个,我请你吃晚饭吧。"

"不用,谢谢。"

"你等会儿有事?"

他摇头。

"那就在机场旁边的小餐馆吧,沈机长不会这点面子都不给吧?"

大概是她的语气太过委屈,沈墨不知道该怎么拒绝,他看了眼时间,淡淡地说:"我对附近不熟,麻烦了。"

"放心,我带你吃香喝辣。"说完她转身,却没注意有清洁车经过。失去平衡的一瞬间,她的手臂被人握住。

温热的触感转瞬即逝,引起丝丝暧昧。

"慢点。"他放下了手。

许沁点头,一路上突然有些寡言,脑海里都是刚刚留在她手臂上的温度。

到了附近的拉面馆。

她看着菜单,问道:"有什么忌口吗?"

"都可以。"

问一句答一句,许沁总感觉这人身上没什么烟火气。一失神,她往自己的拉面里多倒了辣椒,一口下去直接被呛住了。

咳嗽着接过对面递过来的面巾纸,沈墨又拧开一瓶矿泉水递过去:"没事吧?"

许沁摇头,眼泪还挂在脸上,就算这样,她还是看到了沈墨脸上的笑。

"别笑了。"

沈墨挑眉:"你多大了?"

许沁一边擦眼泪一边说:"二十五。怎么了?"

"我以为是三岁小孩。"

一顿饭吃完天色已经黑了,最后还是沈墨结的账。她有点不好意思地说:"下次请你吃大餐。"

沈墨正穿外套,闻言动作停下:"又要浪费一包纸?"

她因为倒多了辣椒,不好意思表现出来,硬着头皮将那一碗拉面吃了下去,结果就是不停地擦汗。

许沁意识到这人在逗她,气得脸红:"喂……"

沈墨轻笑:"走吧。"

后面两天调休,许沁晚上怎么都睡不着,她打听到沈墨今天要飞晚上的航班,只希望那人能看到写在送给他的那小包面巾纸里的小心机。

可惜男人和女人的思维天生相反,沈墨已经忘记了这事。

早晚温差大,飞行搭档光荣地感冒了,他捞起面巾纸就擦鼻子:

"我说沈机长你号码都记在面纸上的吗？"

沈墨的手一顿："等一下。"

但已经迟了，旁边的人扔掉面巾纸，问道："干吗？哪个小姑娘给你留的电话号码？"

他沉默了一瞬，摇了摇头："不知道。"

许沁完全不知情，还傻傻地等着手机上显示添加好友的提示，可手机一直安安静静的。

是不是沈墨没有看见，或者是他还没有打开？

她有些沮丧，明明自己是三分钟热度的人，如今却有些较真了。

就这样想着的同时耳边传来手机提示音。

是陌生来电，她清了清嗓子，手一划。这可能是她这辈子最温柔的声音了。

几分钟过后，许沁的脸又垮了，电话里是快递员问她要不要送货上门的询问声。

忙活了一阵，她终于把在网上买的沙发椅给摆好了。

只要是调休的日子，许沁是从来不下楼的。她把沙发的包装纸箱放在门口，打算明天再扔下去。

转身时她在门口遇见了房东，她租的房子离机场很近，走路十分钟就到了，一梯两户，环境好价格也合理。但隔壁没人住很久了，如今看到房东来打扫卫生，许沁问道："阿姨，房子租出去了吗？"

"是啊，今早来看完就定下了，是个很帅的小伙子呢。"

许沁没在意，一门心思去等电话。再帅哪有沈墨帅。

她又熬夜了，明明可以睡到下午，可早上九点没到，门铃响了。她随便套了件短 T 恤和短裤，带着起床气，眯着眼猛地打开门。

四目相对。

是沈墨。

男人看见她后似乎也愣了半秒，接着用手指了指挡在电梯门口的纸箱子："这些是你的吗？"

许沁随着他的目光看过去，后退几步，整理了下发型，说："是，等我……等我一下，我马上移走。"

她快速地进屋洗漱了一番，思来想去还补了个口红，再出来已经过了十五分钟，而沈墨依然站在门外等她。

男人靠着墙壁，黑色 T 恤下的肌肉线条若隐若现，看得出来是常年健身的。

沈墨的视线扫过她的脸，笑了下："我帮你吧。"

许沁当然不会拒绝，说道："我一直住这里。"

"我知道。"

"你知道？"

沈墨摁了电梯，说："刚刚知道。"

"哦，那你有什么不懂的可以问我，直接敲门就行。"她说完觉得有点唐突，侧眸悄悄地看身边，"或者你觉得麻烦，我们可以加个联系方式。"

沈墨笑了，低低的笑声意味不明。许沁很喜欢听他笑，声音有点撩人。

他拿出手机问她："多少？"

第二天上班，许沁都飘飘的，她还没从和沈墨成为邻居这个事实里缓过神来。

"在想什么？"郑雅琪的突然出现吓了她一跳。

许沁托着腮直接道："在想怎么见到沈墨。"

"你喜欢沈机长？"

许沁忘记了这人是个大嗓门，急得眼睛四处看，生怕被人听到："你小点声。"

郑雅琪坐下，皱眉开口："你们说过话吗？接触过吗？虽说他长得帅，但也不能只看脸吧！"

两人没说多久就进入了工作状态。

"女士们，先生们，飞机即将起飞，请您系好安全带……祝您旅途愉快……"

伴随着广播,许沁在走道仔细地检查安全问题。

"先生,您好,请系好安全带。"

坐着的中年大叔手里玩着网游,慢吞吞地一只手拿着手机,一只手摆弄着安全带。

许沁没着急离开,扫了眼他的手机,耐心地提醒:"先生,麻烦将手机调至飞行模式,谢谢配合。"

男人似乎有些不耐烦了,操着方言开口:"一个服务员话真多,一会儿说系安全带一会儿又说不能玩手机,飞机是你家的吗?就欺负我们这些没坐过飞机的是吧?"

飞机起飞后需要关掉流量设备,这不是常识吗?许沁有些不知所措:"对不起,客舱规定……"

话没说完,广播又响起,面前的男人大概是玩游戏输了,手机一摔直接站了起来:"我管你什么规定,把你们上级给我叫过来!"

事情逐渐闹大,有人举起手机录像,几个同事过来,也应声道歉,尽量降低影响,稳定乘客情绪。

许沁第一次对这份职业有了无力感,她只能不停地道歉,但依然要求他关机。

嘈杂声中,她的肩膀突然被推了下,她没反应过来,顺势向后倒去。

许沁想抓住什么,可惜手捞空,闭上眼,心想,丢脸丢大了,这要是直接摔下去一定很疼。

而后,她被人扶住。

在她站稳后,后背上的温热又不着痕迹地消失,让人以为刚刚那是错觉。

又是沈墨。

他总是在她最狼狈的时候出现。

男人发现面前来了位和其他工作人员穿着不一样的人,不自觉地后退了几步,自知理亏又抢着说:"她不让我玩手机还不帮我系安全带,服务态度极差!"

许沁急了，虽说一肚子委屈，但她极力将事实说出来："我没有，如果是服务态度问题我道歉，对不起，但是您不遵守航空规定在先。"

目睹全程的乘客也帮着附和，沈墨挡在两人之间，认真听着其他机组人员说明情况。

沈默也能猜到事情的来龙去脉，刚准备抬起对讲机，闹事的男人面红耳赤，想不出理由狡辩，便叫骂着想动手。

沈墨扣着男人的手腕，几乎没怎么用力，对方踉跄着后退了好几步，而后他沉着脸举起对讲机呼叫空警："HG7312航班，座位A7，扰乱机组秩序，欲伤工作人员……"

周围一阵骚动，不到半分钟，男人就被身穿警务服的空警控制住了，他终于慌了："客人就是上帝，我……我要投诉你们……"

"但也要过滤一些没素质的上帝。"沈墨淡声回应，全程都没有多余的情绪，只是冷静地处理事情。

闹事的男人还在骂骂咧咧，声音越来越模糊，直至被请下了飞机。

许沁忍不住抬头看向身边，心猛地跳了一下。沈墨突然垂下视线，她都来不及收回目光。

沈墨的视线悄无声息地扫过她的手臂，确定她没受伤，才转身安抚其他乘客。

放在以前发生这事，乘务长温倩肯定要教训她一通，但这次大概是因为这场事故是机长过来解决的，所以都快下班回家了，许沁都安然无事。

事情传开，郑雅琪忍不住调侃："英雄救美，太浪漫了吧。"

许沁不承认："都是工作，别乱说。"

"那你脸红什么？"

她又反驳几句，磨磨蹭蹭地想等着沈墨一起下班。

今天他好像没加班，没等多久他们就在更衣室门口"偶遇"。

迈入电梯后，许沁还在跟他道谢："今天谢谢你。"

沈墨看了她一眼，随意地问："吓到没？"

"怎么可能？只是第一次撞见。"

177

沉默了两秒，男人低声说："有时候不用说对不起。"

她忘记今天说了多少次对不起，明明她没错，眼下她的喉咙有点堵："我知道。"

没人再说话，两人几乎也是同时意识到，电梯还没按。

指尖相撞，许沁天生手凉，偏偏沈墨指尖是温热的，像一股异样的气息窜入心尖。

到达一楼，刚出电梯的许沁想说什么，远处过来一个男人似乎认识沈墨，直接搭上他的肩膀："调来这儿都不请我吃饭，你好狠的心。"

许沁怔然地看着这一幕，又听沈墨无奈地解释："别乱想。"

程亦扬坏笑地看着两人："这是嫂子？"

"我同事。"沈墨解释得不紧不慢，倒是许沁的脸颊肉眼可见地红了。

许沁回神，才注意到面前的沈墨正盯着她看，目光躲闪："没，沈机长，我先走了。"

面前多了件黑色外套，他说："穿着。"

衣服在他身上正好，穿在许沁身上就大了很多。她肩膀下垂，微微低头，鼻间没有烟草味，也不是香水味，但很好闻。

即使从背影看，都会发现许沁的心情不错，像个小孩似的。

沈墨动了下指尖，移开视线："请你吃饭？"

程亦扬和他是大学四年的同窗，哪这么容易就放过他，不答反问："你在追人家？"

"真是同事。"

"哦，那你同事看着挺可爱的，我能追吗？"

沈墨听笑了："随便你。"

"算了，先请我吃饭吧。"

"不想请了。"

许沁本来打算明天把外套还给沈墨的，但夜里例假来了，早上更是疼得起不来。

她盯着天花板看，又转头看向窗外。今天天气很好，她缓缓拿出手机拨通电话。这是有联系方式以来,她第一次打电话给他。

对面接听得很快,许沁抢先开口:"我是许沁。"

沈墨似乎是在睡觉,嗓音沙哑:"怎么了?"

"你能来拿一下外套吗?我有点不方便送过去。"

她确实把事情说严重了,但不重要,大概过了有十分钟,敲门声响起。

她起身去开门,似乎没什么阻力门就被打开了。门外,男人穿着简单的白T恤,眉目间的情绪很淡,扫了眼门锁,皱眉,问道:"你门没关?"

许沁眨眨眼,她自己住,这种神经大条的事偶尔也会发生,便没多想:"好像是。"

"活这么大也挺不容易的。"他说。

他的声线带笑,听起来有些温柔。但由于小腹隐隐作痛,她下意识地扶了下桌子:"我又不是故意的。"

沈墨注意到她脸色苍白,问道:"身体不舒服?"

许沁点头又摇头:"肚子有点疼。"

这是她第一次去沈墨家,他这间房的面积比她的要大很多,厨房被收拾得井井有条。

许沁安静地坐在沙发上,看着男人的背影,心想,他大概是那种骨子里很体贴的人。

过了一会儿,面前递过来一杯煮好的红糖姜茶,他叮嘱:"可能有点辣。"

她抿了一口问:"你给其他女孩子做过这个吗?"

"我妈算吗?"

许沁的嗓子火辣辣的,连带着后背也有些冒汗,笑道:"不算,和我年纪差不多的有吗?"

话落,安静几秒,沈墨缓缓抬眉:"什么意思?"

他的目光漆黑而直接,任何心思都无处遁形。许沁压抑着心跳,说:"我腰酸,能不能扶我起来一下?"

她可怜巴巴的,本以为他会拒绝,没想到手臂直接被扶住,但不会让人有被冒犯的感觉。

许沁这次没骗人,她确实腰酸背痛,起身时没站稳,身子前倾,下巴就这样猝不及防地磕到了沈墨的锁骨上,吓得她连忙后退一步:"抱歉。"

沈墨指尖微僵,退开一点距离,抬手揉了揉后颈:"还要喝吗?"

许沁想说不喝了,但对上男人的视线,鬼使神差地点头:"谢谢。"

没待多长时间,许沁打算离开,沈墨送她回去,叮嘱道:"家里门关好。"

她点头:"当我三岁小孩?"

"你不是?"

"不是!"

沈墨垂眸笑了,许沁看得愣神,就这样把心里话说出来了:"你笑起来挺好看的。"

气氛有些尴尬,她说了句"再见",再一次落荒而逃。

沈墨没动,站在原地,身子懒散地靠着门框。他的视线落在对面紧闭的门上,几秒后才转身回到客厅,而后看见沙发上躺着一根黑色的头绳。

红糖姜茶起了点儿作用,再加上她贴了暖宝宝,第二天上班时小腹便不怎么疼了。

晚上有聚餐,她刚转正,不好意思不去。

到了地点她才发现,沈墨也在,还有上次那位叫她嫂子的男人。

郑雅琪凑过来说:"温倩的眼神就差把沈机长吃了,听说两人是大学同学。"

以往总是板着脸的温倩今天很反常,穿了一身小香风,笑得也格外温婉。

许沁用脚指头都能猜到这女人的心思。

因为是不同部门一同聚餐,有很多不认识的人,许沁全程没怎么说话,只是吃饭,偶尔也会悄悄看向对面。

他身边有人抽烟,烟雾中男人的侧颜硬朗,嘴角的笑意浅淡,和朋友说话的声音也很清冷。

聚餐接近尾声,有人提议玩游戏。

沈墨没兴趣,但被程亦扬拉着强行加入。

游戏规则很简单,酒瓶口转到谁的方向,那人就得回答问题,回答不上来就喝酒。

酒瓶开始转动,周围人也开始起哄,瓶口第一个指向的就是沈墨。

发现是机长,大家都变得拘谨,只有程亦扬不怕死地开始问:"选真心话还是大冒险?"

沈墨皱眉,到底不想扫大家的兴,低声说:"真心话。"

程亦扬明显有些失落,本来想用大冒险坑他的,眼下没了机会。他随意问道:"沈机长喜欢什么类型的女孩子?"

一旁的温倩连忙开口:"哪有问这么隐私的问题的,换一个。"

说完,饭桌明显陷入了沉默,但每个人脸上都是八卦的笑。

沈墨像是无所谓一般,对面不知谁突然打了个酒嗝,他抬眼看过去,对面的姑娘正在低头剥虾,好像置身事外一般。

目光停留半秒,轻不可察。

"我罚酒。"他没回答,端起酒杯。

一片失望中,程亦扬说:"是不知道还是已经有看上的人了?"

沈墨仰头将酒一饮而尽:"这是第二个问题。"

游戏继续。

许沁拿纸巾擦了擦手,整个人有些提不上力气。刚刚沈墨说话时,她其实一直认真听着,听到他的回答后,一阵无力感席卷全身。

而后,酒瓶瓶口指向了自己。

程亦扬来劲了,直接问道:"妹妹,我能追你吗?"

说完,一群看热闹不嫌事大的人开始起哄。

许沁知道他这是在开玩笑,瞪了他一眼:"不能!"

氛围热闹，程亦扬故作伤心，看向沈墨："这个女人比你还狠心。"

男人笑了下，没看任何人，漫不经心地把玩着酒杯，低声说："别欺负人。"

游戏又持续了一个多小时，饭局终于结束，同事们相继离开。

郑雅琪喝醉了，许沁先把她安排上车回家。

夜已深，她想着自己打车回去，结果碰到了从里面出来的沈墨。

"你还没走？"

男人"嗯"了一声。

许沁点头，突然开口："我会开车。"

她驾龄不长，开得慢，但是稳。

沈墨几杯酒下去已经有点晕了，坐在副驾驶座上一直闭着眼。直到到了停车场，她都没忍心叫醒他。

许沁忍不住侧头看他，他的鼻梁很高，就算周围昏暗，也能看出清晰的五官轮廓，只是他的眉头依然皱着。

待反应过来时，她的指尖已经触摸上他的眉。

同时，男人缓缓睁开眼，沉默让空气都变得稀薄。

许沁收回手，没解释什么："到家了。"

沈墨抬手摸了摸自己的眉心："到很久了？"

她点头："我看你挺累，就陪了你一会儿。"她的语气诚恳，简简单单的一句话，却像石子往心底砸。

沈墨撩起眼皮，借着月光看她，她的眉眼漆黑，看不清情绪。

而后他说："你口红花了。"

她吃完饭确实没补口红，此刻被男人戏谑的目光盯着有些局促。许沁气得直接开门下车。

冷风中，两个人走在回家的路上，路灯一明一暗，影子模模糊糊。

刚上电梯，门又被打开，进来的是许沁同部门的空少小刘，刚刚聚会也在场。此刻他看见许沁和沈墨同上电梯，整个人都有些蒙。

全程谁都没打破电梯里的安静，到达楼层后，小刘的目光在两人身上转来转去："沈机长再见，你们晚安，好梦。"

许沁想到刚刚同事的眼神,恨不得找个地洞钻进去,但她不想主动开口解释,试探般扯了扯旁边人的袖口:"你怎么不解释?"

"解释什么?"

"就我们的关系啊。"

沈墨侧眸:"他都晚安好梦了,我还解释什么。"

这人是会省事的,误会就误会了,解释都不想解释。

最后只有许沁满脸通红,不知道的以为是她喝醉了。

躺到床上后她再一次失眠,脑海里都是男人懒散的模样,这种感觉像是年少时的情愫。

她会猜、会想,但不敢捅破那层窗户纸。

还乐在其中。

他们一起回家的消息第二天就传遍整个航司。

许沁是下午才得知这件事的,可眼下不知道该说什么,心里想的是怪不得一上午温倩都在找她麻烦。

果不其然,此刻的温倩正居高临下地看着她,问道:"走廊洗手台是你清洁的吗?不过关,等会儿重来一遍,还有,把这份文件复印十份,送到各个分部门手里。"

许沁应声说"好",毕恭毕敬地接过文件。好几次了,复印和跑腿都不是她的工作,但没办法,温倩是上级。

"什么文件?"沈墨不知道什么时候出现在旁边。

许沁下意识收紧指尖,一旁的温倩已经换上笑脸:"一些宣传准则。沈机长有什么事吗?"

沈墨没说话,从许沁手里抽出文件,缓慢地翻了翻:"准则里有说乘务长可以滥用职权吗?"

温倩脸色僵了僵:"没有吧。"

他好像又帮了她一次,只剩两人时,许沁低声说了句"谢谢"。

沈墨没着急离开,快下班时他靠着靠椅看她,嗔了声:"以后碰见这种事情,可以举报,别独自消化。"

他的声音很轻,像是羽毛从神经上扫过,诱得她的心脏剧烈地颤动。

她有时候真的很认命,服务行业就是这样,对乘客、上级,受点委屈道个歉就算了,反正又不会少块肉。

但时间久了也挺累的,她似乎活得没什么价值。

如今有人告诉她,不用说对不起,别独自消化。

沈墨眼看着姑娘的眼眶泛红,手足无措地站直身:"哭什么?"

许沁画了眼妆,不敢抬手抹,闷声说:"妆都花了。"

沈墨又看了两秒,不知从哪里找来面巾纸帮她擦眼泪,却把眼妆擦掉大半。

"像熊猫。"

一句话逗得许沁又哭又笑:"很丑吗?都怪你。"

他动作小心翼翼地,却也暧昧。

沈墨笑意更深:"不丑。嗯,怪我。"

最近她在网上看到制作棉花糖的视频,跃跃欲试,为了感谢沈墨,她决定下厨。

买了食材后她顶着满屋子的煳味重复做了三次,终于有几个能看的了。

整理好发型后,她端着盘子,敲响了对面的房门。两分钟后,许沁以为他不在家,刚要离开门就开了。

男人刚洗完澡,正拿着毛巾擦头发,灰色裤子的系带松垮地挂在那儿,叫人移不开眼。

"许沁?"

"啊?"她回过神,发呆被抓包,有点丢人。

沈墨被逗笑了,视线下移:"送我的?"

他的语气有点嘲笑的意思,许沁理直气壮地说:"我都站累了,你不让我进去吗?我又不会对你做什么。"

沈墨将毛巾挂在脖子上,看上去心情不错:"万一呢?"

许沁气得想打他:"沈墨!"

他收敛了些笑意,侧身让开:"进来吧。"

第二次来他家,许沁明显不那么拘束了:"你尝尝,我亲手做的。"

两人坐在沙发上,有水滴到沈墨的脸颊上,他闲散地擦着头发,随意地拿了块棉花糖放进嘴里,甜得眉头皱起。

许沁凑过去问:"不好吃?"

沈墨抿了口水,摇头:"好吃。"他想到什么,打开茶几抽屉,说,"你上次落下的。"

那东西看着很眼熟,许沁认出那是自己的头绳。她看了会儿,没接过来,而是指尖向前,直接把头绳套在男人的手腕上,挑眉说:"送你了。"

她的语气带笑,沈墨下意识抬眼,黑眸中泛起隐隐波澜。

许沁没注意到,发现他头发还是湿的,说道:"我帮你擦吧。"说着拿过毛巾,动作轻柔地帮他擦拭。

两个人面对面而坐,视线在空中相撞,许沁看着他的眼,忽然感觉有点热,不自然地退开些距离:"吹风机在哪儿?"

而后她的手臂被握住,因为惯性,她凑近了些。沈墨问:"你有男朋友吗?"

许沁心头一紧,这么长时间了,她要是有男朋友,她会一而再再而三接近他吗?她骂了句,挣扎着推开他。

沈墨笑了,大概是猜到她误会了,抬手掌心覆上她的脸颊,问道:"你男朋友的这个位置能不能给我?"

许沁木在原地,一股热意从心底不断往头顶冲,不等开口,沈墨已低下头。

呼吸缠绕,指尖温柔地相触,两个人的身体自然而然地贴在一起。

落地窗外霓虹忽闪,他们在缠绵地接吻。

敲门声突然响起。

三个人面面相觑,沈墨抿了抿唇,看向许沁,介绍说:"我妈。"

许沁身上穿着家居服,手里还拿着毛巾,闻言立正站好:"阿姨好。"

女人明显也感到诧异，连连点头，不由得乱想："你们……"

许沁反应过来，抢先说："阿姨，我是来送东西的，家里还有事，先走了。"

许沁本身脑子就乱，离开前，余光还扫到男人意味不明的笑。

她心跳得更快了，回去后她把整个人蒙在被子里滚了好几圈。

失眠后的第二天，黑眼圈连粉底都差点盖不住。

结束了一天的工作，她想起上次请了一天假，要补一张请假单送给温倩。

办公室门虚掩着，里面传来熟悉的声音。她绝不是听墙角的人，但这次没忍住，因为里面有沈墨的声音。

女人的嗓音带着哭腔："你来这儿难道不是为了我吗？"

"只是普通的人事调动。"男人的声音很淡。

后面他们再说什么她就没听了，她怕被发现直接悄悄离开了。

她的脑海里都是刚刚那段对话。他们之间发生过什么？温倩为什么会问出这样的话？难道他俩在一起过？

想到这儿，许沁莫名地有些心慌。

走廊上，她和走来的郑雅琪迎面相撞，身后还跟着个实习空少。郑雅琪嘴里念念有词："乘务长是不是失恋了，那脾气真是没谁了。"

许沁大着胆子问："你说温倩是不是沈机长的前女友？"

郑雅琪笑容狡黠："不可能吧，不然你直接去问问你男朋友？"

许沁张了张口，半天不知道该怎么狡辩："他……还不是男朋友……"

郑雅琪也不戳穿，随手拿了根棉签："你眼线有点晕了，别动。"

许沁倒也听话，主要是乘务长严格，要是发现她仪容有问题，指不定又要教训她。

可惜郑雅琪性子急，毛手毛脚地越擦越糊，她直接把棉签递给身边站着的人："你来，我弄不好。"

空少不知道是有眼力见,还是因为其暖男特质,也没拒绝,听着郑雅琪的指挥抬手轻轻地擦拭。

许沁蒙了,本能地后退一步,客气地笑道:"我自己来吧,谢谢。"

话落,一旁的郑雅琪突然尴尬地朝她身后打招呼:"沈机长好……"

沈墨个子高,深蓝色的西装下身形挺拔,他点了点头,脸上没什么情绪,视线懒洋洋地落在许沁身上:"一起回去?"

一字一句,怎么听都像是故意说的。郑雅琪感觉自己多余了,忙带着"闲杂人等"一并离开了。

许沁没说话,想问些什么,但不知道该怎么开口。

见她沉默,沈墨扫了眼刚刚那个男人离开的方向,问:"那谁啊?"

许沁以为自己听错了,解释说:"好像是实习的,我不太熟。"

下班时间,走廊没什么人了。

许沁回更衣室换衣服,再出来时发现沈墨站在走廊,似乎在等她。

一直走到家楼下的电梯时,许沁心里还在纠结这人是不是渣男。不知不觉间到了楼层,她刚想打开家门,手腕就被攥住。与以前不同的是,沈墨指尖下滑,缓缓与她十指相扣。

他微微俯身,轻而易举地把她压在门板上:"许沁,你在钓我?"

许沁眨眨眼:"我没有。"

几秒后,他松开些,垂眸问:"你怎么了?"

许沁在心里叹了一口气,纠结来纠结去,觉得自己还不如直接问他:"你和我们乘务长是什么关系?"

温倩这人恋爱脑比她还严重,她可不想因为儿女情长耽误工作。

沈墨拧眉,有些听不懂:"没任何关系,最多算同学。"

"不是前任的关系?"

"不是。"

许沁舒坦了,笑着攀上男人的脖颈:"沈机长有女朋友吗?"

"没接到通知。"

"什么?"

沈墨轻笑着抬手揽上她的腰:"在等你通知。"

许沁心脏猛跳,学着他的语气问:"所以,你女朋友的位置是给我了吗?"

说完,唇被含住,辗转间,男人沉声说:"是你的。"

两个人的恋爱就算没有刻意公开,但整个航空公司基本上都知道。温倩也没找她麻烦,大概是不敢,毕竟沈墨也是她上级。

许沁的生活没什么变化,只是更加期盼下班了。

最近受台风影响,航班班次大幅度减少,程亦扬组了个局,同事们聚一下。

当晚郑雅琪也异常兴奋,拉着许沁玩游戏。

许沁总是输,一输就得喝酒。忽然她的肩膀被人揽住,她感受到融融暖意时,耳边还响起一阵起哄声。

沈墨对此置若罔闻,明显打算护短:"我帮她喝。"

许沁抬头正好看到男人端杯咽下酒水时滑动的喉结,男人的眉头因酒的刺激微微皱起。

她先前喝了两杯,此刻周围模糊起来,眼前只有沈墨的模样。

她回忆着两人的相遇,没有轰轰烈烈的过程,就像是有吸引力法则,他们自然而然地走到了一起。

中途许沁又喝了几杯酒,她没在意别人的眼光,靠在沈墨的肩膀上。

过了一会儿,她突然退开些距离问:"沈机长,你是不是把我当作替身?"

沈墨似乎是被戳中笑点,笑得肩膀微颤,抬手揉了揉她的发顶,说:"醉鬼。"

聚餐结束。

许沁的醉意散了点,坐上副驾驶时脑袋昏昏沉沉,但内心十分清楚旁边的人是沈墨。

她看着他向自己倾过身子,她几乎没怎么思考,抬手攥住男人的衣领。

　　昏暗狭小的空间,静得能感受到彼此的呼吸。

　　沈墨缓缓帮她扣上安全带,手臂就这样撑在原地,嗓音低沉地问:"怎么了?"

　　许沁缓缓摇头,不说话,主动吻他。沈墨愣了半秒,没躲闪。

　　姑娘继续有一下没一下地吻他,直到车内的温度慢慢升高。

　　沈墨眼底的情绪渐深,抬手将她遮住眉眼的头发撩开,声线压低:"想问什么?"

　　许沁被猜到了心思,索性不憋了:"你为什么和我在一起?"

　　问完,她耳根红了。她突然感觉喝醉后,自己好像变得矫情了,非要问个所以然。

　　沈墨没想过这个问题,现在想想,大概是因为那天在车厢内,她安静地等他醒来,而后轻声说"陪你一会儿"。

　　长久的静默,许沁有点生气了:"喂……"

　　沈墨回神,牵唇笑了,缓缓道:"没什么心眼,真诚,虽然爱哭了些,但我喜欢。"

　　她能问出这样的问题是因为对自己的不自信,但男人不但没有敷衍,而是将更多的安全感给她。

　　她吸了吸鼻子,有些不好意思,声音很小:"我也喜欢你。"

　　沈墨听见了,把人抱到怀里。

　　他说,别怀疑,做你男朋友是我的运气。

　　你是我一生中最珍贵的礼物。

< 加载中… >

第十二章

明天，我能约你去看海吗？

REN JIAN QING SHI

焦虑症少女
VS
拯救者少年

▶▶▶▶▶▶

< 进度 83%… >

1

"铃——"一阵电话声响起。

"你好像拿错了我的快递。"电话里的声音温和,听着像年轻人。

沈芊盯着刀以及已经挂断的手机,她不喜欢给别人添麻烦,况且确实是她拿错了快递。

盛夏,她戴上口罩和帽子,把自己裹得严严实实。

电梯直线下降,周围人很多。

鼻尖传来陌生的气体,一个壮汉手臂裸露,皮肤无意间碰到了她的肩膀。下一秒,肩膀的粗糙感突然消失,沈芊的旁边站了个人,恰好将壮汉隔开。

沈芊暗自松了口气。

五年患病,如今她已是重度焦虑症,除了害怕人群、害怕触碰,她甚至害怕阳光。

她忍不住看向旁边的人,视线正巧与少年垂下来的视线相撞。

那一刻,她像是被针刺了般,紧张地低下头,把下巴缩进衣领里。

她的病情似乎到了某种无可救药的程度。

出了电梯,她立即拿手机回拨号码,铃声却在身后响起。

是电梯里那个少年。他个子很高,穿着白T恤黑裤子,模样清隽,此刻正看着她轻笑:"刚刚就想问的,没想到真是你。"

沈芊木讷地递出快递盒:"对不起……"

"没事,我叫顾敬南,你呢?"

"沈芊。"

两人一同重新上楼,这个叫顾敬南的人对人很亲切,但沈芊依然不想同他交谈,一心只想回家继续完成未完成的事情。

"你家就在这儿吗?"

"不是,在荷州。"

"我听说过,那里刚开发了一个景区,很美。"

她对此保持沉默,那里一点都不美,只有无尽的屈辱、荒唐和腐烂。

电梯刚打开,沈芊没看他,只想离开,手腕却覆上一抹温热。

顾敬南知道有些唐突,他缓缓松开手,说:"沈芊,我想请你帮个忙。"

她呼吸有些凌乱:"我……"

"实在没办法了,事后我请你吃饭。"

这个人可真是自来熟。

沈芊天生不会拒绝别人,回复道:"好。"

2

小区最近有老年社区活动,顾敬南想让她给自己母亲化个妆。

从交流中沈芊得知,顾敬南是当兵的,前几年都没休过假,这次部队批准他两个月的探亲假。

天气很热,她摘掉口罩,望着舞台上老人们灿烂的笑脸。

"你应该多笑笑。"

沈芊一愣,这才发现自己上扬的嘴角。她侧过头,不经意地撞进少年坦荡诚恳的目光中。

空气更热了,不是因为阳光,而是因为从内心深处涌上脸颊的热意。

记忆突然出现裂痕,她好像见过他。

"你,是谁?"

3

睁开眼,沈芊已经在家中。

身体很疼,但说不上来具体哪里疼。她明明在小区外和顾敬南在一起,却记不得后面发生了什么。

屋内针落可闻,下一秒,电话铃声响起,是同样的号码。

鸡皮疙瘩油然而生,她的神经猛地一颤。

"我来接你?"

沈芊稳住呼吸,咽了下嗓子:"顾敬南?"

"是我。"

"你接我干什么?"

那头的人笑了一下:"沈芊,我们不是约好今天吃饭吗?反悔了?"

记忆没办法回溯,可能是由于焦虑症发作,她现在头昏脑涨,甚至以为昨天是在做梦。

4

因为住在同一栋楼里,她不想出去,便答应去顾敬南家里吃饭。

社交恐惧感的压力下,快到顾敬南家门口的沈芊突然害怕了,小声开口说:"我可能去不了。"

"怎么了?"

她想说自己从来没有朋友,不知道怎么跟别人相处。

"我怕阿姨觉得我怪,她会不自在。"

顾敬南看着她笑了:"别这样想,其他人不喜欢,他们会提出来。如果他们不敢提,就是他们自己的问题。"

他说:"我妈妈很喜欢你。"

5

很熟悉的话,好像是另一个时空,抑或做梦时梦见过这样的场景。

她收紧指尖:"顾敬南,我们是不是认识?"

顾敬南扬眉,温柔地揉了揉她的发顶。

那一刻,沈芊总感觉这样的男生应该活在爱里,前途似锦,而不是和她待在一起。

他声线柔缓:"是啊,我们见过,在梦里。"

沈芊愣住,反应过来,才发现他在开玩笑。

而她自己也第一次发自内心地笑了。

6

顾敬南家里比自己家亮堂许多,光线充足,饭菜香扑面而来,阿姨热情地招待她。

这浓浓的烟火气是沈芊这辈子都没体会过的。

吃饭途中,她接到一通电话,瞬间发了一后背的冷汗。

这通电话来自荷州。

7

"沈二,你大嫂难产走了,明天回来看看她吧。"

沈芊在家里排行老二,母亲总这样叫她,普普通通的称呼让她想起那些屈辱的画面。

记忆里,在自己逃出大山的那年,大嫂偷偷塞给她一小沓钱。

应该回去的。

可避无可避,要见到那个人,她不敢。

"妈……"

"你哥早就找了份正经的工作，放心吧。你大嫂走之前还念着你的名字。"

这顿饭，沈芊吃得浑浑噩噩。她放下筷子便要回去，顾敬南跟了出来，问道："不合胃口？"

沈芊摇头，强撑出笑意："不是，帮我谢谢阿姨。我明天要去趟荷州，得赶回去收拾东西，就不打扰了。"

顾敬南握着她手腕的手松了松："我陪你去吧。"

午后的光从走廊尽头折射过来，他的模样越发虚幻，沈芊喃喃地问道："为什么？"

顾敬南不以为意，应声说："我想去荷州旅游，顺便陪你一起。"

男人常年在部队训练，身形并不单薄，看着很有力量感，可他的目光却是那般细腻。

沈芊低下头，在混乱的思绪里，感觉到丝丝缕缕的暖流，她鬼使神差地说了一个"好"字。

8

夜晚家里静悄悄的，沈芊独自洗漱，镜子里的自己素面朝天。

明明才二十几岁，看起来却有些苍白。

望着水流，记忆深处的惨叫声如猛兽般袭来。

那时候的她八岁，男人用最污秽的字眼骂她。

而这个人，是她的亲哥。

沈芊终于受不了，她狼狈地从那座大山里逃出来，可那些童年的记忆如梦魇般不断折磨着她。

沈芊呼出一口气，她不敢看任何东西，跌跌撞撞地跑到客厅。

她闭上眼，而后，顾敬南的脸出现在眼前。

他在笑，他说，我妈妈很喜欢你。

他说，明天我陪你去吧。

明天，是充满希望的词。

9

重回故土，沈芊没有任何雀跃。

原本满是泥泞的路变成了水泥地，洁白、宽敞，似乎这样就能冲刷掉属于这片土地的罪恶。

距离旅游景区几十千米开外的一套平房便是她家，办白事的帐篷早已搭建好。

沈芊匆匆看了嫂子一眼，她消瘦得不成人样。沈芊的呼吸窒住，眼泪就这样淌了下来。

不是悲痛，只是觉得压抑，她不明白嫂子当初为什么不跟着她一起跑。

当年大嫂被迫嫁给她哥，隔三岔五身上就会出现伤痕。

那年女人红着眼睛颤抖着手给她塞钱，叫她永远别回来，像是把所有希望都给了她，而自己却被锁在这座牢房里。

沈芊抹了把眼泪，抬脚走出去，看到邻居们正围着顾敬南说话。

顾敬南是在大城市里长大的，穿着、气质、说话都和这里人完全不同。

好奇、嫌恶，一些不知名的情绪莫名流转。

沈芊无声地敛下眉，就在一瞬间和一道如地狱般的目光对视上。

沈军雨。

她的哥哥。

不对，不是她哥，他是神经病。

父亲走得早，一家人都听长子的，连母亲都忌惮他几分。

沈芊想逃，可腿像是被焊在了原地，她想说话，喉咙又像被双手掐住，逼迫她去回忆曾经的那些画面。

他为什么会这么做呢？

没有原因。

沈芊的胸膛开始起伏,瞳孔里蓄满泪水,下一秒肩膀上多了道力量。

隔着布料她能感受到他掌心的温度,她回神,对上顾敬南的眼。

"怎么了?"

冷汗顺着脸颊滑下,她抿着干涩的唇,摇了摇头,却紧紧攥住他打算放下的手。

顾敬南垂眸,忽然低声问:"你是不是不喜欢这里?"

沈芊没说话,不远处那道视线依然盯着她,可掌心的温热传递,让她有勇气抬起头。

她说:"顾敬南,明天你带我走吧。"

他没有挣脱,几秒后反手握住她:"好。"

10

夜晚,喧嚣不断,热闹非凡,这里办白事流行唱戏。

顾敬南在外面,沈芊依然守在大嫂的床前。母亲忙前忙后,这个时间她还在为男人们准备消夜。

耳边传来脚步声,她没回头:"妈,你……"

话没说完就被打断,沈军雨今年已经快四十岁了,他龇着牙笑着:"妹妹,你带着男朋友回来怎么不跟家里人说一声?"

这么多年过去了,沈芊依然怕他,两人距离一米,她死死地盯着他。

男人笑得更为恐怖:"你们到哪一步了?"

话从他的嘴里冒出来,像是随意一问,听不出任何情绪。

沈芊躲在袖口的手收紧,一瞬间如鲠在喉,一股酸涩不断往上涌。她知道自己在颤抖,可依然不想低头:"关你什么事。"

沈军雨污浊的眼底瞬间冷下来,但他依然笑着。

她发现不是她不要这个家。

是这个家不要她。

11

沈芊闭上了眼，无所谓了。

突然头发一松，她听见有人闷哼倒地的声音。

顾敬南不知道什么时候闯了进来，即使沈军雨身高臂粗，但依然不是他的对手。他将人摁在地上，一拳接着一拳，又狠又利落。

她从未见过样的顾敬南，他好像和她一样恨地上这个人。

沈芊缩在角落里，眼泪胡乱地挂在脸上，而后身体被人抱起来。

耳边是顾敬南起伏的心跳声，炙热又温暖，她的眼泪断了线，藏在心底的委屈全都爆发出来。直到坐进车内，她依然在哭。

顾敬南有些手足无措，只能轻声安慰："没事了。"

沈芊吸着鼻子："你……为什么要……"

她想问他，为什么要跟自己一起来荷州，为什么要救她，为什么三番五次招惹她。

周遭一片漆黑，在两人的对视中，连风声都消失，所有秘密被黑色淹没。

顾敬南抬手安抚似的揉了揉女孩的发顶，无声地叹了口气，声线温柔。

"沈芊，我遇见你不是为了放弃你的。"

一句话，她的心底防线被彻底击溃，不管不顾地栽到他怀里。

12

他们没有等到第二天，连夜离开了这个地方。

她想，她这辈子再也不会踏足这个地方。

"挂这儿好看吗？"顾敬南穿着短 T 恤，额头出了些汗，转头笑着问她。

那天这人说她房子太空了，便买了幅画送她。

沈芊看着画上的向日葵，嘴角弯了弯："好看。"

顾敬南难得没主动开口说话,只是看着她,眼神深邃。沈芊忽然感觉耳根发热:"怎么了?"

他摇头,又笑了起来:"问你个事。"

"什么?"

"明天,我能约你去看海吗?"

沈芊缓慢地眨眼,沉寂的心扑通扑通地跳跃。

她忘记了自己为什么会答应,可能是因为初见他时,他脸上那抹温柔的笑吧。

也可能是,他救下她的那一刻,她就属于他了。

明天,应该是个好天气吧。

13

海风温柔。

沈芊依然对阳光有点不适应,眯着眼静静地坐在沙滩上。

腿上一凉,男人把水泼到她身上。她气得拿衣服遮挡,下意识回击。

打闹一番后,两人并肩坐下。

不知为何,顾敬南明明在部队几年了,皮肤却不黑。他的眉目硬朗,侧头看过来时下颌线弧度利落。

他问:"怎么了?"

沈芊这才发现自己正盯着他看,忙别开眼,脸颊发红地说:"没事。"

顾敬南没追问,突然说道:"沈芊,你要开心点。"

她想说好,但话到嘴边变成:"为什么?"

"不放心你。"男人嘴角勾着,语气认真。

沈芊的脸颊更红了,放在身侧的手猝不及防地与他的小拇指相贴。

她心头一跳,犹豫着,悸动着,但还是想移开指尖。

而后她感觉手背上一抹温热压了上来。顾敬南紧紧地握住她的手，十指相扣，热得叫人心动。

那天天气确实很好，他们都没有看海。

"顾敬南。"

"嗯。"

"我爸走得很早，妈妈懦弱，沈军雨总是打我，没有人喜欢我，世界从来不会偏心我，我怕……"

"但我会。"

世界不会偏心你，但我会。

14

确定关系没多久，沈芊知道隐瞒不住，直接告诉了顾敬南自己的病情。

他诧异一瞬，没有问缘由，只是轻轻抱住她，温柔安慰，说以后有他在。

身在黑暗里的人，都希望拥有一束光。

这种祈愿太久了，久到希望变成奢望，可有一天，这片黑色幕布出现一道裂痕。

假期匆匆结束，顾敬南回部队了。

他们只能通过电话偶尔联系，沈芊发现这个人还挺啰唆，总是喜欢问她今天吃了什么，明天要干什么。

她的生活也确实充实起来。她开始重拾网上绘画的工作，开始尝试出门不戴口罩。

不知从哪一刻开始，沈芊发现，这个世界原来是可以容纳她的。

那一天，顾敬南好不容易申请到一天假。

他们去了寺庙拜佛。

从大雄宝殿出来后，顾敬南意味不明地问她："你猜我刚刚许了什么愿望？"

沈芊想了会儿，觉得一定是保佑家人身体健康之类的，于是说："说出来就不灵了。"

顾敬南垂眸，似乎有话要说，终究俯身啄了下她的唇："那就保密。"

众目睽睽下，他突然的动作让沈芊目光躲闪，但还是与不远处门卫大叔的视线对上。

大叔也是个"老顽童"："我什么都没看到。"

她面红耳赤，反倒是顾敬南坦然地和大叔打招呼。

沈芊看着这一幕，扯了扯身边人的衣袖："你认识？"

他顺势握住她的手："以前陪咱妈来拜佛，就和他眼熟了。"

沈芊一愣，反应过来，有些害羞："什么啊……"

顾敬南跟着笑了，他说："对你一见钟情是我的荣幸，沈芊，我爱你。"

15

一夜的光怪陆离之后，沈芊梦见了好多过去的事，有小时候的哭泣，有从大山逃出来的心慌，还有遇见顾敬南的心悸。

自从确诊焦虑症，她不敢主动去触碰儿时的回忆，可如今她发现自己一点都不害怕了。

大概是因为身边有顾敬南。

打开窗，晴空万里，今年好像很少降雨。

顾敬南回到了部队，但即使再忙，他一拿到手机就会联系她。

在那之后，沈芊也养成习惯，有事先给他发消息。

拎上钥匙出门前，她看见墙上的画积了层灰，她没多想，仔仔细细擦了一遍才离开。

去超市路过寺庙，她鬼使神差地又想进去上炷香。

视线随便一瞥，沈芊愣住了："大叔，你怎么黑了？"

门卫大叔听完爽朗一笑："工作嘛，难免风吹日晒的，看你挺眼熟的。"

沈芊纳闷，还是点头："我和顾敬南来过，你还笑话我们呢。"

大叔皱眉，嘴里念着"顾敬南"的名字，目光微颤："顾敬南……我记得，英雄啊！"

他手指向沈芊身后，眼里有些湿润："你不知道，那天你走后，这孩子从台阶一路跪到大雄宝殿，说想保佑女朋友一生平平安安，可惜了，这么年轻。"

沈芊完全听不懂，解释道："大叔，你记错了，我们昨天没有……"

"什么昨天，姑娘你没事吧，那是两年前的事了。"

16

下雨了。

这好像是今年的第一场雨。

沈芊忘记了打伞，她觉得好笑，怎么可能呢，昨晚顾敬南还打电话和他说晚安。

她找出手机，想发信息给他，指尖僵住。

列表里没有几个聊天框，更多的是广告推送，终于翻到顾敬南的名字，最后一条消息的日期停留在两年前。

那一瞬间，眼泪夺眶而出，荒唐涌入心口。

怎么可能呢，她浑浑噩噩地走着，听见鸣笛声，听见嘶哑的刹车声。

沈芊重重地跌坐在马路中间，黑洞洞的内心深处刺开白光，熟悉的、陌生的记忆如针般细细密密地往心口刺。

面前的司机从窗里探出头破口大骂，重新发动引擎绕过她离开。

她忽然听不见任何声音，嘴里念着对不起，起身往旁边走。

她因为拿错快递遇见了顾敬南，这个人把她从深渊中拉出来。后来县城某地突发泥石流，被村庄淹没，几百人被困。

顾敬南在救人过程中殉职，年仅二十五岁。

沈芊在赶往医院过程中出了车祸，她把关于顾敬南的一切都忘记了，记忆停留在她焦虑症最严重的那段时间。

面前雨越下越大，她坐在长椅上，弯着腰无声地崩溃，掩面痛哭。

那个很爱她的顾敬南，生命永远停止在泥浆里。

而自己却把他给忘了，重新回到那个密不透风的深渊里。

17

沈芊和顾敬南有一张合照，记忆空白的那两年，失忆后的她时常盯着照片发呆。

照片上，男人的手臂搭在自己的肩上，笑容干净。她怀疑过这人应该是她的男友，可因为没有记忆，顾敬南也从未找过她，她以为两个人早已分手。

命只有一条，英雄有千千万，五年、十年、二十年过后，终究会被淡忘。

可沈芊难受的、愧疚的、心疼的是，就算所有人都忘了顾敬南，她也不能忘记。

她比以前更沉默了，电脑屏幕上摆着画稿。她现在靠在网上画画赚一些稿费，勉强解决温饱，只是她总是莫名其妙地流眼泪。

因为注意力不集中导致工作效率下降，沈芊甚至不用去医院都知道，她的焦虑症再次发作了。

就这样又过了小半年，她崩溃大哭的频率越来越高，她几乎每天都能梦见顾敬南，甚至梦见小时候的画面。

那天她放下画笔，盯着旁边的相框看，眼泪顺着脸颊流。

世界又变得黑白且模糊，她有些坚持不下去了，她想去找顾敬南。

她忘记自己是怎么起身的，又是怎样平静地站在窗边，平静地往下看，她不想这么痛苦了。

指尖不断收紧，想去用力。

下一秒，突兀的手机铃声响彻空荡荡的房间。

刹那间，泛白的指腹回归血色，她盯着号码，眼睫猛地跳动。

身边原本什么都没有的桌面上，出现了一个快递盒。

在铃声最后一声消失前，她犹豫着按下了接听键。

长久的静默后，电话里熟悉的声音再一次出现："还在吗？你拿错了我的快递。"

沈芊终于回过神，惶然地站起身，艰难地开口："顾敬南？"

"嗯，是我。"

世界昏暗，梦里梦外是真是假，她都不想分辨。她推开门不顾一切地跑出去，电梯迟迟不到，她直接走了楼梯。

到了楼下，男人恰好转身，看见她出现，他缓缓笑起来。光在他身后，温柔也刺眼。

顾敬南没说话，神色微僵，身子已经被抱住。

体温、呼吸、声音、笑容无不告诉她，眼前这个人真真实实地站在她面前。

沈芊抱得很紧，生怕他下一秒就会消失，眼泪染湿他的衣服，她闷声说："顾敬南，我好想你。"

可她没等来回应，天旋地转后再次睁眼，她正趴睡在家里桌子上，就像做了一场梦。

沈芊不相信神，可一个念头出现在脑海，刚刚她回到了过去。

这通电话，就是契机。

她坐直身子抹了下眼泪，试探着又拿起刀，刀锋碰到皮肤，她盯着手机，安静无声，直到手腕上有一滴血珠冒出。

果不其然，铃声响起，是顾敬南。

原来，在她最想他时，他也会出现。

18

"麻烦了。"顾敬南接过快递，盯着她看，而后有些不自然地别开眼，"同一栋楼，送你回去？"

她点头,隔着距离,不敢靠近:"我叫沈芊。"

男人怔了一瞬,低声回应:"顾敬南。"

沈芊跟着笑起来。

我知道,你是全世界最爱我的顾敬南。

她手指颤抖地攥着衣服边角,突然问:"明天,我能约你去看海吗?"

微风轻起,两人对视,笑意还留在眼尾,好像度过了半生。

他说:"好。"

一见钟情是上一世修来的缘分,沈芊拥有顾敬南,便是这一世的恩赐。

他们一起旅游、做饭、生活,沈芊很喜欢抱他,顾敬南总是揉着她的后脑说:"沈芊,你是树袋熊吗?"

打闹声、笑声,编织成一个个绚烂的慢镜头。

"你才是树袋熊!"

顾敬南笑着抬手把姑娘揽到怀里:"我们沈芊一定要平平安安。"

暖意融融,沈芊听着他的心跳:"你为什么喜欢我?"

"你值得。"值得被爱,值得我爱。

他们又去了海边散步,顾敬南蹲下身帮她系鞋带,阳光下的手臂肌肉线条流畅。

沈芊看着他的后脑,莫名地鼻间一酸,手心多了道暖意,顾敬南牵着她问:"发什么呆?"

她摇头,许久,淡声问:"你相信命吗?"

顾敬南想了下:"信啊。"

不等她开口,男人刮了下她的鼻间:"它让我遇见你。"

沈芊笑了,脸颊染红一片:"讲个故事给你听?"

"嗯。"

"有一个女孩因为原生家庭患有焦虑症,后来男朋友去世了,她更没了活下去的希望。可就在两年后的今天,她接到了男朋友的电话,便进入了一个类似循环的时空。

"就像是每当我对这个世界彻底绝望、对你最思念的时刻,你就会出现。"

沉默下来,顾敬南侧头问:"所以她活下去了吗?"

沈芊的视线从天边收回,与他对视:"应该吧,你信吗?"

男人看着她,可能是觉得荒唐:"不信。"

沈芊也没感到意外,这事任谁都不会相信,她狡黠地笑道:"我开玩笑的。"

顾敬南松了口气,将她的手用力握紧:"往前看,没有什么比活着更重要。"

晚霞染红天际,今天依然是个好天气。

可就在她以为能改变结局,以为这辈子会和顾敬南永远在一起时,隔壁山城发生7.0级地震,顾敬南当晚就要出发去救灾前线。

她没办法去阻止,他是军人,服从命令是他的职责,保护人民群众更是他的使命。

离开前,顾敬南抱着她轻声哄着:"相信我,不会有事的。"

沈芊点头又摇头,她想说她没开玩笑。她经历过死亡,经历过失去,可话到嘴边,又怕现在拥有的全都消失:"我等你回来。"

顾敬南点头,沉默了几秒后说:"沈芊,想嫁给我吗?"

命运给了她重新来过的馈赠,也给她跌入谷底的惩罚。

沈芊没有等到顾敬南娶她,他没了呼吸,再一次。

他的身子被碎石压得破碎不堪,钢筋直插心口。

这个人不要她了,再一次。

医院里,她看见顾敬南的妈妈跪在地上哭,看见他的战友红着眼眶敬礼。

她不敢上前,不敢看白布下的那个人,巨大的悲伤几乎将她的神经割裂。

她的呼吸变得不顺畅,雾气模糊双眼,让整个白色长廊变成一片虚幻。

漆黑，晃荡。

泪水顺着眼角流进鼻梁，淌到桌面上，沈芊缓缓睁开眼，她回到了家里。

身体因为不明原因一阵绞痛，她无声地一遍一遍念着顾敬南的名字。

她回来了，明明和顾敬南在一起两年时间，墙上的时钟才走了两分钟。

命运跟她开了个玩笑。那一瞬间，不甘在心中蔓延，偏执在脑海中翻涌。就算不断循环，一次次经历失去也无所谓，她想见他，千千万万遍。

只是每一次从头来过，每一次她都会在悲痛欲绝中醒来。不管她多珍惜他们在一起的时光，哪怕他们终于要结婚了，顾敬南也会牺牲，他选择的永远是国家，是他必须守护的人民。

再次回到现在，沈芊坐在桌边久久不能回神，迷茫得不知该怎么办。

手机屏幕还亮着，沈芊吸着鼻子，肩膀还因为流泪而颤抖，目光却落到一旁屏幕上的通话记录。

就在两分钟前，她接通了一个来电，仅仅一秒。

电话号码是顾敬南的。

剧烈的冲击刺得她有些颤抖，她慌乱地去看时间，她身处的时间是顾敬南离开的第二年。

她确实回来了，可为什么，通话记录里会出现顾敬南的来电？

沈芊目光眷恋地看着这个号码，指尖缓缓点了下。

电话回拨过去。长久的"嘟"声一下一下地砸在她的心头，她的思绪越发紧绷。

"喂？"

是男生的声音，却不是顾敬南。

沈芊眼眶又红了，她不知道是该失望，还是害怕。

"你，是谁？"

19

电话里的人约她在一个咖啡厅见面。

沈芊都没洗脸,就这样挂着泪痕到达地点。

男人的肤色黝黑,看见她礼貌地点了点头,将手机掏了出来:"这是顾哥的。"

黑色的手机,屏幕裂了条缝,但依然能使用。

沈芊看不懂:"什么意思?"

男人情绪低迷,沉声道:"我是和顾哥一起被困在废墟里的人,但侥幸活了下来,他临终前将手机给我,告诉我两年后的今天打电话给你。"

手机亮度偏暗,但她依然能看到屏幕上自己的号码。

"我给你讲个故事吧……"
"所以她活下来了吗?"
"应该吧,你信吗?"
"不信。"

男人温柔的、缱绻的、细腻的模样和声音,如胶片一寸一寸地重现脑海。

"你没事吧?"对面人出声提醒。

沈芊眸光动了下,揉了揉眼角,嗓音哽咽:"没事。"她看着桌面,"这个手机能让我保管吗?"

20

又下雨了。

沈芊买了把伞。以前淋雨,顾敬南总要教训她,如今没了他,她要学会照顾自己。

家里漆黑一片,冰凉刺骨,她的掌心紧紧地握着那个破旧的手机,手机边缘的裂痕硌得指尖生疼。

他说,我们沈芊一定要平平安安。

他说,往前看,没有什么比活着更重要。

他尽管不信命,还是想让她活下去。

命运让她遇见顾敬南,也让她失去顾敬南。

可沈芊想再试一次,即使不在一起,她也想让他活下来。就当是她自私吧,她再也承受不了顾敬南的牺牲。未知是愚蠢,也是救赎。

她内心组织了很多话,可当出现在他面前时,她什么都讲不出来。

楼下,顾敬南依然是意气风发的模样:"你怎么了?要不要去医院?"

沈芊脸色有些苍白,摇了摇头,将快递盒递给他:"抱歉,拿错了。"

他笑得依然干净:"没事,麻烦你了,同一栋楼,我送你回去吧。"

沈芊却没动。

"顾敬南。"

男人脚步停下,疑惑地看她。

她盯着他的脸,半响,眼角湿了:"国家需要你,但你的家人也需要你,你的女朋友也需要你。你能不能保护好自己?"

"顾敬南,我还在等你娶我。"

周遭的风景开始变得模糊,周边的环境开始变得错乱,所有的一切似乎都在告诉她现实不能改变。

沈芊在虚无中握住他的手,她不能劝他退缩,他属于国家。

"保护好自己,求你。"

21

这一次,一切都回到原位了。

沈芊趴在桌上,眼泪流干了,悲痛压得她直不起身。

相框里的合照消失了，顾敬南的手机不见了，她手机里顾敬南的联系方式没有了。

她的生活里没有了他的任何影子。

沈芊不知道顾敬南在哪儿、过得好不好，她太想他了，她会装作敲错门尝试着去他家，却没人开门，一次一次，都是白费力气。

大概是没有选择在一起，所有事情都发生了改变。

他们真的成为陌路人，但她没有再生出放弃生命的想法，她答应过他，要平平安安。

因为绘画好、作品多，她成功在一家设计工作室就职。

生活好像就这样过下来了，走在街上，她发现来来往往的人竟全是一副可爱的模样。

跳着广场舞的阿姨，比刚上市的橙子更鲜活；蹲在路边晒太阳的叔叔，笑声清朗如脆西瓜。

但每当不可避免地出现天灾人祸时，她都会时刻关注新闻，生怕看见顾敬南的名字。后来她用工作填满所有时间，她不敢去猜测顾敬南到底在不在这个世界上。

又过了两年，沈芊凭着优异的画作，升到了主管的职位。

可她明明努力地热爱生活、珍爱自己，甚至开始热爱这个世界了。灾难还是到来了，一场大火蔓延了整栋办公大楼。

认识的和不认识的人通通被困在楼道里，电梯不能下，楼道被火淹没。

尖叫声、哭声、警笛声断断续续传来。沈芊找不到出口，湿毛巾捂着口鼻依然抵不过烟雾的侵袭。

她瘫坐到墙边，被熏得泪水断了线，指尖的力道在不自知中消散。她听见了自己用力的呼吸声，在一串挣扎求生的念头里，她又想起了顾敬南。

虽然还是没有他的消息，但只要她相信，顾敬南就活着。

烟雾越来越浓，意识渐渐薄弱。

她想，这辈子还是挺值的。

火光刺眼,她被呛得不断咳嗽,想呼救却发不出任何声响,只能一遍一遍地默念藏在心底的名字。

顾敬南。

顾敬南。

顾敬南。

终于,在这绝望的尽头里走进来一道橙红色的身影。

沈芊眼皮无力地撑着,想多坚持一秒。

陷入一片黑暗前,她看见男人消防头盔面罩下露出的眼眸。

你看,他来了。

< 加载中… >

第十三章

甜茶

REN JIAN QING SHI

设计系学生
VS
临时模特

▶▶▶▶▶▶

< 进度 88%… >

奈一这辈子做过最蠢的事就是高中毕业后去堵一个小学妹。

"你喜欢霍焰？"

学妹不屑地冷声反击："和你有什么关系？谁不知道霍焰只拿你当妹妹。"

奈一听到后语气不变地问："他亲口和你说的？"

"我……看得出来。"

奈一还想说什么，却被身后的声音打断。

"聊什么呢？这么热闹。"

霍焰个子很高，眼皮懒懒地垂下，气质闲散。奈一眉心一跳，有些紧张，不知道自己刚刚说的话有没有被他听到。

学妹逮到机会嗲声嗲气地告状："霍焰哥，她叫我离你远一点。"

霍焰皱眉，视线掠过学妹看向她："过来。"

奈一站在原地，刚想抬脚，眼前画面却越来越模糊。

敲门声响起。

奈一艰难地睁开眼，怎么最近总是梦到以前。现在是凌晨，手机上还有几个未接来电。

她掀起被子，连拖鞋都来不及穿，对门外大吼："霍焰，你小子知道现在几点吗？"

站在门口的男人挑了下眉，依旧操着那副慵懒的调子说："电话也不接，我出去聚餐给你带吃的，你还凶我？"

奈一沉默几秒，视线下垂，看着他手中有些雾气的打包盒："又是你们几个吃不完剩下的菜？"

"现在都会抢答了。"

"……"

奈一重重地关上门，重新躺回床上，气得胸口不断起伏，同时困意全无。

她和霍焰从小就认识，两人性格都好强，从前连玩具、衣服甚至食物都要争一番。

因为父母走得早，奶奶直接将她安排寄宿在了霍家。

那时的霍焰如同他的名字一样，个性张扬热烈，是全校女生仰望的存在。那个时候，奈一还没意识到自己未来会对这个每天抬头不见低头见的少年生出其他的心思。

奶奶一直教她不要争抢，该你的就是你的，所以她自然而然地认为，他们的关系不会发生改变。以至于当她面对这种陌生的情愫时，从未想过去追求或表达。

唯一一次出格的举动也就是在高考结束那天，她幼稚地去警告其他女孩离霍焰远一点。

如今上了大学，为了互相照应，两人又住在一个公寓里。

耳边又传来敲门声。

这男人是真的烦，幸亏自己当初没告白。

"又干什么？"

因为有暖气，霍焰只穿了件白T恤："冰箱里的东西一样没动，又不吃晚饭。"

奈一扶额，叹了口气："我明天要早起，您就消停点吧，乖。"

霍焰抬脚抵住门框："行，那我打电话和奶奶聊聊你的近况。"

"……"

餐桌上。

奈一吃着面条，睡衣的袖口被她撸到手肘处，没有一点女生的样

215

子，头发因为她的动作从耳边落下来。

霍焰看着她落下来的头发，忍不住笑，嘴上却表现得很嫌弃："留这么长头发干什么，丑死了。"

"哪有，今天周辰还夸我长头发好看呢。"

饭桌上安静几秒，霍焰也沉默了几秒："周辰是谁，男的？"

"嗯，我同学。"奈一推开碗，擦着嘴，起身往房间走。整个动作一气呵成，可在路过男人的身边时，衣袖被扯住。

霍焰用力将她拽回坐到原位，不知从哪里搞来一根头绳，下一秒粗鲁地将女孩披着的长发扎成马尾，声音很淡："以后不准披着头发出门。"

奈一纳闷了："不要，网上说总是扎马尾，发际线会后移，到时候找不到男朋友。"

霍焰笑得欠揍："你现在不后移都找不到男朋友。"

"说得你好像找到女朋友一样。"

"那还不是因为你天天在我身边，他们都以为你是我女朋友。"霍焰说完就后悔了，下意识观察女孩的表情。

奈一目光微顿，心脏不由得一缩，一脸无所谓地说："大不了我离你远一点。"

"那也不行。"

"又怎么了？"

霍焰挑眉："朋友之间，互相照顾是应该的。"

奈一："……"

巧的是，第二天她在食堂碰见了周辰，打完招呼后她说："饭卡借我用一下，我忘带了。"

周辰没拒绝，笑得亲切："没事，我帮你去买。"

"不用，等会儿微信转账给你。"无功不受禄，奈一说着拿过他的饭卡。

等打完饭她才发现食堂的位子都被占满了，不远处周辰朝她摆手。

奈一没办法，只能坐到他对面。

没吃两口，周围有了小小的骚动。

霍焰来了。

他长得帅，性格又不闷，到哪儿都能吸引女孩子的注意。

他漫不经心地从奈一身边路过，好像没看见她。

"你嘴角有饭粒。"周辰没注意周围，缓缓抬手向奈一的脸伸去，而后只听得一声重响。

霍焰慢条斯理地将凳子扶起来，说："不好意思，大家继续。"

奈一这才回过神，迅速将饭粒抹去："抱歉。"随意一瞥，与斜对角的男人视线对上。

视线有点冷，经她多年了解，她感觉这尊大佛生气了，可她又没惹他。

下午自习室，奈一心不在焉地听着朋友讲话。

"宝贝，月底服装展示晚会，你的模特找到了吗？"

她摇了摇头："还早，我都不知道要设计什么风格的衣服，怎么找模特？"

"霍焰啊，天生的衣架子，关键是人家衣品还好，你可以通过他来找找风格。"

奈一的笔尖顿住，脑海中本能地出现那个男人的身影，他上课的模样、打球的模样、欺负她的模样，还有无论何时都替她说话的模样……

下一秒意外横生。

"你快看！"

奈一眉头微拧，顺着朋友手指的方向，走到窗边。

楼下就是篮球场，几个少年好像起了冲突，随后老师过来，混乱的场面这才被镇住，人群也分散开。

奈一啧啧嘴表示不解，都多大人了还跟人家打架。

等等，那个黑衣服的人怎么那么像霍焰？

她急匆匆地往医务室赶去，刚到门口却看见周辰，脚步顿住："周辰？你怎么也受伤了？"

周辰被旁边的同学扶着，好不容易扯出一抹尴尬的笑："在篮球场和人起了点口角。"

奈一点了点头，心想这不会和霍焰有关吧。"你……注意安全，我还有事。"说完快速转身往里面的诊室跑。

跑了小半圈，奈一都没看见熟悉的身影，她刚打算转身，霍焰提着一小袋药从不远处的走廊尽头走出来。

他嘴角泛着血丝，颧骨处也有些擦痕，抬眸看到奈一时，眉梢染上了笑意："你怎么来了？"

"看看你。"

走廊长椅上，奈一虽然嘴上骂着，手里却拿着消毒棉球小心翼翼地擦拭着男人受伤的地方："你刚成年吗？还学人家打架。"

霍焰乖巧地让奈一上药，视线轻飘飘地落在她的脸上，语气很淡："是他们先挑衅我的。"

"疼吗？"她问。

男人摇头，却不小心扯到伤口，"嗯"了一声。

奈一挟正他的脸，手上的力道越来越轻，叹了口气后又问："别动。我一会儿有课。安泽他们呢？"

话音刚落，李安泽风风火火地跑过来："霍焰，老师让你处理好伤口去办公室。"

他们是高中同学，看到奈一在也没觉得奇怪，说话的语气肆无忌惮："我说你也是的，他们要这个场地就让给他们好了，干吗要动手呢？"

奈一动作停下："就因为这点小事？"

霍焰想辩解什么，李安泽的声音又响起："奈一，他只听你的话，你真该好好管管，他不让场地也就算了，还去挑衅人家。"

周围安静一瞬，气氛尴尬。

奈一处理好伤口，起身说："活该疼死你，坐着别动，我去和医生要冰袋，要不然明天会肿。"

霍焰倒也听话，懒散地靠着椅背，抬手摸了摸刚刚被女孩托着的脸颊，嘴角忍不住勾起。

他想起高中时有一次闯了祸，爸妈让他在房间里反省，只有她偷偷拿着药包，一边数落一边又小心翼翼地给他消毒擦伤口。

想到这里，他放下跷在凳子上的腿，侧头问李安泽："你说，奈一是不是暗恋我？"

李安泽正喝着水，直接喷了出来，他擦拭着嘴边，说："你们认识多少年了，喜不喜欢你现在还不知道？"

霍焰嘴角的笑意更深，小丫头片子藏得倒是挺深。

李安泽观察着男人的表情，有点嫌弃："其实你有这样的怀疑还有另一种可能，就是你喜欢上了她。"

设计学院举办的模特秀马上就要到了，奈一的画稿还没完成。

晚上，她盘腿坐在沙发上，将手中完成一半的画稿撕了下来，不满意地叹气。

刚要重新提笔，门被打开。

霍焰穿着黑色大衣，周身带着屋外的寒气，黑发落在眉上，五官清隽。

奈一看得有些出神，"干净""温柔"这两个词她从未想过会在眼前这男人身上出现。

"是不是觉得我今天特别帅？"霍焰迎着女孩的视线坐到女孩身边，将手里的奶茶插上吸管递到她面前。

奈一回过神，不知是暖气开得太高还是因为什么，她的脸颊渐渐变得滚烫，语气不自然地说："不愧是好兄弟，还记得我喜欢这个口味。"

霍焰喷了声，语气格外认真，纠正她的思想："谁和你是兄弟？"

空气如同静止了一般。

奈一反应过来后忍不住笑了，连奶茶都不敢喝，怕笑喷出来。

这男人现在有点可爱是怎么回事。

霍焰耳垂泛红，摸了摸鼻子，整个人尴尬地站起来，嗓音低沉："不准笑，我是男人，你最好注意点。"

奈一收敛了笑容，提起笔重新在白纸上勾勒："你以前不是说我们是兄弟的吗？"

"我不缺兄弟。"

奈一似懂非懂地点了点头。这个男人最近怎么总是说一些奇怪的话？

霍焰站在原地没动，手指漫不经心地插进裤子口袋里，不知又打起什么鬼主意。良久他终于开口："我今天看到你们班的周辰和几个女生走在一起，不像我，身边只有你一个女的。"

这话怎么怪里怪气的？奈一随口回应："说不定是同学。"

听她的语气相当无所谓，霍焰突然生出一股闷气："你给我离那个周辰远一点。"

暖光灯下，奈一这才抬眸与他对视，突然间的压迫感使她先别过眼，低低地说了一句"知道了"。

霍焰这才满意，心情也好了些，晃着水杯慢悠悠去厨房，想起今天在学校里看见周辰独自一人走在路上的画面。

他不屑地轻哼："还跟我抢女人。"

天气越来越冷，奈一终于设计好成品，很是满意。

"笑什么，你模特找好了吗就笑，你这栗色西装不是一般人能驾驭得了的。"

朋友的一个提醒，让奈一瞬间笑不出来了。

没办法，只能找他了。

李安泽在收到信息后愣了好几秒，甚至面对霍焰时都有些心虚："这和我一点关系都没有，嫂子主动找我的。"

男人看到消息，目光暗淡一瞬，拿过他的手机，指尖点了点。

一分钟没到,消息很快回复,对面说:"我也想过找霍焰,但他不喜欢这样的场合。"

李安泽站在一边也不敢多说什么,只能看着这人用他的手机聊天。

另一边的奈一完全不知情,想着李安泽虽然比霍焰矮了些,但体格差不多,应该可以撑起这套衣服。

突然屏幕一亮,她下意识地点开,熟悉的名字映入眼帘。

霍焰:"我喜欢这样的场合。"

时装秀当天后台忙成一片,服装设计系的每个同学都带着自己的模特候场。

奈一来得有些迟,手忙脚乱地帮霍焰整理衣服。不得不说这男人真的是个衣架子,栗色的西装外套配上黑色垂感西裤,穿在他的身上高级感十足。

霍焰完全不着急,安静地看着姑娘帮他整理衣服。他忍不住抬手点了点她的鼻尖,低声问:"我是不是所有模特中最帅的?"

奈一瞥了他一眼,没时间陪他废话,仔细检查着衣服上还有哪些细节没弄好,叮嘱道:"到台上不准这么笑!"

男人笑意更深:"怕我被其他人抢走?"

她微顿,抬眸正好撞进他的眼里:"没有……T台上,模特都是不笑的。"

话音刚落,后背不知被谁撞了一下,她一时没站稳,直直地靠在了面前男人的怀里,脸颊瞬间燃烧起来。

霍焰没有躲,借着惯性顺势把手放在她的腰上,像是故意一般俯下身,靠在她的耳边,嗓音在嘈杂的环境下又沉又缓:"问你个事儿,你想不想谈恋爱,跟我。"

奈一:"……"

"过分了啊,公共场合搂搂抱抱。"几个朋友抱着一堆衣服,看着眼前的场景先是愣怔一瞬,然后调侃着匆忙路过。

奈一眨了眨眼，回过神来，慌乱地从他怀里跳出来，双手像是无处安放地摸了摸脸颊："该……该上场了。"

霍焰不着痕迹地捻了捻手指，脸上挂着无所谓的笑，同时缓缓地坐到沙发上，一副不着急的样子："你不说我就不走了。"

奈一脸上的红晕还未散去，她就知道这个男人轻易答应自己肯定有目的："你威胁我？"

霍焰点头，理了理自己的袖口："可以这么理解。"

话音刚落，门口的工作人员扯开嗓门喊着："132班的奈一准备。"

奈一急得就差原地踱步了，只能先哄着眼前这个做作的男人："你先上台，这事……我们等会儿说。"

霍焰考虑几秒，终究没舍得继续逗她，一边往进场的门口走一边低声说："我走完大概三分钟，我给你三分钟的时间考虑。"

到T台进口处，霍焰又转身看了眼身后，他默默牵了下唇，心情极好。

不过一想到这个女人竟然找李安泽都不来找他当模特，他就来气。今天他就要让她知道，只有自己才配得上这身衣服。

不远处的工作人员朝这边打了个进场的手势，他微微站直身体。

聚光灯下，男人一身栗色休闲西装，里面搭配一件同色系格子衬衫，还没走就直接吸引了众人的目光。

现场明显出现了骚动，手机、相机拍照的声音也多了起来，伴随着小小的惊呼声。

霍焰走到T台前端，稍稍停留，眼前的闪光灯一明一暗，他瞥到了角落里的女孩。

动感的音乐在耳边持续。

他唇角勾起，耍帅的同时双手也下意识地想放到裤子口袋里。

只是下一秒笑容僵在嘴边。

这个女人设计的裤子竟然没有口袋！

走秀的时间过得很快。

霍焰也不敢先开口，跟在她的旁边，终于没忍住，用手指扯了扯她的袖口："现在可以说了吗？"

奈一气得不想理他，刚刚这个男人在灯光最亮的地方站着找口袋，丢人丢到家了："你给我丢了多大的脸，你自己不清楚吗？"

霍焰垂头，他还想问她呢，好好一条裤子为什么没有口袋，委屈地说："我又不知道。"

"对，怪我没提醒你。"

"没有，怪我脑子里想的都是你。"

一句话让两人陷入沉默，奈一不想承认她有点心软，脑海中鬼使神差地出现刚刚在后台的画面，她问道："你怎么突然会问那种话？"

霍焰知道女孩指的是什么，故意装傻："哪种话？"

奈一的脸色更红了，小声嘀咕着："就……谈恋爱什么的……"

路边没什么人，树叶沙沙作响。

霍焰笑了，声音懒散："我想泡你呗。"

奈一闻言愣住，气得转身就想走，可手腕却被扣住，然后便被霍焰揽进怀抱。

奈一能听到自己心脏快速跳动的声音，伴随而来的还有他清晰的声线："奈一，你知道我为什么到现在还单身吗？"

"你没人要？"

霍焰又气又笑："因为我在等你开窍。"

这应该算告白吧，可为什么他能这么硬气？

她憋着笑，抿唇不作声。

这回霍焰有点怕了，嘴上话也多了："说真的，我给你洗衣做饭、端茶送水，现在你说看不上我？"

这些是事实，他们住在一起后，所有家务活都被他包了。

"可我什么时候说看不上你了？"

"那你就是喜欢我。"说着他迤迤然地牵住她的手，一脸得逞地坏笑。

奈一已经适应了这人的不讲道理,虽然笑意早就憋不住,但就是故意不看他:"谈恋爱的话,先看你的表现吧。"

霍焰皱了下眉,有些委屈:"能先亲你一下再看表现吗?"

奈一:"……"

两人就这样在一起了。

圣诞节将至,商铺早已挂满装饰。

霍焰出来帮女朋友买板栗,正好路过一旁的店铺,店铺的玻璃大门上印着两个圣诞老人的头像,他淡淡地扫了眼招牌,心想谁这么无聊。

突然目光一顿,他看着眼前宣传海报上的"亲手为爱人织条围巾"几个大字。

霍焰停住了脚步。

十二月末,寒风凛冽。

李安泽被霍焰从家里叫出来,哈着热气搓手:"这大冷天的,你约我出来干吗?"

下一秒李安泽愣在原地,只见对面的男人拿出一团粉色毛线和四根针。

餐厅内。

霍焰双手笨拙地勾着毛线,眉头紧拧:"你快点教我这根线怎么绕。"

李安泽:"……"

< 加载中… >

第十四章

童话镇

REN JIAN QING SHI

报恩兔子
VS
失忆狼王

▶▶▶▶▶▶

< 进度 91%… >

在妖界，妖怪修炼一千年才能飞升成精，成为妖精就可以来到人间，化为人形与人类一起生活。

这是妖界所有小妖的毕生追求。

当然，想来到人间还要通过重重考验，稍有差错就可能魂飞魄散。

露白是一只修炼满一千年的兔子精，她在人间已经游荡三天了，还是没有找到景宴，那个曾经护他周全的小狼王。

很多事情发生得太混乱，她只记得那年自己修炼才刚满五百年，偷偷跑出去玩时在森林里迷路了，当她被几头饿狼围着时，遇到了景宴。

刚刚围着她的饿狼早已不知所踪，而她却被景宴的眼睛深深吸引，忘记了逃跑。

就这样，她的耳朵被拎了起来，男人轻笑："没成形的兔妖也敢来狼的地盘。"

露白惊了，立即挣扎，可还是被他带了回去。

一路上，她听到好几声狼的号叫，吓得她全身发抖，本能地往景宴的怀里蹭。

当她以为一定会被吃掉的时候，自己竟如同大佬的腰部挂件一样，安稳地在景宴身边生活。

他会找新鲜的胡萝卜和白菜喂她，晚上睡觉也会让她靠在他的怀里。

群狼都凶神恶煞地看着她,而景宴却把她抱在怀里,眸光温柔地警告着周围:"我的新玩具,你们谁都不能碰。"

终于,他的父亲狼王容不得露白,要赶走她。

那个夜晚,景宴为了她和父亲吵架了。

第二天他又如往常一样顺着她的毛发。

感受着掌心传来的热感,露白舒服地翻开肚皮。她内心里莫名地相信他,快要昏昏欲睡时,景宴点了点她的脑袋,他说:"小白,好好长大,我不会让他们伤害你的。"

光阴似箭,那天是新狼王的加冕大会,所有狼族必须参加。

这是露白逃跑的唯一机会。

男人离开时将一条用玛瑙制成的项链戴在她的脖子上,他对她说他叫景宴,让她记住他的名字,让她待在这里哪也不要去,让她留在他身边。

景宴好像猜到她要离开。

狼和兔子,天生是对头。

在露白还犹豫着是否逃跑时,一头黑狼突然出现在面前,它是景宴的父亲派来的。

双方实力悬殊,她手无寸铁之力,黑狼一口咬断了她的脖颈。

幸运的是脖子上的项链具有灵气,保住了她最后一丝气息,她这才没有死掉,但所有修为全部消失。

肚子咕咕地叫着,打断了回忆。露白觉得这样下去可不行,她得先养活自己,才能有足够的精力去寻人。

这几天,很多认识的妖精都在帮她打听景宴的下落。披着人皮的蛇精威胁露白,说让他咬一口,他就告诉她景宴在哪里。

气得露白直接一脚踢在他脸上。

欺负兔子,算什么好妖。

可就在下一瞬,她嗅到了熟悉的气息。

露白天生嗅觉灵敏,百分百不出错。她瞬间打起了精神,那是景宴的味道。

看着眼前的大厦,她鬼使神差地走了进去,可视线里一点景宴的影子都没有。

熟悉的味道越来越强烈,露白的心快跳到嗓子眼了,不经意转身时,她看到了门口处一个男人从车上下来。

周围仿佛静止,男人的五官和记忆中的模样一点点重叠,只不过他现在穿着暗色的西装,气质冷硬。他微低着头在听身旁的人说话,全然没有注意到露白。

不会错的,他是景宴。

尘封在心底一千年的思念,在这一刻全都瓦解,如同浪潮一下一下地翻涌。

她几乎是小跑着过去抱住他,眼眶顷刻间红了:"景宴,我找了你好久,我再也不跑了……"

所有人都倒吸一口凉气,瞠目结舌地看着这一幕,忘记了做出反应。

景宴身体一顿,直接推开她,眼里全是陌生:"你是谁?"

露白缓慢地眨眼:"你不记得我了?我是露白啊。"

不等景宴说话,他身旁的男人扑哧一声笑了出来:"区区修炼一千年的兔子,在人间不好好活着,还跑到狼窝撒野。大哥,今晚开荤?"说完他眉毛一挑,似笑非笑的眼眸打量着露白。

露白害怕地缩了缩身体,她认识他,景宴的弟弟景烈——那个曾经天天嚷着要吃她、吓唬她,却每次都被景宴一脚踢开的狼崽。果然本性难移,到了人间他还是想吃她。

露白深吸一口气,这才发现景宴身后的男人都用看猎物的眼神看着她。

她的腿有些发软,刚刚太冲动,忘记这里全都是狼,她手指轻颤着扯了扯景宴的衣袖:"我害怕。"

景宴一直没什么反应,他不为所动,抽出被抓的袖子,低声吩咐:"扔出去。"

尽管露白拼了命地挣扎，可还是被赶了出去。

露白知道不能操之过急，她看着男人渐行渐远的背影，疑惑景宴为什么不记得她了，好像连景烈看自己的眼神也很陌生。

疑惑的同时她转念又想，现在找到景宴就好，他存在就好。就算不记得了，她也会对他好，哪怕会被狼族吃掉。

因为她喜欢景宴，早在一千年前。

天色渐渐暗下来，露白蹲在台阶上，目光紧盯着门口，生怕错过任何一个从大厦里出来的男人。

终于，当人群散尽，天空陷入一片黑暗时，门口出现了景宴的身影。

她眼睛一亮，小跑过去："景宴，你能带我回家吗？"

不知道为什么，她一看到这人就一肚子委屈。她想告诉他，为了见他，她日日夜夜努力修炼，用了一千年才有了来到人间的资格。

想告诉他，她很想很想他。

景宴有些意外，靠着车身认真打量起她："我们认识吗？"

"一千年前你救了我，对我特别好。"

她的话还没说完就被打断，景宴冷笑："我疯了，去救一只兔子？"

对上男人冷漠的视线，露白刻意不去在意，尝试转移话题："可我三天没吃饭了……"

"关我什么事？"

"……"

看见他打算上车离开，露白心里一着急，顾不了那么多，直接用手挡住车门。一股钻心的疼从指尖一路蔓延，充斥所有感官，她的手背上出现一道触目惊心的红。

下一秒手腕被人握上，像是出于本能，景宴皱眉怒斥："你没长脑子？"

"……"

好凶啊！

露白却忍不住弯了唇角，脑袋轻轻靠在他的心口上："我错了。"

声音很小，听得人心头发软，景宴神色微僵，手不知道该往哪儿放。这兔子不但没脑子，还不知死活。

车上，露白安安分分地坐在景宴身旁，不敢说话。

驾驶座的司机透过后视镜一直观察她，还咽了咽嗓子。她感受到危险，害怕地往景宴的方向挪了挪。

注意到她细小的动作，景宴随意地松开领带，抬眼看向后视镜："再看试试！"

司机吓得脖子一缩："抱歉，大哥。"

露白心里舒坦了，悄悄去观察男人的侧颜，其实就这样待在他身边看着他也是好的。

愣神之际，景宴猝不及防地转过头，目光对视，露白缓慢地眨眼，而后快速低下头。

慌乱又别扭。

景宴似乎觉得好玩，视线故意一直放在她的脸上，直到小兔子的耳根通红才舍得牵唇移开视线，重新看向窗外。

欧式装修的客厅里，露白正襟危坐。她不断观察周围的环境，很好，应该没有其他女人来过这里。

景宴拿出冰袋递给她，语气依然不怎么和善："敷着。"

"哦。"露白又说，"我想吃萝卜。"

景宴听笑了："没有。"

"那白菜呢？"

"没有。"

露白摸了摸肚子，很是可怜。

景宴慢条斯理地喝水："你不会觉得我要养你吧？"

他怎么可能在身边养只兔子。

怎么不可以呢？露白用指尖点了点他的手背："我吃得不多的。"

"闭嘴。"

"……"

没多久，门铃响了，景烈靠着门框，手里提着一大袋胡萝卜："吃素食了？大半夜要什么……什么情况！"

他眼尖地看到了景宴身后坐在沙发上"香喷喷"的小宝贝，惊得口水差点流出来："大哥，你可不能吃独食啊……"

话全都被阻隔在门外。

露白确实饿了，景宴还是和以前一样，表面冷漠内心善良。

而后他说："吃完就走，记得关门。"

她有点后悔夸了他，停下手里动作，露白脑海里反复理解他的话，决定为自己争取一下。她堵住他离开的路："我会打扫卫生还会做饭，我……我什么都可以做，别赶我走。"

闻言，本来心情恹恹的景宴挑眉，低头身体向前倾，慢慢靠近她，眼底染上戏谑："什么都可以做？"

露白看着越来越近的脸颊，愣怔地点了点头。

许久，她听到一声轻笑，就在她以为他还是要赶走她时，男人用悦耳的声音说："我对卫生的要求是很高的。"

大概是本性所致，一开心她就会蹦起来。露白直接扑到他的怀里："景宴，你真好，我爱你。"

景宴别开视线："松手。"

"哦。"

她双手背后，男人与她擦肩而过。如果没看错，景宴的耳朵红了。

露白就这样在这里住下了，并且住得挺心安理得，她会叫景宴起床，也会打扫卫生，但不能做饭。因为她只会做清炒胡萝卜、油焖大白菜。

男人不吃，还很嫌弃。

这天她打算去一趟超市。

景宴其实不管她的行踪，早上出门时停下问了一句："认识路吗？"

露白点头:"怎么了,怕我走丢?"

他看她几眼,无所谓地笑了:"走丢最好,吃我的、用我的。"

露白气得拦着他不让他去工作,最后景宴被磨得没办法,笑着揉了揉她的脑袋:"别闹,路上注意安全。"

熟悉的动作、亲昵的语气,两人皆是一愣。

露白反应过来时,男人已经离开了。她抬手摸着有些乱的头发,心像是被什么东西拉扯一瞬。

夜晚城市里的霓虹灯闪烁,他们说得没错,人间确实比妖界美。

露白买的东西不多,也不赶时间,她就这么漫无目的地走,路过树荫,她看到一对男女拥在一起。

这不是她第一次撞见这种情况,每一次她都会脸红。

露白下意识地低头路过,装作什么都没看见。

景宴会不会也对别的女人这样过?想到这儿她闷声踢了下脚边的石子。

匆匆到家,指腹刚碰上把手,门已经从里面打开,映入眼帘的是景宴的脸。

他问:"怎么这么晚?"

露白抬手将手中的购物袋晃了晃:"我又随便逛了逛。"

景宴沉默地点了点头,转身往客厅走去。不可否认,刚刚到家发现一片漆黑,他的第一反应是兔子没了。

这不应该,他得想想怎么把她吃了,可兔子这么乖,他又有点舍不得。

因为这几天都提前回来,吃完饭,景宴打算去书房处理事情。

转身时,袖口被一只小手轻扯着,他低头问:"怎么了?"

露白抿唇道:"今天去超市的路上看到一个奇怪的行为。"

景宴倒也有耐心,顺着话继续问:"什么行为?"

她脸颊红了,咬了咬牙,眼一闭,踮起脚尖抱住了他。

蜻蜓点水,像烟花般炸开,而后星星点点洒落下来。

露白松开手,什么都没说,慌乱地跑向卧室,砰地关上了门。

留在原地的景宴足足站了一分钟才回过神,灯光下,他的脸上看不清情绪,漆黑的眼眸盯着对面紧闭的那扇门,暗骂一声。

他觉得自己是被兔子传染了,也有点别别扭扭的。他心一狠,直接去卧室把兔子拎了出来。

露白本来躺在床上翻滚了好几圈,心跳加速得好像快要蹦出来,心情还没平复,又突然回到了客厅。

"怎么了……"

说实话她有点害怕,想伸手抱抱他,却发现手被男人按在墙上,两人的距离近到能感受到彼此的呼吸。

景宴盯着她看:"你喜欢我?"

露白几乎没怎么考虑,无声地点了点头,怕他看不见又强调:"喜欢。"

良久,景宴语气不变地又问:"不怕被吃了?"

她闻言笃定地回答:"你不会吃我。"

景宴轻笑一声,扬唇说:"试试看。"

露白现在一点都不怕了,仰头看着他:"好啊。"说完又故意抱了他一下。

而后又跑走了。

这几天景宴好像在故意躲她。是不是那天她太冲动,让他讨厌自己了?想到有这个可能露白就烦,还有些失落。

因为在家太无聊,她出来散步。反应过来时她已经走到了景宴公司门口,然后坐到上次的台阶上。

她也不知道自己坐在这儿干什么,抬手习惯性地抚摸项链,想着等会儿见到他该怎么解释上次的行为,怎么让他不讨厌她。

景宴其实没有躲,最近确实忙,身后还有个仓鼠在跟他讨价还价。

"景总,求求你了,项目就让给我吧,你不知道人间的栗子有多贵,我快吃不上饭了……"蜀子俊一路叽叽喳喳地说个不停。

下一秒。

"露小白？真的是你！"见到熟人，他直接上前一把抱住她。

露白呆愣住，这才认出蜀子俊。他是她的救命恩人，那年就是他把留有一丝气息的她带到兔长老那儿，她才有机会被救活。

蜀子俊拉着她的手就往外走，离开前还不忘客气道："景总，合同的事你先考虑，我与朋友去叙叙旧。"

露白被拉着离开，转过头看景宴，男人冷然地移开视线，好像在看一件与自己毫无关系的事。

一路上，露白整个人都提不上气，一想到景宴离开时的眼神，她的喉咙就有些闷。他好像一点都不在乎。

蜀子俊扔了颗栗子到嘴里，视线跟扫描仪似的："想不到你这么快就来人间了，爱情的力量真是伟大。"

露白笑了，见到老朋友还是开心的："明明是我天资聪慧，不过景宴为什么不记得我了？"

对方动作一顿，放下栗子，叹了口气："这个说来话长。当年你昏迷后，狼族爆发内乱，景宴将父亲的得力手下杀了。帮你报完仇，他拒绝继承狼王之位，整日消沉颓废。老狼王年事已高，群狼无首，野狼们互相残杀。最后老狼王用自己的生命消除了全部狼族将近五百年的记忆。"

露白以为自己听错了，她印象里的景宴不是这样的人，对她好但也爱欺负她，怎么可能还会为她报仇，甚至拒绝继承狼王之位。

她指尖不断收紧，脑袋一片空白："他以后会想起我吗？"

蜀子俊缓缓摇头："不知道。"

为了找出让景宴恢复记忆的方法，露白天天和小仓鼠在一起讨论。

那天回去稍微晚点，看到景宴坐在沙发上，她悄悄到他身边问："你吃过饭了吗？"

"没。"景宴嗓音没有起伏，"最近很忙？"

露白有些听不懂："是有点儿，我去做晚饭吧。"

说完景宴已经起身:"不用,你继续忙。"

露白咽了口唾沫,这人怎么别别扭扭的?她直接拉住他的手腕:"你是不是吃醋了?"

景宴扫了她一眼:"没有。"

耳边传来关门声。

露白说到底也没谈过恋爱,她不懂景宴怎么了,难道上次真的冒犯到他了?

后面几天,蜀子俊那里也没什么消息,她也找不到恢复景宴记忆的方法,露白很无聊,决定先去公司找景宴。

因为不想惊动狼族,她索性用了些法力直接来到他办公室的楼层。

长廊寂静,隐隐约约有说话声。

"大哥,你真的爱上那只兔子了?"

没人接话,景烈的声音继续传来:"你为什么让她待在你身边?"

景宴从办公椅上起身,沉默几秒,像是狼与生俱来的劣根性,在它们看来兔子就是用来吃的。眼下他却不知道该怎么开口,低声说:"好玩。"

刚说完,门口传来动静,景宴眸色一顿,看到了门在轻微晃动。沙发上的景烈憋着笑,看热闹不嫌事大一般地说:"兔子跑了。"

景宴打算等深夜后再回家,可转念一想,他凭什么去怕一只兔子,不过是说错话,大不了哄她两句。

可到家才发现,露白还没有回来。

他随意地靠着沙发,盯着吊灯出神。他从没想过真的吃她,让她留在身边不过是看她可怜又没脑子,怕她独身在人间会被欺负。

思绪有些乱,景宴脱下外套,给露白打了通电话,没人接,刚想继续拨,楼下传来鸣笛声,他鬼使神差地走到窗边。

蜀子俊送露白回家,两人在路灯下说了两句,然后道别离开。

她的眼睛还有点肿,从公司离开后,她确实是挺伤心的。但后来想想，景宴什么都不记得了，总不能去逼迫他喜欢一个食物链底端的兔子。

家门钥匙忘记带了，景宴来开门，男人的指尖挂着猩红，身上带着烟草味，他侧身让出道路。

露白微愣，但也没说什么，赌气般不跟他说话，路过男人身边时，他握住她的手腕。

"对不起。"他的嗓音很柔。

她没料到这人会道歉，喃喃地问他："干什么？"

景宴没说话，摁灭烟，靠着墙壁而站，手却一直握着她的手腕："当初何必说那些话？"

细听还有点委屈，露白有点反应不过来："说什么话？"

景宴垂眸看她，半天憋出几个字："喜欢我。"

露白还以为是什么，手腕有点疼，挣扎的同时坦然承认："我确实喜欢你。"

心动了一瞬，可景宴一想到刚刚路灯下她和一只仓鼠相谈甚欢，场景还挺浪漫，手上力道加重，话也狠了些："说得轻巧，听着也廉价。"

屋里只开了一盏灯，他看见她泛红的眼圈，手下意识地松开些，张了张口想解释什么，怀里突然砸过来一个东西，顺着他的衬衫掉落地上，发出碰撞声。

露白气得心口起伏，骂了他一句后，直接推开他，红着眼躲进房间里。

兔子泪点低，稍微委屈一下就会流眼泪，她找他那么久，鼓起勇气不顾一切地接近他，可在他眼里却是廉价。

可明明生气，她还是后悔把项链还给他。

她身上没有一个属于景宴的东西了。

真是笨死了，想到这儿她的眼泪更加汹涌。

耳边传来敲门声，不用猜也知道是谁，他问："你饿不饿？"

露白不搭理，将头埋进被子里。

景宴尽可能放低姿态，无奈兔子不搭理他，他敛眸放手，弯腰缓缓地把项链捡了起来。

眯眼看了会儿，项链的边缘被磕碎了，但能恢复。他的手心随意覆上去，刚一发力，相对的力量直接扑面而来，他后退一步，以为这是露白的记忆。

安静几秒后，他重新抬手覆上，陌生中又有些熟悉的记忆碎片密密麻麻地涌入脑海。

镜像里有一只兔子，还有他自己的模样。

心底的一处破裂开来，每一个碎片都是露白。

"别怕，我不会让他们伤害你。"

"跟着我，我保护你。"

"小白，好好长大。"

……

露白哭累了，就在她迷迷糊糊快睡着时，身旁塌陷一块。

鼻翼感受到熟悉的气息，她猛地睁开眼，不想腰直接被揽了过去。

她往后挪了挪绷直的身体："干什么……"

景宴借着月光看她，半晌，他说："别紧张。"

露白呼吸一滞。

景宴没说话，手绕过她的脖颈重新戴上项链，指尖擦过她的皮肤时引起露白阵阵战栗。他顺势捧起她的脸颊，像是透过她在回忆什么，随后又将她搂在怀里，一如千年前那无数个夜晚。

他有很多话要说，到了嘴边只吐出几个字："我好想你。"

露白不动了，任由他抱着。他们之间的距离很近。

景宴指尖收紧，下巴窝在她的颈窝里，继续开口："原来不管有没有记忆，我都会喜欢上你。"

安静的房间里只有心跳喧嚣良久，他和她的脉搏都躁动难平。

景宴没有提他放弃了狼王之位，也没有提为她报仇和曾经的任何事。露白也没有去问,在彼此身边比任何往事都重要,但想到什么,她赌气地推开他:"现在,我不想理你。"

男人低笑一声,喉结微动,再次将她拉到怀里,轻笑着说:"我以为我的小白长大后会很丑,没想到现在还不错。"

闻言她瞬间炸毛:"嫌丑你还养身边那么久!"

"没办法,就喜欢上了。"他的声线温柔,听得人耳根发软,他的手习惯性地环着她的腰肢,还偷偷地往上移。

她感觉到什么,这下整张脸都红了:"我现在是女人……"

话未说完,炽热的呼吸覆上,男人沉声说:"现在是我的兔子。"

多年后。

景瑞小朋友睁着大眼看着帮他整理衣服的露白,问:"妈妈,为什么幼儿园里的小白兔都害怕我?"

"那你就主动和他们说说话呀。"

"不行,我怕我一张嘴,口水就流出来。"

"……"

< 加载中… >

第十五章

总有一天你会出现在我身边

REN JIAN QING SHI

凉酒御姐
VS
实习生羔弟

▶▶▶▶▶▶

Moon Quakes

< 进度 94% … >

季欢看上秦淮序完全是个意外。

初夏，天台上的风不大，季欢站在稍高的台阶上，就算这样，身边站着的男人还要比她高出半个头。

霓虹灯光下两人对视，酒气丝丝弥漫。

他的脸颊半匿在昏暗里，但也能分辨出这是张好看的脸。

季欢算是见过大风大浪的人，眼下也被他盯得脸颊有些热。

从天台出来后，她忘记两人怎么就到了酒店房间。

呼吸交缠间，秦淮序怕她跌倒，扶了下她的腰。

秦淮序握住她脱他外套的手，问道："干什么？"

季欢跟着笑，视线落在他缓缓下滑的喉结上。秦淮序垂眸，就这样看着她，季欢没有躲避。

醉意和清醒杂糅、冷与热交融，共同编织出一场溃不成军的春天。

次日快正午时，季欢才醒来。地上堆了几件衣服，提醒她昨晚发生了什么。

浴室门打开，男人只穿了条黑色运动裤，上身精壮，不像是专业健身后的成果，更像是长久以来自然保持出的身材。

"要喝水吗？"

季欢点头，她确实渴了，嗓子还有点哑："我叫季欢。"

男人沉默地倒着水，几秒后才开口："秦淮序。"

季欢在心里默念一遍这个名字，接过水杯。

她起身洗漱完就从包里翻出一张卡，轻轻压在黑色外套上："再联系。"

坦然、直接。

秦淮序的眼睫微颤一瞬，黑眸低沉地看着她。

季欢的气质带着些古韵。

半晌，他笑了下："不要太晚。"

学校有门禁，太晚出不来，季欢表示理解。她总感觉这人笑起来有些说不上来的味道。

不知过了多久，两个人的鼻尖似有似无地摩挲着，季欢靠在他怀里问："吃个饭再走？"

他点头，忽然问："你有男朋友吗？"

"我不谈恋爱。"说完，电话铃声响起。

她站到落地窗接电话，视线落脚处是男人靠着沙发的模样。

随意的动作看得人心猿意马，通话还在继续，她说了句"马上过来"，挂断电话去拿包，对秦淮序说："改天吧，我中午有事。"

大概真是急事。

他看着放在外套上面的银行卡，眼底的懒散消失殆尽。

毕业后，季欢自己开了家自媒体公司，两年过去了，运营稳定，杂事也多。

这天忙完，她又要和合作商吃饭。

几天过后，她才想起来手机上存了秦淮序的号码，她发了一条信息："晚上有空吗？"

开车途中，她收到男人消息："几点？"

她看了眼，没急着回。

到达餐厅时正逢用餐高峰期，她站在门外透过玻璃门朝里面看去。

一男一女并排坐着，姿势亲昵。

刚刚打电话呼叫季欢的闺密夏怡咬牙切齿，谁能想到男朋友出轨这事会落在她身上。

季欢没说话，她脾气急，拎着包就进去了。

饭桌上的两人正调情，男生感受到视线后猛地起身，还没反应过来，脸上就被倒了杯水。

不等他说什么，身边的女孩挡在他面前："你有病啊！"话刚说完，只听"啪"的一声，她的脸就被打偏过去。

季欢揉了揉掌心，不知是对谁说了句："你就找个这样的？"

氛围到这儿了，不闹就不礼貌了。

夏怡有闺密撑腰，过来直接一凳子砸在餐桌上："温耀！骗我出差就是来陪其他女的吃饭！"

动静引来路人的议论。

温耀面红耳赤，把身边红着眼眶的女孩挡在自己身后。出轨被逮个正着，他无从辩解，索性破罐子破摔，他没敢看夏怡，选择对着旁边人硬着头皮吼道："季欢你狂什么？不就是有几个臭钱，你跟我有什么差别？"

季欢本来打算拉着夏怡离开，突然被提到名字，她脚步停下，忍不住笑了。

"所以说但凡你比我坦诚，我都不会瞧不起你。"她的笑意淡去，抽出张面纸漫不经心地擦手，"可你不说实话，这就是差别。"

最后夏怡还是理智地跟餐厅老板道歉，该赔则赔。

车内，季欢调侃道："你那手织围巾不然送我呗。"

夏怡把那男人所有的联系方式删掉，闻言果断拒绝："不行，等会儿陪我去体院。"

"干什么？"

"找男朋友，不然围巾送给谁啊。"

"……"

篮球场，下午阳光正盛，季欢后悔今天没擦防晒霜。

"你看那个,最帅的。"夏怡的眼睛跟扫描仪似的,最后停留在篮球场角落的椅子上。

男人正在擦汗,手背挡住侧脸,他敞着腿,臂弯撑在膝盖上,指尖正闲散地划着手机。

季欢身边的姑娘已经开始蠢蠢欲动了:"欢姐,帮我去要个微信。"

她没什么兴趣:"你叫我去要?"

"我这不是妆都哭花了嘛,改天请你吃饭。求你了……"

季欢对朋友一直是仗义的。她拿着手机走近,点开手机,开口的同时抬眼望去:"同学,能加个微信——"

话没说完,她的声音滞住。眼前是一张熟悉的脸,五官硬朗,阳光下,男人挑眉看她,似乎也愣了一瞬。

秦淮序的脖颈还在流汗,在沉默的对视中他猜到什么,嗤笑说:"你忘了我?"

语气很淡,像是漫不经心。

季欢讪讪地收起手机,有些尴尬:"如果我说我见你一次爱你一次,你会信吗?"

秦淮序被气得笑不出来:"三小时二十七分钟不回消息,你就这么爱我的?"

"我又不是时时刻刻看手机。"

"你手上拿的是儿童手表?"

季欢顺着视线,想起男人理直气壮说的三小时二十七分钟不回消息。

还挺黏人。

她收起戏谑的态度,解释道:"我帮朋友要的。"

太阳的光线偏了角度,周围暗了些,秦淮序的脸色终于好一点,缓缓靠向椅背:"我该给吗?"

"随便你。"季欢刚表示无所谓,男人已经起身,头也不回地走了。

擦肩而过时,季欢听见他沉着脸说:"我不玩微信。"

季欢:"……"

243

夏怡见她原路返回，凑过去问："要到了？"

她摇头："我认识。"

夏怡一愣，瞬间就懂了："早说啊，你这眼光什么时候变好了？"

季欢在大学里谈过一个男朋友，也是唯一一个。那人长得一般、家境一般，而且之后季欢"光荣"地遭到背叛。夏怡那时候说她眼光不好。

她无从辩解，时间久了，看开了，她也就释怀了。

聊了两句，她把夏怡送了回去。天色暗了，她突然觉得今天没什么事做。

电话很快接通，季欢先开了口："在学校？"

那边传来嘈杂的声音，几秒后恢复安静："宿舍。"

"我去接你。"

"不用，你在哪儿？"男人低声问，"吃过晚饭了？"

不提差点忘了，她的视线落在车水马龙的街口，思绪不自觉地放松："想跟你一起嘛。"

短暂的沉默后，秦淮序喷了声："不能好好说话？"

季欢笑了："我还是去接你吧，我就在附近。"

校门口人挺多，季欢刚要发信息，就看见秦淮序从学校走出来。他个高腿长，拎着外套，身上换了一件短T恤，应该是刚洗过澡。

她开了下双闪，男人脚步微顿，而后朝这边走过来，中途还被几个女生拦住说了几句话。

车门开合，秦淮序系好安全带，季欢好整以暇地看着他露在外面的手臂以及侧颜，也没着急启动引擎，问他："你们学校追你的女生多吗？"

秦淮序听到后动作放缓："不知道。"

季欢只是随便问问，闻言没再说什么，直到开到半路还没决定好去哪儿吃饭。

电话响起，她看了眼便挂断，随后电话又响起，她又挂断。

红灯，刚停下车，旁边并排的敞篷车里有人在朝她招手。

季欢降下车窗："挺巧。"

男人略过她看向副驾驶座位上的秦淮序，语气充满调侃："季总，最近挺忙啊，都约不到你。"

秦淮序倒是毫不避讳，手肘撑着窗沿没动，黑眸里印着季欢嘴角的弧度。

她确实笑着："哪能跟苏老板比啊？"

寒暄几句后，直行的绿灯亮了，男人离开前说："有事先走了，有空请季总吃饭。"

窗子合上，季欢想着是要和他约个饭，谈谈上次的合作。

"朋友？"秦淮序的语气听不出什么情绪。

她"嗯"了声："合作过几次，算吧。"

手机铃声又响了，这次季欢没挂断，随意地接起："干什么？"

就算没开免提，秦淮序也能察觉到从听筒中传来的怒骂声。

几秒后，她说"知道了"，放下手机，掉转车头："能陪我去个地方吗？"

秦淮序玩着银质的打火机，滑盖磁音轻响："好。"

反正他从来不会拒绝她。

她去哪儿，便是哪儿。

独栋别墅设计得错落有致。

季欢也不想换鞋了，进屋就说："这么急叫我回来。"

客厅里安静无声，沙发上大腹便便咬着烟的男人晃悠悠地起身："你说什么？"

季严，季欢的父亲。白手起家，和原配离婚后立马让自己的情人进了家门。

季欢忘记那几年自己是怎么过的，她常常躲在门后听着里面吵架的声音。那时季严把情人带回家，使唤她妈妈去给"客人"倒茶，并且使唤得理直气壮。

245

季严脾气暴躁，没有家庭责任，对内分文不出，对外慷慨大方。自私自利地对老婆呼来喝去，思想封建的同时还觉得自己挺对。

当时这些都成了之后她对异性的定义。

她以为自己这辈子都不会找像她爸爸这样的男人，但谈了恋爱后，冥冥之中男友身上有季严的影子。

不知道为什么。

季欢没搭理他，靠着门框看向从厨房里走出来的女人说："哟，后妈鼻子都透光了，把我爹伺候得挺好啊！"

话落，她嘴角一麻。季严是用了力气的，季欢脸颊上连着神经的地方都在发颤。余光中，她瞥见那个女人红着眼眶正委屈地擦泪。

季严气得想再来一巴掌。

季欢忍着疼，好在他喝醉了，她轻而易举地握住那准备再次落下的手腕，而后淡漠地撩起眼皮，一字一句地说："往后，除非你要死了，不然别叫我回来。"说完侧眸，看了一眼在一旁哭哭啼啼的女人，不屑地一笑。

她冲动，说话难听，工作后才有所收敛，但面对季严时性子又暴露出来。

明明是家人，为什么会恶语相加，她不懂。

季欢走出别墅，风比来时大了些。

站在门口缓了一会儿，她的脸颊依然火辣辣的，后来她才得知季严这次找她回家，是想告诉她，"后妈"怀孕了。

不过都不重要了。

秦淮序没坐在车里等她。他靠着车身，路灯下，半边的身影匿在昏暗中。

"你来开吧。"季欢的嗓音听不出什么变化。

沉默许久，秦淮序不知道发生了什么，她不说他也没问，只是垂眸看着季欢，问道："冷不冷？"

季欢还没说话，男人已经给她穿上了外套，他弯下腰把拉链从衣摆往上拉到领口。他的呼吸很近，近到她能感受到他垂下的睫毛在颤抖。

昏黄的光线里,她突然开口:"等会儿去我家吗?"

"先去超市吧,你还没吃饭。"

车内异常静默,他轻叹一声,又俯身过去帮季欢系安全带,暗扣响起,他姿势不变:"受委屈了?"

季欢好久没有体会过流眼泪的感觉了,其实也不那么委屈,她都习惯了,只是此刻莫名鼻腔一酸,没哭,但眼里水光亮了些。

"我没事。"

明明脸上有着那么深的红掌印,看着她强撑着说没事,秦淮序感觉喉咙发紧。他不想戳破她,手却本能地抬起,覆上她的脸颊,缓缓安抚着:"这样会不会好点?"

他揉按的动作很轻,他的掌心偏凉,因为常年打球,指腹有层薄薄的细茧。

窗外树叶肆意晃动,风一停,又软绵绵地耷拉在那儿。

季欢第一次避开了视线,说:"不好。"

季欢感觉自己心底凝固的地方逐渐软化,好似突然缓缓流动的岩浆。

超市里,季欢的心情明显好了很多,拿了满满一车垃圾食品。而后这些垃圾食品被秦淮序一件一件地放到原位,只留了坚果、牛奶和一些食材。

季欢不乐意了:"我要吃。"

"不卫生。"

"又不是吃你肚子里。"

"万一传染给我。"

到小区门口时,两人被物业拦下来,说要填什么表。

秦淮序的手臂懒散地搭在敞开的车门边。他看保安室里女人弯腰写字的模样。

光照在她的头顶,头发被绾在耳后,五官比第一次见她要清晰些。

季家家业不大，季欢有的都是妈妈改嫁前留给她的。父母各自组成家庭，她高中那时就懂了，从那一刻起她要独自长大。

她妈妈对她和这个家庭已经至仁至义。

晚上八点，早就过了晚餐时间。

季欢不会做饭，全程就站在秦淮序身边看着他熟练地切菜热油。他的肩膀很宽，斜方肌和锁骨相连的坡度刚好，透着男性荷尔蒙的力量感。季欢的视线往下扫去，他手背上那块文身很明显，下面的那道疤也异常清晰。

"疤怎么来的？"

秦淮序看了眼说："打架。"

季欢诧异，她总觉得这人在学校是高冷那一挂的，没想到还会打架。她的视线没移开，依然落在他的文身上。

Moonquakes.

月震。

这个单词有个浪漫的说法：月球每年会发生一千多次月震，地球上的人浑然不知。就像当你站在我面前，我的心动，你永远不会知道。

简单的两菜一汤，季欢很久没吃这种家常菜了："你这手艺找师傅学的？"

"自己学的，不好吃？"秦淮序放下筷子。他在学校吃过了，现在完全是为了陪她。

季欢摇头，眯眼笑了笑："好吃爆了。"

几次的相处中，他还是第一次见她这样，像小孩似的。饭后他起身要收拾餐桌，却被她拦下："你做的饭，我来刷碗吧。"

秦淮序没让开，唇角挑起，说："省点儿力气，等会儿有事。"

他的语气暧昧不明，像是天边揉碎的云，季欢被他看得心都乱了：

"不要拉倒，以后都你洗。"说完她直接去卧室了。

秦淮序站在原地没动，眼尾染了点笑意，很快又消失。

她说，以后。

雾气蒸得皮肤发红，脸颊上的巴掌印还在，好在消下去很多。季欢在镜子前看了会儿，随手捞过睡衣套在身上。

再出去时，秦淮序还在厨房里，男人慢条斯理地擦手，转身皱眉问："你穿个肚兜出来干什么？"

季欢："……"

虽说是露背的，但也不至于是肚兜吧。季欢靠在柜子上，她没穿高跟鞋，仰头看他还挺累，索性坐到橱柜上说："这叫时尚，你不懂。"

她头发吹得半干，几根发丝黏在脸上，再往下是白色的丝绸睡衣。

秦淮序眼底渐深，风轻云淡地重新擦手："肚兜都比这布料多。"

季欢扬眉，小腿晃动，似有若无地碰到他的膝盖。秦淮序垂头，双手撑到台面上，将人困在两臂之间。他的瞳孔颜色很深，季欢感觉快溺毙在这双眼里，也没心思再开玩笑了。

他说："你知不知道你这样特别……"

没说完，她跟着问："特别什么？"

没反应过来，男人身上特殊的清冽气息便朝她涌来。

她往后躲闪，被男人拉过去，整个人就顺势向前贴到他怀里。

今晚有点不太一样，不知道是因为去别墅那闹了一通还是怎样，她想要太多东西，除了爱和欲望，她更多的是想要真诚。

有时她扪心自问，自己够真诚吗？她真诚过的，得到的唯有失望。

脑子里模糊的画面搅在一起，最后通通变成在学校门口女生挡在秦淮序面前，伸手要碰他的手臂却被他躲开的画面，以及那道文身。

季欢终于回过神，她的睫毛颤动着，声音有些含混："秦淮序。"

"嗯。"

"你有喜欢的人吗？"

"有"

"谁？"

"你。"

气氛的熏陶下，男人的情话就像快要爆开的气球那一层廉价的橡胶。

夜色渐深，安抚是侵略，平息是高潮，空气滚烫炽热，像羽毛般细细密密地拂过她的肌肤，拂过轻轻颤抖的睫毛。

秦淮序的额头出了些薄汗，聚成水滴状，缓缓流经喉结。朦胧间他听见女人在耳边呢喃般说笑："什么时候喜欢上的？"

"大一。"

"喜欢我什么？"

"不知道。"

"别喜欢我。"

"不行。"

这一夜，季欢被抱着又洗了一遍澡，她手都懒得抬起，是秦淮序帮她吹的头发。

大概是第一次做这样的事，他的心思也没那么细，指尖总是勾到她头发。她"嗞"了声，明显感觉男人动作微顿，随后更为轻柔地解开缠到一起的发丝。

她确实累了，沾到枕头后便沉沉睡去。

她梦见自己的腰被人揽住，梦见有人吻她，梦见有人对她说晚安，等到醒来时，周身一片冷清。

今天有点忙，她随便涂了个口红，穿戴整齐后刚要离开，打开门时却怔住了。

她以为秦淮序走了。

客厅因为饭食热气的原因，光线都明亮许多。

"愣着干什么？过来。"

季欢"哦"了一声，她从没做早饭的习惯，都是买现成的。

昨天食材没剩下多少，秦淮序煮了瘦肉粥，见她拿起勺子就要喝，忙提醒她："很烫，小心点。"

季欢难得听话，吹了吹热气，心情不错，开玩笑道："手艺这么好，来给我做饭得了。"

"把我当保姆了？"

"没有啊。"

"那把我当什么？"

季欢看着他，抿着唇，这种感觉有些说不上来。

她在读大学时开始创业，左右逢源认识各种商人，身边异性朋友便也多了。大家在一起吃饭喝酒，被认识的同学看见，便流传起关于她私生活的言论。

一开始她会去解释，后来也就无所谓，那天初遇秦淮序，她承认当时冲动了，但现在想想，她不后悔。

"你想当什么？"她问。

眼前一片迷雾，谁都没有主动拨开。

秦淮序想说什么，见到她脸上的笑意，喉结动了动："几点去公司？"

"不急，你快要实习了吧。"

"暑假就开始了。"

"找好公司了？"

"恒新。"

她这次谈合作的公司就是恒新集团，可秦淮序一个体院学生，怎么想都不会和金融公司扯上关系。

季欢喝了口粥，感受着胃里的暖意："你没课的话可以来我这儿，门的密码是我手机号里的四个双数。"

也不知道为什么，她最后又加了句："只有你一个人来过这儿。"

那几天临近学校放暑假，有学生过来面试，季欢凡事喜欢亲力亲为，于是又陷入了忙碌之中。

大概是她的三餐太不规律，秦淮序没课的时候就会来帮她做饭，有时她回家，家里没人，饭菜却是热的。

看着面前一个人根本吃不完的四菜一汤，季欢拨通电话问他："怎么没留下来？"

秦淮序刚上公司电梯，换了个手接过电话："临时有事。想我了？"

季欢笑道："想啊。"

"晚上有事吗？"

"没有。"

当晚，洗完澡后，她便倒在了床上。

秦淮序最近也比较忙，早上离开前又拉着她。

这么长时间以来，季欢感觉他很喜欢吻她，还有些黏人，还好她意志坚定。

"口红都花了。"

她今天化了妆，秦淮序垂眸看了好一会儿。

看样子他心情不错，但此刻的季欢腰酸背痛。

"干吗？"

"没时间了。"

她被气得故意推了他几下，男人下巴窝在她的颈窝上，轻声笑了起来。季欢感受着体温，从相遇到现在一切太顺风顺水了，她突然问他："你是不是认识我？"

"嗯，认识，你要养我。"

"怎么也得征求我的同意，好吗？"

秦淮序没答，笑着叮嘱："中午按时吃饭。"

说话时热气洒下，诱得她心底一阵柔软："想管我啊？"

"不可以吗？"

"追我的人可多了，你小心点。"

"有多少？"

"你想插队？"

"我能吗？"

季欢还在开玩笑呢，秦淮序已经松开她，漆黑的目光中满是认真。

电话铃声打破了沉默,她像是找到借口般慌乱逃开。

早上的暧昧季欢刻意不去想,但只要一闲下来就会想起来。

快到十二点,手里还有几份合同要看,不能按时吃饭了。她早就习惯了,谁知助理敲起了门:"季总,你的外卖。"

季欢的视线一直放在文件上,头也没抬,回道:"谢谢。"

"两份我都放茶几上了。"

说完,季欢一阵迷茫。她没点两份,茶几上摆着的另一份便当,一看就是家里做的。

而她本能地第一个想到的人,就是秦淮序。

她低下头,心思重新回到文件上,不出两分钟又开始走神,终于放下笔起身去吃饭。

下午和恒新集团的项目经理敲定合同,结束时已经快晚上,她刚准备打道回府,苏文的电话来了,说今晚约她去聚一下。

这家店是音院的靳司郁开的,因为自身小有名气,卡座都要预约。时间还早,季欢叫夏怡一起来玩。

喝了两杯后,苏文撞见了熟人,离开再回来时又带了几个朋友过来。

季欢没什么兴致,窝在角落玩手机。

"你在干什么?"

音乐声震耳,她突然感觉等待回信的时间好漫长,虽然只有短短的五分钟。

"刚在开车,现在在等红灯。"

"不在学校?"

"没,和朋友在一起。"

季欢还想打字,苏文拉着她去玩游戏。

第一个倒霉蛋就是她,众人起哄着要她和别人喝交杯酒。

她其实无所谓的,但是突然想到了什么,说:"不合适。"

"不合适什么啊,季总不是单身吗?"

"就是啊，愿赌服输。"

你一言我一语，最后苏文出来打圆场："罚两杯算了，季总确实不合适。"

知道他误会了，季欢没解释。手机振动了几下，她还没来得及点开，身子就被撞了下。因为惯性，她往旁边人身上一靠。

"抱歉。"

只是下一秒，夏怡慌乱地朝她使眼色，手指了指二楼。

季欢抬头，便看到了秦淮序。

他应该是刚到，俯身手肘撑着栏杆，目光冷然。

恰好许多气氛纸从天而降，光线游离，他们在人声鼎沸中对视。

大概过了三秒，朋友过来找他说话，男人才移开目光，直起身离开。

季欢却迟迟没收回视线。

她似乎听不见一切杂声，只注意到手机屏幕上显示了信息。

他说，吃饭了吗？顺路带给你。

"问你话呢，看什么这么入神？"

秦淮序的眼睫动了下："什么？"

孙展耐心地重复一遍："问你实习从基层做起会不会浪费时间。"

他低声说了句"不会"，随后站在暗处，目光无处安放，又回到楼下的卡座上。

直到她的身影完全被挡住，秦淮序才慢慢地把目光收回。

孙展早就发现他不对劲了，顺着他的视线往下看，差点没认出来："那不是季欢吗？你还心心念念呢？"

心心念念？秦淮序笑了，也算是吧。

他想起自己第一次见到她的时候，他站在门口，季欢喝了不少，他随意地扶了她一把。

她站稳身子，根本没看他，只说了声谢谢。

那时他的脚边落下一个耳环，他垂眸看了一眼，叫住了她："喂，你的。"

她闻言原路返回，因为穿着高跟鞋不方便，只好张开手掌，等他。

他看了她几秒，缓缓弯身捡起来，放到她的掌心。

"季欢，快上车。"路边停了辆车，有男人在喊她。

"来了。"

声音消失在城市的喧嚣中，而他站在原地，看着那人帮她开车门。

有男朋友啊。

为什么，他也不知道为什么。过了这么久，久到记忆里都长满红锈，意识到答案时，他已经走了一半的路了。

孙展以前就劝过他，见他沉默，继续道："这姑娘听说挺爱玩的，你别吃闷亏。"

跟外面的热闹相比，这一处显然冷清许多。

秦淮序面上没什么情绪，抬手吸了口烟，撩起眼皮，淡声说："你认识她？她亲口跟你说的？"

孙展放下酒杯劝他："我这是为你好。"说着抬手指给他看，"她旁边那位姓苏，维安食品的一把手，人姑娘根本看不上你这刚毕业的。"

秦淮序没说话，摁灭烟后起身离开。

灯光晃眼，季欢明明没喝多少，整个人却提不起劲，时不时地朝楼上看。

"我今天看到你爸了，和一个女人在妇产科。"夏怡在医院工作，突然想起来这事。

季欢没什么反应。

夏怡摆摆手："你听我说，孩子没保住，那女的查出流过几次产。"

"一看就是年轻时不爱惜自己。不过即使那女人有千错万错，你爸也不该，你爸也挺离谱的。"

季欢换了个姿势坐着，指尖摁着手机，一亮一暗，反复不断。

她做不到幸灾乐祸，没出生的孩子毕竟无辜，那两个人的所作所为上不了台面。

兰因絮果，什么因什么果，总是如此循环。

她靠着沙发，望向顶灯，一眼望得到头。

一眼望得到头的人生。

父母不管她了，好在自己过得还不错，这辈子就这样吧。

两人是高中同学，夏怡了解她，叹气道："反正我现在是个清醒的恋爱脑，赚钱更重要。"

季欢笑了，世上那么多种活法，有人一心要钱，有人一味要爱。这两者并排而行，并不冲突。

就算见证过不幸的父母婚姻，她依然相信爱情是一种高尚的情感，意味着欣赏和尊重，还有责任和能力，只可惜难遇到罢了。

这种想法很容易被认为是"恋爱脑"。

这个词难听，好像现在不极端已经成为一种奢侈，错的明明是人，但人却全盘否定了人类与生俱来的感情。

"我可没说我不结婚。"

"但是你害怕。"

季欢动了动唇，话到嘴边，余光看见一道身影从楼梯上下来。

"去哪儿啊？"夏怡叫住她。

"回家。"

"你不是喝酒了吗？我送你。"

"不用，有人送了。"

室外阴云密布，季欢没带外套，她还是晚了一步，出了门便看不到熟悉的影子。

此时她像被一场雨淋到身上，说不上失落，只是迷茫。

"喂，你的。"声音在身后响起。

季欢转身，男人正倚靠着柱子，不知道是不是在等她，脚边躺着自己的耳环。

那一瞬思绪见缝插针地在脑海中涌现，她记不清自己到底错过了什么。

季欢抬起手，掌心朝上，街边的灯忽明忽暗，她的眸光越发通透。

时间慢下来，秦淮序在她的注视下捡起耳环，只是没递过去，而是直接握住了她摊开的手。

冷热交替间，他们十指相扣。

路上两个人一句话没说，秦淮序走得很快，季欢有些跟不上，男人察觉到后步伐慢了下来，陪着她走到车边。

车内，她打破了沉默："有面纸吗？"

秦淮序没启动引擎，伸手指了下位置。

打开储物柜，她看到旁边压着的驾驶证以及她送的那张银行卡。

"你没用吗？"

"没。"

回答简洁，他垂着目光，声调没任何波动，像生气了似的。

他似乎不缺钱，本身也招女孩子喜欢。

可为什么……藏在心底的想法呼之欲出。

寂静中季欢的声音格外清晰："你怎么了？我承认给你卡的时候冲动了，在这之前我从来没想过自己会有这样的经历。"

因为不想这人误会，她解释说谣言都是传的，可看着他的模样，季欢喃喃地问："你是不是吃醋了？"

秦淮序终于抬眼，黑眸穿透光影而来，她无从躲避，甚至懊恼起什么时候两人的关系变得这样别扭。

叹息声轻轻敲击着耳膜，愣神时他已经倾身过来抱住了她。

"往别的男人怀里靠，你当我看不见？"

季欢的声音有些僵硬："都是朋友……而且我是被不小心撞到的。"

"站你旁边那个，我应该见过，但是忘记在哪儿见过。"

"苏文？上次在马路上跟我打招呼的。"

秦淮序松开她，距离很近，沉声说："其实也不太想记起来。"

两个人依然十指相扣，他像是在无声地宣泄。她挣扎，身子却被抱得更实。

好不容易得到喘息的机会，季欢又问了一遍："你是不是吃醋了？"

"我喜欢你。"

她莫名想笑，鼻尖发酸，耳边又传来低沉的声音："我玩儿不起。"

感官像是塞了棉花，一切都变得不太真实，直到手心一凉，她给出去的银行卡如今又原封不动地被还了回来。

"什么意思？"

秦淮序握着她的手没松开："不用多久的，我也可以像他一样。"

季欢反应了几秒，才意识到他指的是苏文。她没抬眼，而是看着俩人交握的手，低声说："我和苏文只是同事，你不用像别人。"

黑夜无边，男人望着她，身子就这样靠了过来。

到达住处后，季欢做不到像以往那般随意调侃他，随意地问他"要不要上去坐坐"。

她忘记自己是怎么上楼、怎么入睡的，只知道睁开眼时已经天光大亮。

快到中午，手机里有两条未读消息。

秦淮序发来一张照片，同时配文："吃饭。"

季欢看着图片上的日料店，突然想问他是和谁吃的。

很奇怪，以往她没遇到过，所以从没想过。如今她似乎看到了那东西的影子，自己却如夏怡说的那样，害怕了。

她不知道自己怕什么，大概是怕碰见和她爸抑或前男友一样的男人，大概是根本上不相信自己能遇见真心。

下午她去公司转了一圈，晚上洗漱完点开手机，鬼使神差地又翻到中午那条信息，打字回道："你回学校了吗？"

现在才七点，季欢靠在沙发上，考虑着要不要直接把憋在心里的话坦诚地告诉他。

望着窗外的阴天小雨，她第一次觉得家中冷清，冷到不想一个人待着。

十分钟、二十分钟……手机亮了下。

"没,想见你。"

望着那几个字,季欢好像听见了自己的心跳声。

她回:"我也是。"

下一秒,信息回复:"你开门。"

男人身上有些酒气,传入季欢的鼻间。

"和谁喝了这么多?"她下意识帮他擦了下额头的雨滴,下一秒便被抱住。

秦淮序确实喝了不少:"几个室友。"

季欢点头,没再说话,他的下巴蹭了蹭她的颈窝,半晌后嗓音低哑地说:"你今天怎么不理我?"

他的语气慵懒也委屈,季欢愣在原地:"下午事情多,信息回复得慢。"

腰间的力量加重,她就这样被提起坐到柜子上。两人目光平视,秦淮序的眸色很黑,看不出半分醉意。他牵起唇,笑了:"我昨天没喝酒,现在也很清醒。"

清醒地知道自己在说什么、做什么。

"你昨天说了什么?"

大概是知道她的顾虑,秦淮序抬手拨开她额前的发丝:"你确认一百遍,我的答案还是那句话。"他看着她,目光虔诚地一字一字地说,"喜欢你。"

那一瞬间,阴天潮湿的水汽以及无法安顿的明天,通通走向她。随着年龄增长,她已经很少会听到这样直白的告白,真诚得叫人心动。

沉默中,秦淮序语气微变,闷声抱怨:"但你今天不理我。"

季欢的目光终于动了,笑着开玩笑:"那不然补偿你一下?"说完吻了下他的唇。

秦淮序没回应,别开了视线,同时也拉开了距离:"我现在没跟你玩儿。"

"我现在也没跟你玩儿。"

"什么意思？"

"你说什么意思？"

他皱起眉，喉结微微下沉，又败下阵来："我能不能换种身份？"

"比如呢？"

"男朋友。"不是做我女朋友，而是我当你男朋友。

季欢耳尖红了，没什么可纠结的，直接应下："好。"

说完，她的呼吸已经被夺走。

夜还很长，他握住她的手，将人抱回卧室。

……

夜灯亮着，秦淮序搭在姑娘腰上的手沿着曲线往上滑去，动作很慢。

季欢本来就似梦似醒，不舒服地动了下，缓缓睁开眼后便看到他。她用指腹细细摩挲着他手背上的疤痕："为什么事打架的？"

"吃饭被误伤。"

话说到这份上，季欢大概能想象到画面——他吃饭吃得好好的，旁边一桌人误伤到他。

"完了你气不过，也加入了？我好像也遇到过，不过我吓得躲很远。"

秦淮序笑着解释："不是加入，算拦架吧。"说着停顿一会儿，"我知道。"

他好像每句话都会回应她，季欢准确捕捉到字眼："你为什么知道？"

"我看见你了。"

那会儿自己还是学生呢，印象里从来没有秦淮序这个人："你怎么没找我？"

"你有男朋友。"

季欢沉默了，提到前男友就来气："当时我也不认识你。"

她以为的素未谋面，却是占据他所有夜晚的梦。

"在想什么?"

"想你会不会后悔。"

"后悔会怎样?"

"让你回心转意。"

季欢的耳朵正贴着他的肩膀,听到这句话后,笑着一拳轻轻地落在他的手臂上。

秦淮序顺势喝了口水,喉结滚动,拉住她的手翻身过去。

两人在一起的消息没多久就传到了夏怡的耳朵里。

知道这件事时她正喝水,被呛得咳嗽好几声:"人家还没毕业,过分了,欢姐。"

季欢听得弯了唇角,不禁想到男人平日里穿着简单的T恤运动裤时一副充满少年气的模样。

面前的流浪小公猫叫了一声,她回过神连忙继续挤猫条,突然有种她就该这样轻松活着的感觉。

手机弹出消息。

"在干什么?"

"喂男人吃饭。"

"嗯?"

季欢想逗他,回复:"怎么了?"

"他手断了吗?几号病房?"

"……喂猫吃饭。"

"哦,车都发动了。"

这几个字,有点儿可爱。

"别笑了,跟谁没谈过恋爱似的。"夏怡酸溜溜地打断两人聊天。

季欢收起手机,下午要亲自去趟恒新集团签约,刚好秦淮序可以来接她一起。

大厅里,前台员工告知了开会楼层后还礼貌地朝她身后点了点头,不仅仅是前台,从进门开始路过的人都会似有若无地朝这边看来,但目光并不是投向她。

她悄然扫了眼秦淮序,男人似乎没在意,问道:"你几点结束?"

话落,迎面走来一个人,季严。

她本想擦肩而过,但路已经被拦住。

季严甚至没注意她旁边有人:"现在翅膀硬了,看见我都当不认识了。"

季欢的目光自下而上地打量着他,季严是做生意的,会出现在恒新集团并不奇怪。只是看着他的眼神,应该是喝多了,再加上这态度,很有可能合作也没谈成。

"流产就像坐月子,没回去照顾后妈?"

她故意提起这件事,季严听到后明显呼吸都重了:"我是你爹!"

"我可不承认一个动不动就扇我巴掌的爹。"

季严额角的青筋抽动,抬手就要落下,而后却被人抓住了领口。

秦淮序用力攥住对面人的衣领,将他整个身子都微微提起:"碰一下试试。"

威吓后他松了手,伴随一股推力,季严后退了好几步,整个人脸颊憋得发红:"我是她爹,想怎么样就怎么样,你管什么闲事。"

他没半点心虚。

秦淮序从来不是隐忍那一类的人,眉眼彻底冷了下来,气场很沉,周围更是鸦雀无声。

季欢不想浪费时间,更不想让秦淮序沾浑水。

"没事儿就别在这发疯!"

后面季严说了什么骂了什么,季欢不在乎。她拉着秦淮序步入电梯,没再提刚刚的事。电梯直线向上升起,她的视线落在十指紧扣的手上:"你实习没到一个月,就和这里的员工这么熟了?"

人都是势利的,她不信秦淮序初来乍到,作为实习生就能在公司里受到这么多尊重。

秦淮序喉头微动,想解释什么,可最后还是说:"都见过。"

"好的。"

到达指定楼层,季欢出了电梯,思绪渐渐平静下来。她木讷地往前走,时间还早,她想着等会儿见到负责人该说什么,但脑海里更多的是空白。

利益条款等事宜都谈好了,本以为签字盖章就好,没想到经理和她又聊起了另一个自媒体宣发项目。

时间快到六点了,半天没看手机,有多条未读消息。季欢一边往外走,一边回复。

随意抬眼后,她看到秦淮序正站在门口等她,轮廓清隽,她一眼看中并豪掷千金的皮囊,果真怎么看都顺眼。

"等很久了?"

秦淮序牵住她的手:"没,刚出来。晚上吃什么?"

季欢想了想说:"你做的可乐鸡翅好吃,我喜欢。"

下班高峰期,超市就在附近,可以先散步去买食材。

他点头:"做其他的呢?"

察觉这人在开玩笑,季欢故意手一甩走到前面,秦淮序轻笑着又黏上来:"话没说完,跑什么?"

季欢想挣扎,两人的指尖却不由自主地缠到一起。

"季欢。"

他很少喊她的名字,季欢顿住脚步,问:"怎么了?"

男人跟了上来,碰了下她的手腕,又大胆地握住:"对不起。"

走廊里寂静万分。

秦淮序垂眸:"那张卡如果不收,我怕再也没机会了。"他语速很慢,一字一句地说,"怕你不理我,怕你从来都看不见我。"

他也想像电视剧一样,喜欢就去追,但季欢那时有男朋友,他是骄傲的,不可能干些自己都看不上的事。所以当得知她分手,他第一反应是主动找她。

可他忘了,喜欢一个人的征兆是自卑,而且她确实还不认识他。那天季欢给他卡,他没拒绝,骄傲什么的好像不那么重要了,只有这样才能有牵扯,她才会注意他。

季欢听着解释,心头颤动,整件事前因后果其实也能捋清,而且,眼前这个人是认真的。

手臂被小幅度地晃了晃,秦淮序的手指依然落在她的手腕上。

季欢从来没发现她对男人还挺心软,特别是爱撒娇的男人,即便她已经洞悉一切,但她还是问了:"你家人在这儿工作?"

"股东。"

恋爱后,她对曾经试图养他、给他卡伤他自尊这些事还有些愧疚,如今这份担忧消失得无影无踪。

下午在走廊上,其实她的心底已经知道了秦淮序跟恒新集团的关系。但意识到男人的隐瞒时,她还是有些失落的。

她真的很爱跟自己较劲,一点风吹草动都能让她怀疑自己是不是又看错了人,好在下一秒他追了上来。

好像从来都是他先低的头。

秦淮序揽住她的肩膀,两人的距离又近了些,秦淮序继续开口:"我第一次见你是在大一,三年后认识你、接触你,得寸进尺地想跟你在一起,你知道为什么吗?"

脚步不知什么时候停下,她下意识地仰头看向他:"为什么?"

"你独立、有主见、善良,每一点都让我觉得值得。季欢,我们的时间很长,你相信我,我会在你身边。"

这条路一点都不难走,只要身边是她就行。时间会让每一封尘封已久的暗恋信笺水落石出。

她眨了眨酸涩的眼睛,在路灯下缓缓靠到他怀里。从答应在一起的那一刻,她其实就开始相信他了,但是:"我眼里容不得沙子。"

"我这儿不会有沙子。"

"……我有时候挺作的。"

"无所谓,只要不喂其他男人吃饭就行。"

"我没有!"

男人抬手抱住她的腰,轻笑着说:"我知道。"

街道车流不断，身后晚霞缱绻，连风都浪漫地打着旋儿。

"你会不会觉得我很怪？"

"我有说过爱你吗？"

体院最近有场篮球赛，季欢特地抽时间去看了。

人很多，场面热血沸腾。

男人一身黑色球衣，手臂肌肉因为传球用力而青筋凸起，阳光下的他整个人意气风发。

她不懂球，只要看到黑色球衣进球，就跟着尖叫。

终于随着最后一个三分球落下，胜负已然揭晓。

秦淮序被队友簇拥着，人影晃动间，他朝她看过来，似是一愣，有些意外。

季欢站在场外，其实她来这儿根本没和他讲。

应该算是惊喜吧。

秦淮序走了过来，手里还拿着毛巾擦汗，每一个动作都有目光跟随着他。

"怎么没和我说？"他看着她，没有责怪的意思，语气反而有些温柔。

季欢感受到观众席上女生们的目光，挑眉道："我是不是不该来？"

听出她的言外之意，秦淮序停下动作，直接握住她的手腕，在众目睽睽下朝球场走去，丝毫不藏着掖着地说："我女朋友。"

季欢就开个玩笑，这下连自己也成了关注对象，起哄声不断。

几个队员各个应声说："嫂子好。"

这是她第一次见他朋友，但总感觉有些怪："你们认识我？"

"当然了，秦淮序手机上都是你的照片。"

"我好像大一的时候就看过。"

"你们那么早就看过？"

……

秦淮序没反驳，指腹摩挲着她的皮肤，坦坦荡荡地问她："等会儿聚餐，和我一起吗？"

季欢有些没缓过神，点头应下："好。"

餐馆包间里都是他的同龄人，年轻的弟弟们。

夏怡得到这个消息后，季欢手机上的消息不停，叫她给自己物色一个。

季欢悄悄打量完，拍了张长得不错的男生照片发过去，由于太专注，都没察觉身边有人凑了过来。

秦淮序比赛完后洗了澡，发尾还有些湿："在看什么？"说完视线就落在手机屏幕上的照片上，也看到了她夸人的话。

她吓得手机直接锁屏，尴尬道："我和朋友开玩笑呢。"

男人目光意味不明，也没说什么。

但以季欢对他的了解，她感觉这人吃醋了，并且偏偏爱吃闷醋。

面前碗里多了只虾，秦淮序正为她剥着虾。

说实话，她的很多第一次都来自他，第一次在家里做饭、第一次有人真诚地喜欢她、第一次在饭桌上吃剥好的虾……

饭局还在热闹地继续，今晚有个男生喝醉了，准确说是被秦淮序灌醉的。

那个男生就是刚刚季欢拍照片发给夏怡的人。

饭局结束得早，季欢在包间待得头昏脑涨，站在风口吹了会儿风，突然看见了眼熟的人。

太久了，都忘记上次联系是去年还是前年。

所有的灯光都黯淡下来，全都涌向那一家三口。

说不嫉妒是骗人的，她感觉不到风声，忽然身上被披了件外套。

秦淮序也顺着她的视线看去，没几秒便收回，拉着她的手离开了这里。

她的经历、她的缺失，他都明白，也最心疼。

"季欢。"

听到名字时她转头,眼眸里没有丝毫异样,云淡风轻地说了句:"我刚看见我妈了。"看见她和丈夫、小孩谈笑风生地牵手走在路边。

这一幕真实得让她失去色彩,秦淮序没说话,弯腰一颗一颗将她身上的外套扣扣好。

"嗯,我知道。"

季欢低下头呢喃:"真幸福。"

他指尖下滑,穿过指缝,与她十指相扣:"都过去了,你值得更好的未来。"

明晃晃的路灯悬挂在头顶上,阴冷的空气散去,取而代之是他掌心的温度。

她听劝,点头又吸了吸鼻子,扬起嘴角:"对了,刚刚饭桌上你不停灌人家酒干吗?"

"吃醋。"

"什么醋?"

"怕你喜欢别人。"

"没有,我是想把他介绍给夏怡的。"

"但你盯着他看,我受不了。"

"……"

< 加载中… >

第十六章

绯闻

REN JIAN QING SHI

穷困土地神
VS
霸道财神

▶▶▶▶▶▶

< 进度 99%… >

我亵渎了至高无上的财神,只是为了他的钱和八块腹肌。

我是土地神,年年业绩垫底。
临近春节,必须让天庭高富帅的财神给我走后门补救补救。

"哥哥,我想告诉你一个藏在心里很久的秘密。"
"是秘密就保守住。"
"……今天我被骗了五千万。"
"上错坟了?"
"……已经抓到了骗子,哥哥要不去我家听我说一说复仇大计?"
他终于将目光放在我身上,沉默片刻:"你卡粉了。"
"……"

眼前这位男人,是各路仙家仰慕的对象——财神。
就是这张嘴过于刻薄,真是白长这张好脸了。
"御则!你不要敬酒不吃吃罚酒!"
他看向我,笑得无辜:"土地神想让我吃什么罚酒?"
我换上笑脸:"当然是爱情这杯酒啦。"说完眸光微动,"哥哥,有虫,你要保护人家。"
此时,善财童子推门而入,愣在原地。

御则靠着椅背,看我表演:"你差点把哥哥送走。"

我极不情愿地起了身。

御则理了理衣袖:"你到底想干什么?"

折腾半天,你这个掌握全球经济命脉的男人不知道吗?但是不急,等他成了我土地神的男朋友,一切都好办。

我忸怩地用脚尖点着地,可怜巴巴地说:"天色不早了,哥哥能不能送我回家?"

"不能。"

"可我是女生。"

"你是蝴蝶都不行。"

"……"

回到家,我直接将脸贴到镜子上。

哪里卡粉了?

哪里胖到能将他送走的地步了?!

闺密忧郁仙子凑过来问:"你怎么愁眉苦脸?你爱而不得了?"

"你的消息到底准不准确?"

忧郁仙子信誓旦旦地说:"当然,财神在人界走到哪里,哪里必定好运连连、升官发财。"

那就好。

因为我的子民赚不到钱,导致我这个土地神业绩垫底,我也是迫不得已采取这个法子。

想到这儿,我拿出手机,给御则发消息。

"我到家啦。"

隔了会儿,他回:"好。"

我刚要回过去,玛丽苏上神来了,问道:"发展顺利吗?"

提到这儿我就来气:"你支的那些招,对御则根本没用。"

玛丽苏上神眉头一皱:"这样吧,你直接灌醉他。"

我缓缓打了个问号。

"过程还要我教你吗?先这样,然后那样……再然后……"

我皱眉:"你认真的?"

玛丽苏上神一脸瞧不起我的样子,叹了口气:"我还有一招,男人都喜欢搔首弄姿的女人。"

我再次打了个问号:"跳舞?"

玛丽苏上神点头,很自觉地开始示范。

她交叉起腿,伴随着口哨声,打着响指。

我突然有种不好的预感。

玛丽苏上神走后,我有些无聊地站在镜子前。想到刚刚玛丽苏上神的舞姿,我不由自主地模仿起她的动作,屁股翘起,扭腰,甩头发。

我创新了舞步,猛地抬腿,金鸡独立。再张开双臂,使出一招雄鹰展翅。

太美了。

我要单独秀一段来夸夸我的舞姿。

就在这时。

"西县土地神苏婉禾,你在作法吗?"

门口站着财神和善财童子,两人冷冷地看着我的雄鹰展翅。

我!天!

氛围尴尬到我想跳诛仙台。

我放下腿,脸色绯红:"哥哥来啦,小仙有失远迎,快请进。"

御则脸色没什么变化,侧头咳了下。

我连忙上去关心:"你感冒了?"

善财童子答道:"凡间寒冷,现在又是老板最忙的时候,就得了风寒。"

御则没让他继续说,而是递出手里的东西:"写好给我。"

是天庭发放的许愿帖,除夕夜被选中的话就可以实现上面的愿望。但按照规定,各路神仙只能拥有一张许愿帖,我手里却有三张。

"为什么给我三张?你最近总看到我不烦吗?"

御则笑了笑:"不烦。"

不烦不就是喜欢,喜欢不就是爱,爱不就是爱得死去活来?

我飘了。

随后……

"只是为了让你消停会儿。"

不等我反应过来,善财童子催促着他离开:"老板,我们先回去吃药吧。"

我越琢磨越不对劲。

五百年了都没听说过御则谈恋爱,再看善财童子刚刚那一脸关心……

我火急火燎地赶到御则的住处,却不见善财童子。

御则的脸色有些苍白。

我赶忙上去扶他,却发现他的体温很高。

我没打算放过任何表现的机会,问道:"你发烧了。吃过药吗?"

御则"嗯"了声,黑眸垂下看着我,似乎在询问我来这儿的原因。

"当然……当然是关心你呀。"

他感冒挺严重的,没再说话,我扶着他躺到床上。

不一会儿,男人的呼吸变得均匀,我却看得心痒。

他真的好帅啊!

男人因为生病毫无防备,比平时冷嘲热讽的样子顺眼多了。

我忍不住俯身,随着心跳加速,呼吸交缠在一起,我离他的唇越来越近。

终于,当我的唇印在那抹柔软上时,我猛然回神。

我干了什么?

我这个小小的土地神亵渎了至高无上的财神!

要是被玉帝知道,会不会罚我去凡间历劫?想到这儿,我直接落荒而逃。

我也感冒了，或者说心虚地躲在家里不敢出门，直到天庭开年终总结会的那一天。

避无可避。

太上老君站在前面汇报："花神月月全勤，各位都要向她学习，按时上班。"

我看向对面那个眼睛都快黏在御则身上的花神。

很不爽，心里还有点堵。

"那按时下班是什么奖？"

"领导有话跟你讲。"

无语。

我沉默着不说话了。

太上老君又说："苏婉禾！今年就你们土地部门表现最差！也不反省反省，整天就顾着谈恋爱。"

啊？

你怎么知道？

我的好兄弟焰火神在旁边安抚我："别听他们瞎说，我给你剥火龙果吃。"说着递了个火龙果到我嘴边。

我下意识张口，不知怎的，却与不远处的御则对视。

我顿时心头一惊。

他这什么眼神？

不会是吃醋了吧？

年终会讲了什么我没听进去，都在琢磨他是不是吃醋这件事。

直到最后，太上老君宣布："为了迎接春节，玉帝想搞一个舞台剧，剧本还没写好，哪位愿意参演男女主？"

我还没多想，众仙都报了我和财神的名字。

嗯？

百思不得其解。

闺密扯了扯我的衣袖，解释道："你追御则，三天两头往财神殿跑，被啸天狗仔拍下来，现在大家都在八卦你俩的事。"

"……"

那天不过是乘人之危,如今这舞台剧肯定有感情戏,可能还有吻戏。

不行,不能演,万一出了丑,我就会沦为天下最丢脸的神。

想通了,我立马站了起来:"我想说两句。"

太上老君说:"你等下发言。你们都决定让土地神和财神来演吗?"

众仙一致同意。

太上老君点点头,看向我:"你可以说话了。"

"我反对。"

话音刚落,众仙都来劝我。

"别不好意思呀,土地姐姐,你配得上财神。"

"我们可想看你俩互动了!"

"说不定还真能弄假成真。"

……

众仙叽叽喳喳,一旁的焰火神也站了起来:"这事我也反对!"

"反对无效。"

我猜御则也不想演,忙向他求助。只见男人轻轻笑了笑,懒懒地靠着椅背,帅得让我心动。

"少说几句,别吓到我的女主角。"

今日起,财神和土地神组合正式登场!

我收到剧本已经是两天之后。

再次见到御则是在舞台剧排练场。

他递了瓶水给我。

果然西装一穿,就连神仙也离不了人情世故。

"许愿帖什么时候写好?"

"明天我拿给你。"

他问:"嗓子哑了?"

"感冒,对,我感冒了,我就是被你传染的。"

"怎么传染的?"

"……"

我感觉他知道了些什么。

我不装了,抬手勾了勾他的领带。

"哥哥。"

如果没有旁人,这一幕很可能演变成"土地神的诱惑"。

他眉头微皱:"好好说话。"

"我这人性格不错,平时爱好刷短视频,就喜欢看修马蹄和沉浸式收纳,生活很简单,哥哥要不要试着和我……"

我还没说完,花神就和她的小花仙们大张旗鼓地走了过来。

"西县土地神!你凭什么买热搜?"

啊?

要是有钱买热搜,我还会在这儿打财神的主意?

花神继续质问:"一个搞笑神,天天黏在御则身边,也不看看自己什么样儿!"

天庭自孙悟空之后,就没人敢这么口无遮拦。

现在不止我一个人生气,旁边众多正在八卦的"搞笑神"都不开心了。

但没人敢反驳这位嚣张跋扈的花神。

我憋了一口气,可怜巴巴地垂头:"我不知道哪里做错了,姐姐要这样说我,对不起。"

花神一脸不可置信:"你继续演吧,御则不可能……"话没说完就被男人打断。

御则面上没什么情绪:"你不搞笑?"

花神被他这样问,瞬间变得娇羞起来:"当然了,我是个濯清涟而不妖的白莲花呀。"

御则点头:"可惜,本来不好看,还不搞笑,真成笑话了。"

御则给我撑腰了？

我沉浸在兴奋之中。

御则攥住我的手腕："该排练了。"

众仙看着我俩并排离开，发出阵阵起哄声。

财神和土地神的绯闻，踏入新阶段！

当日众仙中讨论度最高的话题，都与我和御则有关。

我心里说不上什么滋味，但不觉得生气，反而有点窃喜。

合上我的手机，我问他："哥哥，你刚刚是说我长得好看还搞笑吗？"

"没有。"

我不信。

"御则，你是不是有点喜欢我呀？"

男人脚步未停："你想多了。"

我有些失落，抬眸时却看到他微微发红的耳尖。

距离春节越来越近，行程越发紧凑。

我摸着三张许愿帖，其中两张写了"赚大钱"。

最后一张，我犹豫了。

想到什么后，我再次提起了笔。

与此同时，我也收到了焰火神因为贪玩在凡间引发火灾的消息。

赶到管理所，焰火神在铁窗的另一头可怜巴巴。

"我该说你什么？"

"我很后悔，这里面待得太难受了，但伙食不错。"

"谁让你贪玩？活该。"

只见他拿出个东西："这是我在人间买的文身贴，你贴上就算是对我的安慰了。"

我仔细一看，文身贴上是他的名字首字母：YHS。

算了，焰火神平时对我不薄，满足他吧。

探完"监",我直接去了财神殿。

御则一眼就看到了我手背上的"YHS"。

他正批着文件,语气随意:"挺浪漫。"

我忘了这茬儿了,瞬间紧张了,灵机一动回答:"你误会了,因为我喜欢摇花手,所以把它贴在我的手背上。"

御则看着我,黑眸深不见底,不知在想些什么。

我以为他不信,忙说:"我现在就擦掉。"

可文身贴怎么都擦不掉,最后我的手背都红了一块。

看着我再次可怜兮兮地看他,御则终于放下笔,没说话。

他的脸色很臭,扯过我的手,拿纸巾蘸了点水,细细地帮我擦着。

动作相当温柔。

我坠入爱河了。

目光随意瞥到桌上的文件。

他竟然也给了太上老君三张许愿帖!

我不服。

"天庭规定一人一张许愿帖,为什么太上老君也是三张?

"如果你给我的是和别人一样的。那我就不要了。除非你给我五张!"

我一口气说完,御则扔掉面纸,像是被气笑了:"苏婉禾,你就不会放长线钓大鱼吗?"

长线?大鱼?

我瞬间懂了,忍不住凑近他:"你这嘴还挺甜的。"

"你尝过?"

"当然……当然没有。"

周围沉默一瞬。

御则突然笑了:"我发现,你还挺可爱的。"

我朝他眨眨眼:"那你心动没?"

"心不动会死。"
"……"

第三次排练。
导演顺风耳跟我对词。
终于，御则来了，导演功成身退。只是他离开前顺势一推，我就这样被推到御则的怀里。
一瞬间我的耳中分不清是谁的心跳声。
"抱够了吗？"
我下意识摇头。
御则没料到我是这个反应，笑道："带身份证了？"
我连忙逃出他的怀抱，接下来，我听着风度翩翩、温润如玉的御则，嘴里说出：
"女人，你成功吸引了我的注意。"
……
融入不了角色，他一说，我就想笑。
终于，霸道财神爷不耐烦了。
"既然台词说不下去，不如我们排练下动作戏？"
我笑容一僵。

转眼到了舞台剧演出的那天。
玉帝穿得花枝招展，确实像个媒体人。
演出一切顺利。
女配花神本色出演，为了夺走我的爱情，看我眼神都咬牙切齿。
终于只剩最后一幕！
我突然紧张了，攥着男人的衣袖："我可是初吻啊。"
御则唇角微勾："巧了。"
"不可能！"
"为什么不可能？"

我不敢再说话,也不敢看他。
台下一片起哄声。
御则被我忸怩的样子弄得没耐心了,抬手覆上我的脸颊。
"害羞什么?"
啊?
他靠得越来越近,我害羞的同时又带着几分期待。
唇瓣距离只剩两厘米时,他顿了下,大拇指微动,按在我的唇上。
他最后亲在自己的手指上。
嗯?
不能因为我是女生,就这么含蓄吧。
看我眉头紧锁,御则笑道:"不满意?"
我还没说话,他再次俯身。
这一次是实打实的。
众仙:他们果然是真的!

我想问他当时为什么真亲我。
但这个多金并且拥有八块腹肌的男人肯定会说,是演戏。
我感觉被占了便宜。
半夜,我委屈地躲到被窝里,笑出了声。

次日,我决定登门道歉。
"那天感冒,我不是故意亲你的。"
他点头:"我没怪你。"
我大胆道:"但你既然没睡着,当时怎么不推开我呀?"
"你在跟我讲道理?"
我放弃挣扎:"我接受惩罚,现在可以让你亲回来,来吧,千万别因为我柔弱就怜惜我。"
御则被我弄沉默了,并且没有接受我的"盛情邀请",只是让我陪他去了凡间一趟。

我以为是游山玩水，体验大好风光。没想到是陪他全国各地跑，累得差点仙骨断了。

而此时，我终于想起来我的正事。

我是要引财神去我的管辖区走走，帮助百姓赚大钱的！

磨蹭了半天，御则终于停下脚步："西县地势特殊，本就影响农作物生长，你业务上不来，天庭也从未因此怪过你。

"如果一夜之间突然变得不同，怪罪下来，算你的责任还是我的责任？最后一名不是错，如果你投机取巧变成倒数第二，那就是错了。"

我感觉这个男人讲道理的时候身上在发光。

御则见我不说话，语气柔了下来："吓到你了？"

我摇头，被他温柔的目光看得脸发烫，随便找个理由落荒而逃。

不可否认，御则的话令我受益匪浅。此刻，再看着西县万家灯火时，我开始深思。

这么久以来，子民从未向土地庙抱怨过贫穷，相反，西县还当选了幸福指数最高的县城。

说到底，只有我自己在搞这么多幺蛾子。

我只是为了我自己，我不想年年垫底。

我顿悟了。

以前，我没得选。

现在，我只想做个好人。

好耶！

当晚，我又去了财神殿，是这个男人给我了光明，我要以身相许。

到门口时，我听见了里面花神的哽咽声。

我刚要推门进去，耳边响起花神的声音："天上都在传你喜欢苏婉禾，是真的吗？"

"我没必要告诉你。"

花神笑了："苏婉禾就是为了自己的业务才接近你的！"

我冲动地直接推门而入:"你不要血口喷人!"

我准备了一套优美的国粹来"赞美"她,没想到花神只是红着眼,淡淡地道:"我先走了。"

我居然不战而屈。

此刻房间里只剩两个人。

我感觉跟打了场败仗似的问:"你相信她还是相信我?"

御则笑了:"相信你什么?"

我目光闪躲,要是放以前,我肯定当下就能来个真情告白。但现在不一样了,我该死地动心了。

见我又沉默,御则目光垂下来,嗓音很冷:"这里可能没有土地神想要的东西,回去吧。"

可是我想要的就是你呀。

现在已经是深夜,脸上再贵的鎏光粉底液也脱妆了。

明天我要化个全妆,再来告白。

我看着男人失落的样子,轻声说:"那,晚安。"

御则点头,但没放我走:"等下。"

我大喜,难道这就是双向奔赴?

他将许愿帖拿出来,问我:"这是什么意思?"

我笑容僵在嘴角,上面赫然几个大字:"我想和财神哥哥穿情侣睡衣。"

没想到许愿帖还要经过人工审核。

大意了,下辈子注意。

御则拿了张新的许愿帖给我:"重写,正能量点。"

我想了一夜,终于写了个满意的、正能量的愿望:"我想给御则生八个儿子"。

化好妆,我再次踏入财神殿送许愿帖,到了才得知御则出差了。

我正要失望而归,恰好鸳鸯神来了。

看她满脸欣喜的样子,我猜测是玉帝给我和御则指婚了。

"哎,西县土地神,帮我拿一下,我去趟卫生间。"
我看着手里的鸳鸯簿。
得来全不费工夫,不看白不看。
我小心翼翼地打开,找啊找啊,突然目光狠狠顿住。
财神旁边的名字是花神。

我的心情迷失,又变成无所谓。
最后痛哭流涕。

回家后我倒在闺密忧郁仙子的怀里,郁郁寡欢。
她吐槽我。
我无法反驳,委屈地号啕大哭,并唱了首《阿拉斯加海湾》。
"上天啊,你难道看不出我很爱他,上天啊,你千万不要偷偷告诉他。在无数夜深人静的夜晚,有个人在想他。以后的日子你要好好照顾他……"
忧郁仙子都被我唱得不忧郁了,她提议:"行了,明天凡间有个体育学院跑操,三千个男人,你要不要去?"
"去。"

夜深人静,闺密群里还有人在安慰我,怕我喝了点酒想不开。
我脑袋昏昏沉沉的,只想睡觉,就在群里说了句:"我真喜欢财神的事你们不准说出去。"
我明明睡得晚,第二天醒得却很早。
收拾完行装,我拿出手机问忧郁仙子到哪儿了。这时才注意到,我的手机被调成静音模式了。
闺密群里无人发言,天庭大群炸开了锅。我以为是玉帝驾崩了,连忙点开。
发现全都是艾特我的。
怀着第一次当网红的心情,我继续往上翻,随后石化在原地。

为什么明明发到闺密群的话,会出现在天庭大群里?

截至今日,财神和土地神之间的这座绯闻大楼竣工。

我是工人头子。

我根本不想再看那一堆信息。

那边御则和花神的姻缘都写入鸳鸯簿了,我现在却这么丢脸。

我直接选择关机,不去面对现实。

虽然丢人,但一点都不影响我看体育生的心情。

直到我偶遇了御则。

"好巧……"

御则看了眼我旁边的操场:"来锻炼眼神?"

我要被他气笑了。

不过我确实不知道该看哪个年轻肉体的八块腹肌,只能雨露均沾。

御则发现我眼睛还不断往操场瞟,嗓音里充斥着烦躁:"昨晚告白,今天就来看其他男人了?"

这话怎么听着阴阳怪气的?

我脾气上来了:"都要和花神结婚了,这位男士还说这种让人误会的话干吗?"

"结婚?"他的眉头皱起冷笑,"我出个差,就从哥哥变成这位男士了?"

"对啊,鸳鸯簿都写好了。"我越说眼眶越红,"反正都这样了,我也不能违抗玉帝旨意,祝你幸福。"说完我就起身要走。

御则叫住了我:"苏婉禾。"

我没有转身。

"你能不能听我把话说完。"

我捂住耳朵:"我不听我不听我不听我不听!"

御则:"……"

我彻彻底底抑郁了。

晚上准备入睡时，闺密转发给我一条热搜：
"花神擅自篡改鸳鸯簿，贬职。"
无语。
我从床上一跃而起。
误会了？
这时，御则的电话打了过来。我咽了下唾沫，缓缓接起："哥哥。"
他轻笑一瞬："不是这位男士了？"
"误会，都是误会。你在哪？"
"下来。"
"你怎么在我家楼下？"
"想见你。"
我连忙穿衣，离开前涂了层口红，虽然是素颜，但也很美。
男人站在不远处，身形修长，温润如玉，我土地神的眼光真不差。
"你说想见我是什么意思呀？"
就算灯光昏暗，我还是能看到他耳尖通红。
"你不懂吗？"
我似懂非懂地摇头，换了个问法："你这么晚来有什么事呀？"
御则垂眸，沉默一瞬道："讨债。"
他的嗓音低沉，我有点心跳加速。
你果然是个霸道财神爷。
但是！
霸道归霸道，你这不安分的手是什么意思？！
我脸颊通红，下意识攥住他的手腕，声音又小又羞："别动。"
御则动作一顿，"哦"了声。
怎么感觉他比我还害羞？
我忍不住问："你现在是不是有点喜欢我了？"
男人嗓音很哑："岂止有点儿。"
我娇羞着听完，直接抱住他："我也不止一点点。"
御则的唇瓣蹭了蹭我的耳朵，"嗯"了声："我知道。"

表现这么明显，不想知道也难。

我贪恋他怀里的温度，有一茬儿没一茬儿地问道："你是什么精修炼成仙的？"

"白菜。"

我和财神在一起的消息，第二天就被啸天狗仔公布于众。

除夕这天，不仅天庭其乐融融，凡间烟火也绵延不绝。

我吃着御则给我剥的虾，别提多惬意。

就是不远处，花神，哦，不对，她嫉妒的目光叫我很不舒服。

好在期待已久的许愿帖抽奖环节到了，众仙瞩目。

玉帝抽到的许愿帖是我的。

我眼眶湿润，激动地攥住御则的手臂，内心更偏向于我后来重写的愿望。

没想到，玉帝意味深长地笑了："土地神的愿望是，西县先赚一个亿。"

我疯了。

再看御则意料之中的样子，难道这就是他口中所说的放长线钓大鱼？

我忍不住直接栽到他怀里。

御则揉了揉我的后脑，嗓音很低："还有一个愿望，今晚回去帮你实现。"

我害羞了，众仙起哄。

玉帝龙颜大悦，下令在夜空划出 999 颗流星。

祝愿所有人间仙女，新的一年里健康、被爱、好运常在。

（全文完）

图书在版编目（CIP）数据

人间情诗 / 佩奇酱著. -- 天津：天津人民出版社，2024.6
ISBN 978-7-201-20468-0

Ⅰ.①人… Ⅱ.①佩… Ⅲ.①短篇小说—小说集—中国—当代 Ⅳ.① I247.7

中国国家版本馆 CIP 数据核字 (2024) 第 092147 号

人间情诗
RENJIAN QINGSHI

佩奇酱　著

出　　　版	天津人民出版社
出 版 人	刘锦泉
地　　　址	天津市和平区西康路35号康岳大厦
邮政编码	300051
邮购电话	022-23332459
电子信箱	reader@tjrmcbs.com
责任编辑	玮丽斯
特约编辑	赵丽杰　张开远
封面设计	安桀然
插画授权	KUNATATA　不吃茄子　苏辰　柠檬漫游　A-Moon月
制版印刷	天津旭丰源印刷有限公司
经　　　销	新华书店
开　　　本	880毫米×1230毫米　1/32
印　　　张	9.25
字　　　数	258千字
版次印次	2024年6月第1版　2024年6月第1次印刷
定　　　价	42.80元

版权所有　侵权必究
图书如出现印装质量问题，请致电联系调换（022-23332459）